小学館文庫

ロックンロール・ストリップ

木下半太

小学館

本文イラスト　山下良平

1

どこまでも深い青に吸い込まれそうな夏の空の下、俺はブルドーザーと向かい合っていた。

「嘘やろ……」

目の前で見ると巨大な黄色い怪物のようだ。

「どかんかい。轢《ひ》き殺すぞ、われ」

ブルドーザーの運転席から、常連客の宮田《みやた》さんが警告する。

「宮田さん。か、勘弁してくださいよ」

俺は仕込みの途中だった。店のドアの向こうから、カレーに使うタマネギを刻みながら聴いていたサザンオールスターズの『涙のアベニュー』のメロディーが漏れてくる。この状況にはあまりにも似つかわしくないメロウなラブソングだ。

「わしを舐《な》めたらこうなるんや」

「舐めてませんてば！」

宮田さんが、返事の代わりにブルドーザーを前進させた。黄色い巨大な怪物が、うなり声をあげて突っ込んでくる。

俺の名前は、木村勇太《きむらゆうた》。二十五歳。この大阪市K区寿町の《ことぶき商店街》で、小さなバーを経営している。寿町は淀川が近く、堤防の土手からは梅田の高層ビル群が見える俺が住んでいる街だ。

俺がなぜ真っ昼間から、自分の店を破壊されようとしているのか。話せば長くなるが、付き合って欲しい。物語に回想は必要だ。「フォレスト・ガンプ」しかり、「ニュー・シネマパラダイス」しかり、名作と呼ばれる映画は回想シーンが素晴らしい。個人的な趣味としては、「ユージュアル・サスペクツ」や「クライム&ダイヤモンド」のようなテンポのいい回想シーンを駆使した犯罪映画が好きだ。

時は俺が二十歳のころまで遡る。早くも「巻き戻し過ぎだろ」とげんなりしないでくれ。俺にとっては、人生の道が見つかった運命の年なのだ。

高校を卒業してからパチンコで生計を立てていた俺は、母親に実家を追い出された。地元は京都に近い大阪の北にある山手のニュータウンだった。

「俺は映画監督になる」

実家を追い出された勢いで将来の夢を決めた。中学、高校の野球部時代から映画ばかり観ていたから、それしか思い浮かばなかった。TSUTAYAで丸刈りの野球部のデカいカバンを持ったガキが、「ピアノ・レッスン」や「アメリ」や「ブリジット・ジョーンズの日記」を借りる姿は、店員から見ればかなり滑稽だったと思う。

そんな俺は、梅田にある映画の専門学校に通うべく、寿町の1Kのマンションを借りた。学費と引っ越し代は、母親から借金した。母親は厄介者がやっといなくなるのが嬉しかったのか、《借用書》を書く俺を見ながらずっとニヤついていた。

「私の人生は私のもの。勇太の人生は勇太のもの。好きに生きたらいいやんか」

母親の口癖である。息子を突き放すのが、彼女の愛情表現なのだ。小学五年生のときに、俺の父親は事故で死んだ。それから、母親は俺と妹を女手ひとつで育ててくれた。見た目は上品なおばさんだが、中身は大胆で豪快な人だ。

母親の話は、また後でする。まずは、物語の主人公の紹介だ。傑作の映画は、冒頭が素晴らしい。「レザボア・ドッグス」しかり、「恋する惑星」しかり、「カールじいさんの空飛ぶ家」は映画が始まって五分で号泣してしまった。

「世界に通用する映画監督になる」

夢を抱いて映画の専門学校に入ったものの、半年もせずに退学した。授業中に講師と喧嘩をしたのだ。

喧嘩の理由は、講師の授業内容に俺がクレームを出したからだ。聞いたこともないタイトルの映画を二本しか撮ったことのない髭面《ひげづら》の講師の授業は、演劇の悪口が大半だった。演劇人に個人的な恨みがあるのかは知らないが、「演劇の大げさな演技は演技じゃない」とか、「前を向いて大声を出す役者を見ているだけで恥ずかしい」とか、興奮して捲《まく》し立てるのである。決して安くない授業料を支払って、なぜ悪口を聞かされ続けなければならないのか。

ムカついた俺は、講師をおちょくるために他の生徒たちの前で恥をかかせた。

「先生。アカデミー賞を獲った『アメリカン・ビューティー』の監督は演劇出身ですよ。アル・パチーノも舞台で活躍してますし」

他の生徒たちがクスクスと笑うのを背に受けて、俺は得意げになった。

「俺は日本の演劇文化が嫌いなんだよ」

髭面の講師が顔を真っ赤にして俺を睨《にら》みつける。

「映画の授業をしてください。俺は映画監督になるために、ここに来たんです」

「お前、監督になれると思ってんのか」髭面の講師が鼻で嗤《わら》った。「今の邦画の現状を知ってるのか。女、子供に人気のあるイケメンを使わないとまともに予算も下りないんだぞ。当然、自分の表現したい作品を納得できる制作費で撮れている監督は皆無だ。しかも、監督のギャラは死ぬほど安い。監督業だけで食っている監督は日本に五人もいない。この専門学校だって就職案内の九割は映画とはまったく関係のない職種なんだよ」

　髭面の講師の反撃に、教室が水を打ったように静まり返る。俺だけではなく、生徒全員の夢がバキバキと音を立てて砕けるのがわかった。若者の夢は、お菓子でできた城みたいなものだ。甘く、見た目はいいが、あっけなく壊れてしまう。

「だとしても、演劇の悪口はやめてください。聞いていて、気分がよくないです」

「お前、演劇の味方か？」

　味方も何も、演劇には興味はない。知識はゼロだ。

　ただ二十歳のころの俺は血の気の多い馬鹿だった。若さは馬鹿さである。

「はい！　今日から劇団を作ります！」

　アテもないのに、髭面の講師に負けたくない気持ちだけで宣言した。

こうして、専門学校を辞めた俺は友達に声をかけた。

「なあ、劇団やらへん?」

ほとんどの友達には苦笑いで返されたがそれでも物好きが集まり、俺の劇団活動が始まった。

最初はすべてが新鮮で、楽しかった。だが、旗揚げ公演のアンケートに「金返せ」と書かれているのを見て、現実の厳しさを思い知った。二回目の公演で、半分以上の団員が退団した。彼らにとっては、青春の思い出づくりだったのだ。

普通なら、ここで劇団を解散するだろうけど、髭面の講師の顔を思い出し、俺は意地でも劇団を続ける覚悟を決めた。二度と会うことのない相手に、どうしてそんなにムキになるのか自分でもわからなかった。

当たり前だが、劇団で家賃は払えない。

俺は梅田にあるバーで働いた。酒が好きだったし、朝までやっているバーなので、劇団の稽古や公演の融通が利く。

バーテンダーは、俺の天職だった。カウンター越しの接客が性に合っていた。仲良くなった客に劇団の宣伝もできるので一石二鳥だ。

しかし、そこでも、若者の夢を踏み潰したがる大人はいる。

「君、劇団やってるの?」

週末の深夜、カウンターで酔っ払ったサラリーマンに絡まれた。

「はい。来月、公演があるんでよかったら来てくださいよ」

「どんなストーリー?」

「エレベーターに閉じ込められた男女の話です。映画の『CUBE』と『十二人の怒れる男』が合体したみたいなのをやりたくて」

「二つとも観たで。おもろかったわ。君、映画好きなん?」

「はい。映画監督になるのが夢です」

「監督になりたいのに、何で劇団をやってんの?」

「とにかく、自分で物語を作りたくて……」

「そんなん、助監督とかの下積みをやりたくない言い訳やん。そもそも大阪におったらあかんやろ。東京に行かんと」

この時点で俺はキレそうだったが、時給を貰っている身として話を続けた。

「いつか、行きたいと思ってます」

「いつかって言う奴は絶対に行かへんよ」サラリーマンが悲しげに笑った。「このままフリーターで終わるんちゃう? もしくは夢を諦めて僕みたいな社畜になるか。人生の先輩としてアドバイスしたるわ。パチンコと一緒でやめるのは早ければ早いほど傷が浅くて済む。夢を追い続けて引くに引けなくなったら悲惨やで」

「そうですよね。ははは」

俺は、引き攣《つ》った笑いで、何とかその場を誤魔化した。

すぐに映画監督になれなくても、フリーターはやめることはできる。俺は仲が良かったバーテンダーの先輩が、独立してバーを開店するのに便乗した。いわゆる共同経営というやつだ。

フリーターのままでは終わりたくない。その一心で開店資金は国民生活金融公庫で借り、足りない分は母親に追加をお願いした。

店の名前は《デ・ニーロ》。由来は説明するまでもないだろう。

オープンしたのは一ヶ月前。初日は、俺と先輩の友達が祝いに駆けつけてくれて《デ・ニーロ》は満席だった。

「なかなかいい店やんけ」

深夜。最高潮に盛り上がっているときに、Vシネマの極道作品から飛び出してきたかのようなおっさんが現れた。

これが、宮田さんとの初めての出会いだった。パンチパーマに目が見える薄い色のサングラス。紫色のポロシャツの胸元には金色のチェーン。右手首にはダイヤ入りのロレックス。左手首には数珠《じゆず》のブレスレット。ベタ過ぎるヤクザの登場に、店内の空気がカチンと冷え固まった。

「今夜はわしの奢《おご》りや。お前ら、好きなだけ飲めよ」

宮田さんの豪快な挨拶代わりのひと言に歓声が上がった。若者に囲まれた宮田さんはご満悦だった。

もちろん、俺と先輩の友達が店に気を遣ってくれただけで本当に嬉しいわけではない。誰だって、ヤクザに借りを作りたくはないのだ。

それから、宮田さんは毎晩《デ・ニーロ》にやって来て一番の常連客となった。その度に、店内の全員に奢るから店の売上は凄まじいが、みるみると他のお客さんの足が遠のいていく。

近所の新規のお客さんも来てくれたが、宮田さんが帰ったあとに、「あの人、店潰しの宮田って呼ばれて、この辺では有名やで」と親切にも萎《な》える情報を教えてくれた。

とうとうオープンから一ヶ月で、客は宮田さん一人になってしまった。

「なんや、この店。誰も来うへんがな。しょーもないのう」

カウンターで悪態をつく宮田さんに、俺は心の中で「あんたのせいや」とツッコミを入れた。

「よっしゃ。メニューを全部注文するからカウンターに並べろ」

「えっ？　フードだけですか？」

「ドリンクもや。さっさと作らんかい」

「とんでもない量になりますけど……」

「かまへん。食うて飲むんは、お前ら二人や」

俺と先輩は顔を見合わせて絶句した。店潰しの宮田の本領発揮だ。

「……冗談ですよね？」

「な、わけあるかい。はよ、わしを楽しませろ」

ここで従ってしまえば、店は完全に宮田さんのものになってしまう。それに、俺も先輩も毎晩宮田さんの相手をして精神的に限界だった。

「む、無理です」

俺は勇気を振り絞って断った。

「なんやと？　店、潰されたいんか」

宮田さんがサングラスをずらして、俺と先輩をジロリと睨む。

「無理なものは無理です」

「そうか。覚えとけよ」

宮田さんは、金を払わずに出て行った。無銭飲食だが、これで来なくなってくれれば、店を一から立て直せる。

なんとかモチベーションを取り戻した俺は、翌日、張り切って昼間から仕込みをした。サザンオールスターズの『涙のアベニュー』を聴きながら、カレー用のタマネギを刻んでいたとき、店の外からブルドーザーの音が聞こえて、慌てて飛び出したのだった。

「嘘やろ……」

「どかんかい。轢き殺すぞ、われ」

「宮田さん。か、勘弁してくださいよ」

「わしを舐めたらこうなるんや」

「舐めてませんてば！」

店潰しの宮田……異名ではなくて、物理的に潰すのかよ。

ゆっくりと突っ込んでくるブルドーザーに為す術もなく立ちすくんでいると、誰かが横から俺を突き飛ばした。

「あんた、やめて！どれだけ店を潰したら気が済むのよ！」

全身ヒョウ柄で紫色に髪を染めたおばさんが両手を広げて、ブルドーザーの前に立ち塞がった。

一発で、宮田さんの奥さんだとわかった。

「どけ！　こいつだけは許せへんのじゃ！　お前もペシャンコにすんぞ！」

「やれるもんならやってみい！　毎晩、化けて出てあんたの枕元に立ったるからな！」

俺は尻もちを突いて、世にもダイナミックな夫婦喧嘩を眺めていた。店内のサザンオールスターズは、『真夏の果実』に変わっている。

これが、俺の物語の冒頭だ。

名作と並べるにはおこがましいけれど、いつか、俺が映画監督になったときは、この夫婦喧嘩のシーンを映画の冒頭に使ってやると心に誓った。

夫婦喧嘩に負けた宮田さんが、諦めてブルドーザーをバックしたので、俺は店内に戻り、タマネギを刻んだ。

ちょっとだけ、涙が出た。

2

午後六時。バー《デ・ニーロ》がオープンする。

こんな早い時間に客は来ない。仕込みを終えた俺の休憩時間だ。BGMをサザンオールスターズから、マルーン5に変えた。こだわりはないが、一応、営業時間は洋楽中心に選曲している。しかし、その日のノリとカウンターの顔ぶれによって、マイルス・デイヴィスをかけるときもあればSMAPを爆音で流す場合もある。臨機応変が、この商売の醍醐味だ。

マルーン5の『サンデー・モーニング』を聴きながら、キンキンに冷えたグラスにハイネケンの生ビールを注ぎ、カウンターにもたれながらひと口飲む。冷たい泡の刺激が喉を通りぬけ、全身に活力をみなぎらせる。酔っぱらいたちがよく口にする、まさに〝酒は魂のガソリン〟である。

俺は、オープンしてすぐのこのひとときが最高に好きだった。自分の店で誰にも邪魔されずに、ゆっくりと酒を飲みながら客を待つ。

ふと、思う。映画監督になれなくても、このままバーの店主としてのんびりと生きて行くのもありだな、と。

フリーターから足を洗い、先輩とバーを経営したのは、人から認められたい気持ちが強かったからだ。とりあえずの肩書が欲しかったのだ。「バーを経営しています」

と胸を張っていれば、馬鹿にされることはない。

逃げ道だとわかっているのに、他人には逃げているようには見せたくない。細々と劇団は続けてはいるが、映画関係の仕事にはまったく携わってはなかった。どうすれば映画監督になれるかなんて、誰も教えてくれないのだ。

一人で飲むハイネケンは、ひと口目は旨いがすぐに将来への不安と虚栄心が入り混じって悶々《もんもん》としてしまい、ヌルく感じる。

今夜も深く酔いそうだ。宮田さんが来なくなってから客足は徐々に復活したものの、まだまだ暇なので、どうしても酒量が増えてしまう。

……酒と共に死ぬか。

歯が浮きそうな臭い台詞《せりふ》だが、男のロマンである。

ニコラス・ケイジの「リービング・ラスベガス」という映画が好きだ。俺のニコラス・ケイジ主演映画ランキングの第二位だ（ちなみに第一位は「フェイス・オフ」である。異論はあるだろうが認めない。所詮、映画は好みである）。

「リービング・ラスベガス」のニコラス・ケイジの演技は神がかっていた。アカデミー主演男優賞を獲ったのも頷ける。最も印象的なのはラスベガスのホテルのプールで、ニコラス・ケイジが酒のボトルを咥《くわ》えながら水の底に沈むシーンだ。映画史に残る美しいダメ男である。

　それにしても、ニコラス・ケイジはなぜあんなにも役の当たり外れが大きいのだろう。どの映画か明言するのは避けるが、とにかく絶望的に長髪が似合わない。額が禿げ上がっているのにロングヘアーなのはB級のレスラー感が漂い、どうしてもサスペンスをユルくしてしまう。

　ニコラス・ケイジの話が長くなった。俺の物語に戻そう。

　将来への不安を噛み締めながら二杯目のハイネケンを注ごうとした矢先、《デ・ニーロ》のドアが勢いよく開いた。

「勇太ちゃん、お疲れちゃん」

　常連客のアキちゃんだ。ドレッドヘアで薄汚い口ひげを生やした小柄な男で、ジャマイカの国旗の色のTシャツを着ている。しかし、レゲエミュージシャンではなく、職業不詳だ。

　バーテンダーのルールとして、安易に客の職業を訊かないというのがある。あくまでも客は非日常を体験したくてバーに来るのだ。仕事の愚痴を言いたい客は自ら語る。

「まいど、アキちゃん。一杯目は何にする?」

「ラムコークちょうだい。ライム多めに搾ってね」

「了解」

「今日もアッチーね」

アキちゃんが手で顔を扇ぎながらカウンターに座り、アルミでできたお茶っ葉の筒をコトンと置いた。筒には《極上玉露》と書いている。

相変わらず怪しい風貌だ。髪型や服装もだが、なぜか、いつもこの筒を持ち歩いているのだ。

レゲエと日本茶？

アキちゃんが急須でお茶を淹《い》れる姿は想像できない。触れないほうがよさそうな趣味には見て見ぬふりをするのもバーテンダーのルールである。

「ところでさ。勇太ちゃんの劇団、次いつやるんだっけ？」

ラムコークを半分ほど飲んだアキちゃんが訊いてきた。

「まだ、公演の予定は決まってへんねん」

「そうなんだ。楽しみにしてるんだけどなあ」

「俺も早くやりたいんやけどね」

公演を打つためには、まず劇場を押さえなければならない。その時点で、劇場代の半分を支払わなければならないのだが、前回の公演で致命的な赤字を叩きだしてしまい劇団費が貯まるまでは活動できない状態だった。

劇団名は《チームＫＧＢ》。由来は、昔のハリウッド映画から取った。正義の役はＣＩＡやＦＢＩで、悪役はソ連のＫＧＢが多かった。ひねくれ者でアウトローに憧れている俺は、無残に殺される悪役のほうにシンパシーを感じるのだ。

「この前の公演は評判良かったんだろ？」

「うん。おかげさまで……」

自分で言うのも何だが最高傑作だと思っている。ある男女四人が、深夜のエレベーターに閉じ込められる話だ。主人公は奥さんが妊娠しており、産気づいたので病院に向かう途中だった。しかし、そのエレベーターは浮気相手のマンションで、さらに共に閉じ込められた連中がとんでもない秘密を抱えた奴らでどんどんピンチに追い込まれていくストーリーである。

密室での会話劇から、とんでもない展開になり、ラストは驚愕のどんでん返しが待っている。

だが、観てくれた観客は五十人ほどだった。

「劇団の音楽は誰がやってるの？」

「選曲は俺やけど」

「生演奏でやらない？」アキちゃんが薄い胸を張る。「ギターの生音で芝居やったら渋いと思うんだよね」

「アキちゃん、ギターできるの？」

「昔、バンドやってたから」

「そうなんや」

チクリと胸の奥に刺すような痛みが走る。

俺には、二つ下の妹がいた。名前は朋美《ともみ》。東京に住んでいる。

朋美の仕事はミュージシャンだ。幼稚園のころからピアノを始め、中学で軽音部に入り、高校でバンドを作った。

音大への推薦入学の話もあったが彼女はそれを蹴り、何のコネもないのに上京した。うまくいくわけがない。俺はそう決めつけていた。芸能界はそんなに甘くはないのだ。二、三年頑張って現実を知り、夢破れて帰ってくると思っていた。

去年の春、朋美が音楽番組に出たときは声を失った。テレビに映るまで、信じていなかった。母親は喜んで泣いていたが、俺はどういう表情でいればいいのかわからず、実家のリビングで固まっていた。

朋美のバンド《マチルダ》は売れた。皮肉にも名付け親は俺だった。バンドを組んだばかりの頃の朋美に、「バンド名が決められない」と相談されて、たまたまそのときに観直していた映画「レオン」のヒロインから適当に取ったのだ。朋美の担当はキーボードとコーラス。《マチルダ》の紅一点である。

音楽のことは偉そうに語れないが、彼らがなぜ売れたかよくわからない。マッシュルームカットの小太りのボーカルは、スーツ姿で電動ノコギリみたいな声で叫び、タコみたいにクネクネと踊っているし、他の連中は水族館のチンアナゴみたいな顔で突っ立って楽器を弾いている。俺が母親と観た音楽番組では、ボーカルよりも朋美がカメラで抜かれるほうが多かった。兄が言うのも何だが、朋美はタヌキ顔の愛嬌のある美人だ。ステージでパフォーマンスをする朋美は輝いていた。眩し過ぎて、俺はチャンネルを変えたくなった。

アキちゃんが、ラムコークの氷をガリガリと噛んで訊いた。

「どう？　ギターの生音で芝居ってカッコいいと思うんだよなあ」

「アキちゃんが曲を作るってこと？」

「それは無理。ボク、即興のほうが専門だから。その場を支配している気を全身で感じながら、意図的に混沌《カオス》を起こしたいんだよねえ」

「へーえ」

「ほら、世界をポジティブチューニングするのがボクの役割じゃん。一人一人の一つの愛を浮き彫りにしてかなきゃ。バビロンシステムにはもううんざりだろ」

「へーえ」

リアクションに困る。バビロンとは何だ？　そもそもアキちゃんのことは出身地すら知らない。

「セッションいつやろうか」

「へっ？」

「ほら、ある意味セッションってセックスだから、言葉を並べるより先に肌を重ねたほうが手っ取り早くわかりあえるんだよね」

この男と同じステージに立つのはマズい。だが、無下に断れないのが客商売の辛いところだ。

「劇団員に相談してみるよ」

アキちゃんがニカッと笑った。前歯が二本抜けている。

「ヤーマン！」

そう言って、持っていたアルミの筒の蓋を開けた。中に入っていたのはお茶ではなく、ぎっしりと詰め込まれた大麻だった。

「アキちゃん、それ……」

「葉っぱだからさ。もし、職質されてもお茶ってことでごまかせるじゃん」

アキちゃんはニコニコと笑ったまま、ピースサインをした。


深夜三時。客足が途切れた。

もう少し粘れば、近所に住んでいるアフターを終えたキャバ嬢かクラブ帰りのパリピが来てくれそうだが、店を閉めることにした。

今夜は疲れた。そこまで繁盛したわけではないが、あまり飲まずにダラダラと粘る客が多かったのだ。

酒を作るよりも客の話を聞いてあげるのがバーテンダーの仕事だとはわかっていても、やはり酔っ払いの相手は堪《こた》える。とくに同じ話をリピートされるのは拷問に等しい。今夜は美容師の客のシャンプーへのこだわりを三時間も聞かされた。

洗い物を終え、店のシャッターを降ろそうとしたとき、ドアの向こうからいい香りが漂ってきた。

……薔薇《ばら》？

「もう終わり？」

女がドアを開けた。その独特な美しさに俺は腰が引けた。

「一杯ぐらいなら……まだいけますけど」

「じゃあ、一杯だけ」

女が嬉しそうに微笑み、ズカズカと入ってきた。長い髪に黒いタンクトップにスキニーデニム。ゆうに十センチはある赤いハイヒールが似合っている。

「赤いお酒が飲みたい。でも甘くないやつ」

美貌を何かに喩《たと》えるのは苦手だが、この女は全盛期のアンジェリーナ・ジョリーかキャサリン・ゼタ・ジョーンズのようなオーラがあった。

「トマトは大丈夫ですか」

「うん。大好き」

俺はブラッディ・シーザーを作ることにした。ブラッディ・メアリーの従兄弟《いとこ》のカクテルだ。ウオッカにハマグリのエキスが入ったクラマトジュースを使う。

「なんだか血の色みたい」

女がじっと見つめてくる。手が震えてカッコ悪い。

「もう少し鮮やかな色がよかったですか」

「ううん。可愛いのはわたし苦手だから。君も好きなもの飲んでね。乾杯しようよ」

「ありがとうございます」

俺は麦焼酎の緑茶割りを手早く作った。

「冬音《ふゆね》よ。よろしく」

「勇太です。初めまして」

雪のように肌が白い彼女にピッタリの名前だ。

冬音が唇に付いたブラッディ・シーザーを舐める。ぽってりとした唇に目を奪われてしまう。

「実は初めてじゃないの」

「えっ？　どこかで会いました？」

「心斎橋の映画館」

「もしかして……あれを観てくれたんですか？」

先月、知り合いのイベンターの企画で短い芝居を打った。閉館した映画館を再利用したライブだったのだが、壊滅的に客が入らず散々だった。観客が一人の回もあったほどだ。

「面白かったよ。映画館に住み着く幽霊の話」

「ありがとうございます」

「映画館をストリップ劇場に変えて上演できない？」

「はい？　それはどういう……」

「わたし、ストリッパーなの」

冬音が、突き刺すような視線で俺を見た。

3

二日後。昼の十二時半。俺はことぶき商店街から少し外れた場所に《チームKGB》の劇団員たちと来ていた。

「ここで……前座をやるんっすか」

火野素直《ひのすなお》が、露骨に顔を強張《こわば》らせる。

「ああ、そうや」

俺は目の前のパチンコ店とコインパーキングに挟まれた建物を見上げた。いい言い方をすれば昭和の忘れ物みたいな建物だ。悪い言い方をすればただのボロボロである。

《東洋ミュージック》の看板の横に、妖艶なストリッパーたちの写真が並んでいる。

その中に、羽根でできた大きな扇でポーズを取る下着姿の冬音もいた。

旭川ローズが冬音の芸名だった。名前まで昭和である。

「座長、観に来たことはあるんっすか。僕らにメリットがあるようには思えないっすよ……」

火野は俺のバーテンの後輩の同級生で、三年前に役者志望として紹介された。頭がデカく鬼瓦みたいな顔で、身長が百八十センチある上に、天然パーマで髪が逆立っているので妙な迫力があった。学生時代はサッカー部でキーパーをやっていたので、腕がやけに長い。素直という名前だが、ひねくれた性格の持ち主である。

「観たことはないな。《デ・ニーロ》の客に誘われたことはあるけど」

男として興味がないわけではないが、あまりのディープな外観に躊躇《ちゅうちょ》してしまう。それに、俺にはここのストリップ劇場に観に来れない大きな理由があった。

「千春《ちはる》さんが近所に住んでますもんね」

火野の後ろに隠れるように立っていた赤星《あかぼし》マキがひょっこりと顔を出す。

赤星は火野と対照的に、身長が百五十センチにギリギリ足りない小さな女だ。ベリーショートの髪を金髪に染め、貧乳でいつもハードロックカフェに売ってそうなTシャツと破けたジーンズとアーミーブーツなので男と勘違いされる。どことなく、若き日のディカプリオに似てなくもない。

「千春の話はやめてくれ。前座のこともまだ言ってへんねん」

「早く言わないとヤバいですよ」

「やかましいわ」

千春とは、俺の恋人だ。寿町に引っ越してきてすぐに出会い、意気投合し、もう五年の付き合いだった。二歳上の二十七歳で、最近はデートの度にリアルな結婚話になる。

問題は千春の父親である。

俺が有利な条件で店を持てたのはことぶき商店街の会長である千春の父親の後押しのおかげだ。千春の父親は絵に描いたような堅物なので、俺がストリッパーに頼まれて《東洋ミュージック》でショーの前座をやると聞いたら激怒するだろう。ただでさえ、「いつまでも食えない劇団をやっている男に娘は渡せん」とボヤいているのだ。

「鼻のデキモノってどうすれば治るんですかね」

俺の隣に立つビーバー藤森《ふじもり》が鼻の頭を弄《いじ》りながら呟《つぶや》く。

こいつも劇団員の一人だ。マッシュルームヘアに丸メガネ、芸名の由来となった前歯が飛び出している。運動は卓球しか経験がないのだが、なぜか筋肉質でスタイルがいい。しかし、とんでもなく空気が読めない男で、モテるモテない以前に、コミュニケーションがまともに取れない困った奴だ。

「ビーバー、鼻を触るなって。余計にデキモノが大きくなるぞ」

同期の火野が注意する。

「だって、気になるやん」

「今、触らなくてもいいだろ。他のことを気にしろよ」

「何が？」

「出た。ビーバーさんの口癖」

後輩の赤星が溜息をつく。

「だから、何が？」

「もういいです。好きなだけデキモノを巨大化させてください」

劇団員たちの不毛なやり取りには付き合っていられない。

「ほな、入ろうか。支配人さんには話が通ってるみたいやし」

先頭の俺のあとを劇団員たちが恐る恐るついてくる。

「えっ……臭い」

入口から廊下に入り、漂うアンモニア臭に赤星が鼻を押さえる。

なんと競馬新聞を脇に抱えたベレー帽のおっさんがイチモツをポロリと出して、廊下の壁に小便をしているではないか。

「ト、トイレと廊下が合体してるんですかね」

ビーバーが、さすがに鼻を弄るのをやめて丸メガネの下の目を丸くした。

「あまりにもヘビーっすよ。デメリットしかないっすよ」

火野が早くも不満を漏らす。

廊下からドアを開けて劇場内に入り、さらに驚いた。

「もうすぐ、始まるんですよね」

赤星が声を潜めて訊いた。

「ああ、ショーは十三時からや」

「お客さん、ほとんどいないですよ。ベレー帽のおっさんとウチらだけですかね」

「……わからん」

どれだけ場数をこなしても、観客が少ないことには絶対に慣れない。屈辱感と自分に対するふがいなさで、心臓がえぐり取られそうになる。

《東洋ミュージック》は妖しさとインチキ臭さとゴージャスさが入り混じった佇《たたず》まいだった。キャパは百席ほどで、舞台中央から突き出す花道とその先にある円形のステージをぐるりと椅子が囲んでいる。どの席からでも踊り子さんを堪能できる作りだ。

「どうします？　メリットあります？」

火野が、帰りたくて仕方なさそうな顔で訊いてきた。

「とりあえず、座ろうや」

俺は舞台のすべてが見渡せる中央の最後部の席に腰を下ろした。劇団員たちも渋々と従い、俺の横に並んで座る。

「前座の仕事はギャラはいいんっすか」

火野はまだ納得いかない様子だ。

「うん。そこそこいいと思う」

冬音から出演料の額はまだ提示されていない。それなのにあっさりと引き受けてしまった。

「ここでお芝居するんですか？　私、大丈夫ですかね。一応、女なんですけど」

普段、女っぽさを全然出さない赤星が不安げな顔になる。ちなみに赤星の好きな食べ物はたこわさと梅水晶で、好きな飲み物は芋焼酎と酔いつぶれた次の日のソルマックである。大昔に彼氏との小旅行でディズニーシーに行ったとき、コロナビールを何本も飲んで泥酔してインディ・ジョーンズのアトラクションでゲロを撒き散らした武勇伝を持っている。

「ビートたけしも欽ちゃんも浅草のストリップの前座で修行してたやろ。俺らにとってもいい経験になるはずや」

「はあ……」

「次の公演を打つ予算がないねんから、何もせえへんよりはマシやんけ」

「まあ……」

劇団員たちが歯切れの悪い返事をする。一体、自分たちが完全に場違いなここでどんなパフォーマンスをすればいいのか見当がつかないのだ。

それは俺も同じだった。

二日前の夜、《デ・ニーロ》で冬音に口説かれ、その色気に負けてオッケーしてしまったのだ。「店閉めて飲みに行こうよ」と誘われてタクシーでアメ村に移動し、外国人しかいないバーでテキーラのショットを連打して記憶がぶっ飛んだ。

目が覚めたらそこは、冬音のマンションのベッドで、素っ裸でスヤスヤと寝ている彼女を腕枕していた。

「デキモノが潰れました」

俺の真横のビーバー藤森が鼻を押さえて言った。

「だから、触るなって言ったやろ」

「ティッシュあります？」

「ないわ！　お前、もうちょい緊張感出せよ」

「すんません。どうしてもデキモノが気になって」

「ハンカチならありますよ」

赤星がポケットから取り出して言った。

「ごめん。洗って返すね」

「いいえ、捨てていいので弁償してください」

ピシャリと返す。赤星はとにかくデキの悪い男に厳しい。

ひねくれた性格の火野、ドSキャラの赤星、空気の読めないビーバー藤森。

これが俺の劇団《チームKGB》だ。他のメンバーもいたが次々と辞めて、アクの強い連中だけが残ったのである。

もちろん、彼らは食えない役者で、火野はキャバクラのキャッチ、赤星はデリヘルのドライバー、ビーバー藤森は美術学校のヌードモデルとなかなかクセのあるアルバイトをしていた。劇団員はシフトを守らなければいけない普通のアルバイトにつけないのが悩みの種だ。

「そろそろ始まりそうっすね」

火野が、キャバクラの常連客のおっさんから貰った、限りなく偽物に近いロレックスを見た。

一回目は十三時からで、一日に四回のショーがおこなわれる。

しかし、観客は泣きたくなるぐらい少なかった。俺たち以外はたったの三人。さっきのベレー帽に、白のタンクトップとベージュの短パンの太ったオヤジ。おにぎりを持っていれば山下清そのままだ。もう一人はスーツを着た銀縁メガネのサラリーマンで、一見、仕事ができそうな営業に見えるが、昼間にストリップを観てサボっているのだから、ロクなサラリーマンではないだろう。

場内の照明が落ち、ステージ横のスピーカーからユーロビートが大音量で流れ出す。そのリズムに合わせて中年男がマイクでMCらしきことを始めたが、声の主の姿は見えない。

「お客様、お客様。ご来場いただき、まことにまことにありがとうございます。さあ、本日も本日も踊り子さんがバタフライ。本日も可憐な蝶が舞い踊る《東洋ミュージック》自慢のエンターテインメント。思う存分、乗り出して、ギンギンギラギラ輝いて。踊り子さんにはお手を触れぬようお願いいたします」

聞き取れたのはここまでだった。独特のけだるい節回しなのに異様にテンションは高く、滑舌が悪く声がこもっているので何をおっしゃっているのかわからない。

「それではトップバッター。火の国熊本からやってまいりましたモチ肌ロリロリ美人、天草リリー」

ＭＣの掛け声と同時に、曲がユーロビートからＡＫＢ48の『ヘビーローテーション』に変わった。

スポットライトがステージ奥に当たり、銀色のキラキラのカーテンの奥から、小太りのアイドルが飛び出してきた。

「わあ……キツいなあ、これは……」

火野が、跳びはねるように踊る小太りのアイドルを見て顔をしかめる。

「あの人、ロリっぽいけどおばちゃんですね」

赤星が、一刀両断する。

たしかに、天草リリーさんはＡＫＢみたいな制服衣装を着ているが三十歳はゆうに超えていそうだ。衣装もドン・キホーテで売っているペラペラなコスプレだ。

「一人でやるＡＫＢってとんでもなくシュールですよね」

「あれは大勢だから絵になるもんな」赤星の毒舌に火野が同意する。「一人で踊られると悲しくなってくるよ」

天草リリーが、制服衣装を脱ぎ出した。状況が状況だけにどうにもエロい気分にはならない。下着はピーチ・ジョンみたいな可愛いやつだが、腹の肉が大福みたいで気になってしまう。

客席の真ん中にある円形ステージに移動した天草リリーが、軽快な音楽のまま呆気無く下着を全部脱いだ。モチ肌ロリロリ美人と名乗るだけに、肌が白い。でも、本当に餅そのものだ。

「あ、回った」

赤星が円形ステージを指す。円形ステージは電動になっていて、脚を豪快に広げる天草リリーが回転した。

「座長……私たちも回らなきゃいけないんですかね。私、乗り物酔いが激しいんですけど。インディ・ジョーンズで吐いた女ですから」

「それは俺たちの自由だと思うけど……」

冬音は、「好きなように舞台で暴れてくれたらいいから」と言ってくれた。だが、ここでどう暴れればいいのか想像すらできない。俺たちが闘牛なら、ここはマタドールも観客もいない闘牛場だ。闘牛もただの牛になってしまう。

天草リリーが終わったあと、次にかかったのはマドンナの『ライク・ア・ヴァージン』だった。

マドンナの甘ったるい声で登場したのは、齢《よわい》六十歳は過ぎているであろう緑色の浴衣姿のおばあちゃんだった。

「ヨーダみたいっすね」

赤星が呟く。

「この人が脱ぐのを見なきゃいけないんですか……メリットが……」

火野が、溜息まじりにぼやいた。さすがにこれにメリットはない。

「鼻を弄り過ぎたせいで、今度は鼻血が出てきちゃいました」

ハンカチを鼻の穴に詰め込んだビーバー藤森が、老婆の踊り子に拍手をした。

4

「二番バッターは、生ける伝説でございます。広島のいぶし銀スナイパー、尾道チェリー」

MCが相変わらずのけだるいハイテンションでステージのおばあちゃんを紹介した。

「タバコ屋さんで店番をしてそうなお婆さんですね」

赤星が唖然として言った。

俺と火野もあんぐりと口を開けて固まっている。衝撃という言葉では片付けられないエンターテインメントだった。

マドンナのダンスナンバーで踊るおばあちゃん。ジャズダンスと阿波踊りがミックスされた独特のステップで花道を渡り、円形のステージで浴衣を脱いだ。

昼間から、干し柿のようなおっぱいを、六十歳のTバックを、どう直視すればいいのだろう。

俺たち以外の三人の客が尾道チェリーに無反応なのもびっくりした。常連客で心を無にする術を心得ているのかもしれない。

しかし、仰天するのはここからだった。ステージ横から、白シャツにネクタイの男がそそくさと駆け寄ってきておばあちゃんストリッパーに小道具を渡す。おそらく、この男が滑舌の悪いMCだ。小道具は筒と風船だった。

「さあ、お兄さんこちらへどうぞ。チェリーさんのアシスタントをお願いします」

MCが指名したのは、よりによってビーバー藤森だった。常連ではなく新規の客にしたいのはわかるが、この中では一番選んではいけない男だ。

ビーバー藤森が、迷子で保護された子供のような顔で、ステージに上がらされる。

風船にはヘアバンドみたいなものが付いてあり、頭に被れるようにできていた。バラエティー番組で見る頭上に風船がくるあれだ。

「それでは、尾道チェリーさんが披露する伝説の技、女体の神秘をとくとご覧ください」

MCが細長い筒をおばあちゃんに渡した。

「まさか……吹き矢？」

俺たちは思わず身を乗り出した。

おばあちゃんが手慣れた動きで筒の先を自分のアソコに挿し込み、花道を挟んで奥の舞台で直立しているビーバー藤森に狙いを定めた。あくまで穏やかな表情のおばあちゃんは、スナイパーというよりはベッドに横たわる入院患者そのものだ。

「それでは皆様、カウントダウンをお願いします。５、４」

MCが右手を挙げて指を折っていく。

ビーバー藤森の顔色がみるみると青くなる。風船を割るのだから、尖っているものが飛んでくるはずだ。

「まあまあ距離がありますよ。サッカーのPKぐらいっすよ」

火野がゴクリと唾を飲む。

The

「3、2、1！　発射！」

次の瞬間、吹き矢が風船ではなくビーバー藤森の鼻に突き刺さった。

「痛《い》ってえ！」

せっかく止まったのに、また流血だ。

ただ、あの距離をアソコの力で飛ばすのは女体の神秘ではある。

「凄いもの見てしまいましたね……。たぶん、今夜は眠れない」

齢六十歳のストリッパーの尾道チェリーが出番を終えたあと、赤星がぐったりと席に沈み込みながら言った。

「何やねん、これ……」

千五百メートルを全速力で駆け抜けたような疲労感が全身を襲う。半ば放心状態で、どうやって前座をすればいいのか一ミリも考えられない。

マドンナの曲が終わり、ドラムと手拍子の印象的なイントロが流れる。

「この曲好き」

赤星が、リズムに合わせて足を鳴らす。

俺も何の曲か一発でわかった。クイーンの『ウィー・ウィル・ロック・ユウ』だ。

「皆様、お待たせしました」心なしかＭＣの声にも覇気がある。「北海道からやってきた天才ダンサー、旭川ローズ！」

場内が暗転し、スポットライトの輪に冬音が浮かび上がる。

黒いハットに黒スーツ、白シャツに黒いネクタイにサングラスをかけている。足元だけ、二日前と同じ赤いヒールだった。ハットを片手で押さえたまま動かない。もう片方の手で曲の手拍子に合わせて指を鳴らし始めた。

色気たっぷりで、キマっている。

エレキギターの歪《ひず》んだ音とともに、ゆっくりと花道を歩き出す。背筋がピンと伸び、体の中心に芯が入っている。

いつのまにか、ベレー帽のおっさん、山下清、営業マンが円形ステージの前でかぶりつくように待っている。彼らのお目当ては、冬音だったのだ。

冬音が円形ステージに立つと同時に曲が止まった。しばしの無音のあと、冬音がサングラスを外すとエレクティカルなイントロが鳴り、女のボーカルが雄叫びを上げる。

レディー・ガガの『バッド・ロマンス』だ。

黒いハットが宙を舞い、冬音がスーツを脱ぎだした。他のストリッパーがじらすように脱いでいたのに対し、冬音は違った。脱ぎ捨てると表現したほうが近い。シャツとパンツにはマジックテープが仕込んであり、一瞬で体から剝《は》ぎ取ることができた。

俺たちも舞台の早替えで使う手だ。

黒い下着と黒いガーターベルトに黒のストッキング。黒いネクタイは首に残っている。全身が黒なので、ハイヒールの赤が鮮明に活きていた。

「かっこいい……」

赤星が感嘆の声を漏らす。天邪鬼《あまのじやく》の赤星は日本の芸能界より、洋楽や海外のエンターテインメントが好きなのでツボなのだ。

「踊りがキレキレっすね。ここがストリップじゃなければミュージックビデオ観てるみたいっすよ」

火野が珍しく他人を褒める。

冬音のダンスは明らかにプロのそれだった。二日前、《デ・ニーロ》でしこたま飲んで色んな話をしたが、冬音の過去にはまったく触れなかった。ストリッパーの昔話は向こうから語るまで詮索しないのがマナーだろう。

「うおっ。うおっ」

ビーバー藤森もダンスに見とれて鼻を弄っていない。

曲のサビの部分で、アリーナ席のおっさんたちが何かを宙に投げた。色とりどりのテープだ。おっさんたちの顔が異様にキラキラと輝いている。エロいものを見ている目ではない。

「まるで演歌のコンサートだな。いちいちノスタルジックっすね」

火野が鼻を鳴らしたが、完全に引き込まれている。

冬音がブラジャーに手をかけた。

「きたー！　いよいよだあ」

女の赤星が身を乗り出す。

しかし、どうやって脱ぐんだ？

尾道チェリーは下着をつけていなかった。衣装を脱げばそのまま裸だった。よく考えれば、下着を取る姿は男としては嬉しいが、ダンスとしては絵にならない。

「あれ、何っすか？」

冬音が持っているものが照明に照らされてキラリと光った。

ナイフだ。どこに隠していたのだろうか。

レディー・ガガのシャウトに合わせて、冬音がナイフで胸の中心のブラジャーを切った。はらりとブラジャーが足元に落ちる。

続いてパンティの腰の部分にナイフを当て、リズミカルに引いて切った。同じくパンティが落ち、とうとう冬音が全裸になった。

ナイフの緊張感が、観客の興奮を加速させた。おそろしく斬新な演出だ。文字通り、何も身にまとっていない冬音の白い肌をスポットライトが妖しく照らす。息を呑《の》む美しさだ。

「アタシ、女ですけど勃起してます」

赤星が意味のわからないことを口走る。

ビーバー藤森は、デロリアンに乗ってタイムスリップしたマイケル・J・フォックスみたいな顔でさっきからずっと息をしていない。

べ、別人やん……。

俺が一番驚いていた。

二日前、俺は冬音とセックスをした。ベロベロに酔っ払っていたので、内容はあまり覚えていないし、俺のアソコがちゃんと機能したのかも怪しい。

朝起きて、隣で寝ている冬音はお世辞にも美しいとは言えなかった。化粧は崩れ、口は酒臭く、髪はタバコ臭かった。

何よりもドン引きしたのは、部屋の汚さだった。目が覚めた瞬間、ゴミ収集車にここまで運ばれてきたのかと思った。俺の右手はポテトチップスの袋に、左足は食べかけのカップ焼きそばに突っ込まれていた。

冬音が円形ステージの中央に腰を下ろした。長い脚をまっすぐに伸ばしたまま開いてVの字を作り、秘部を露わにする。

かなりの柔軟性と体幹の強さが窺える。トップバッターの踊り子の天草リリーも同じポーズを取っていたがレベルに雲泥の差があった。

ゆっくりとステージが回転して、俺は冬音の性器と対面した。二日前に酔っててちゃんと見られなかったから初対面のようなものだ。ただ、劇団員たちの前でじっくりと鑑賞するわけにもいかず、視線を逸らす。

その拍子に冬音と目が合い、彼女の方からウインクをしてきた。

一回目のショーがすべて終わり、俺らは楽屋へと通された。楽屋と言っても畳がある物置みたいな狭い場所だった。他の踊り子さんたちは俺たちに気を遣っているのか、姿は見えない。

「どうだった？　私の踊り」

自己紹介を終えた劇団員たちに、真っ赤なアディダスのジャージ姿の冬音が、ペットボトルのお茶を飲みながら訊いた。

冬音のあと、二人のダンサーが踊ったがやる気は感じなかった。誰だって彼女のあとにパフォーマンスをするのは嫌だろう。ダルビッシュが投げたあとに始球式をするようなものだ。

「最高っす。頭が爆発しそうになりました」

すでに天然パーマが爆発している火野が答える。

「ビートルズの『ゲット・バック』を聴いたとき以来の衝撃でした」

人見知りの赤星が、ガチガチになって言った。

二人とも、半分お世辞も入れて絶賛しているのだろうが、度肝を抜かれたのは間違いない。ちなみにビーバー藤森は、さっきからずっと前屈みになっている。きっと、勃起が治まらないのだろう。

「急だけれど、明日から前座をお願いしたいの」冬音が真剣な表情で俺たちを見る。

「ステージは十日間しかないからあと九日ね。踊り子さんは全国の小屋をぐるぐると回ってるのよ」

「なるほど。それで踊り子さんたちが全国から集まってるんですね」

「そう。わたしの地元は網走なの」

冬音が、俺の質問に肩をすくめる。

「旭川じゃないんですか」

「網走じゃ語呂が悪いじゃない。あと、本当の地元を名前に付ける踊り子さんもいないわよ。他の踊り子さんたちと仲良くなっても根掘り葉掘り訊いたらだめよ」

「わかりました」

俺の返事と同時に劇団員たちも頷く。

ただ、あれだけのダンスの技術を持った人間が、廃墟寸前のストリップ劇場で踊っている理由は知りたい。一体、冬音の過去に何があったのか。映画監督を志す人間としてとても興味がある。

「もっと若いお客さんに観に来て欲しいの」冬音が切実な顔になる。「だから、人気劇団のあなたたちに依頼したのよ」

「重いっすね……」

火野がボソリと呟いた。この男は思ったことをすぐに口にしてしまう悪癖がある。そのくせ、自分ではなるべく責任を負いたくないのだからさらにタチが悪い。

男として、冬音の期待に応えたいし、彼女の踊りをもっと多くの人に観てもらいたい。

だが、問題が一つある。《チームKGB》は決して人気劇団ではない。

「休憩の間に、小屋を案内するね」

冬音のあとについて楽屋を出たときに、モチ肌ロリロリ美人の天草リリーとすれ違った。

「お疲れ様です」

俺たちが挨拶をしたが、スマホから顔を上げずに無視された。

「いいから。いいから」冬音が、気まずそうな顔で俺を呼ぶ。「今、たまたまオーナーが来てるから挨拶してね」

「はい……」

どうやら、歓迎はされていないようだ。他の踊り子さんからすれば、急に現れた劇団など鬱陶《うっとう》しいものでしかないのだろう。

「失礼します」

狭くて暗くてカビ臭い廊下の奥にある小ぢんまりとしたオフィスに、俺たちはぞろぞろと入った。

「オーナー。この子たちが明日から前座をやってくれる子たちです」

「おう。何するか知らんけど、まあ頑張ってくれや」

ソファに座っていたパンチパーマの男が振り返った。

心臓が爆発しそうになる。つい最近ブルドーザーで俺の店《デ・ニーロ》を潰そうとした男が目の前にいるではないか。

「宮田さん……」

俺は呻《うめ》きに近い声で言った。

5

その日の午後十一時。金曜日だというのに《デ・ニーロ》は閑古鳥が鳴いていた。

「お客さん、来《き》へんねえ」

栗山《くりやま》千春がカウンターに頬杖をつきながら、ジャック・ダニエルのソーダ割りをチビチビと飲んでいる。千春は金曜日の仕事帰りに残業がなければ顔を出してくれる。彼氏の店の様子窺いと俺の作る納豆パスタが大好物なのだ。

俺と付き合ったころの千春はカシスオレンジしか飲めなかったが、デートを重ねるうちに酒を半ば強制的に覚えさせられ、今やバーボンから熱燗《あつかん》まで、何でもござれの立派な酒飲みになってしまった。

「金曜日はみんな梅田やなんばで飲むからな。遅い時間にいきなり混むパターンや」

「勇太もウチと喋るのは退屈やろ」

千春が嬉しそうに言った。

「何でやねん」

「だって、さっきから黙ってるねんもん」

「曲をじっくり聴いてたの」

「嘘ばっかり。マライアそんなに好きちゃうくせに」

千春はいい女だった。母性本能が強く、無茶苦茶な生き方をしている俺を陰で支えてくれる。《チームKGB》の制作としても手伝ってくれているが、千春の仕事は実質的に公演の赤字の補填だ。「出世払いやで」と自分の貯金を崩して貸してくれる。

つまり、千春の言う「出世払い」は、「私と結婚して売れてや」という意味である。もしくは、「早く売れて、私のお父さんを納得させてよ」だ。

千春は、驚くほど金に対する欲がなかった。節制が得意でコツコツと貯めているが、それは贅沢が嫌いなだけで、ここぞというときは惜しげもなく払う。劇団だけではなく、店の赤字も面倒を見てくれ、デート代も十回に九回は奢ってくれた。こんな状況だから、千春の父親が怒り狂うのはわかる。俺にもし娘ができて、酔いどれのヒモ劇団員の恋人ができたら、頭を捻って完全犯罪の殺人トリックを考える。

千春は美しい女だった。小柄だけど芯が強いタフさを兼ね備え、短い髪が似合い、大きな目で俺を見て、大きな口でよく笑う（鼻は少し低いけど）。無理やりハリウッドスターに喩えるなら、俺の永遠の憧れホリー・ハンターだ。知らない奴は、TSUTAYAで「赤ちゃん泥棒」のDVDをレンタルしてくれ。彼女の魅力が詰まっている。

千春の欠点は、妄信的にマライア・キャリーを崇拝しているところと自分に自信がないところだ。女に対する嫉妬も人一倍強い。

店で二人きり。ストリップの前座の話をする絶好のチャンスだ。しかし、話を切り出すタイミングはいくらでもあったのに、ビビってしまってジャック・ダニエルのロックを三杯も飲んだ。

「どうしたん？　何かあったん？」

さすがに千春も不審がる。

「宮田さんが……」

「また、何か言うてきたん？」

ダメだ。言えない。

俺は道でばったりと会って何もされなかったが怖かったという話をでっち上げた。ブルドーザーの一件は商店街中に、あっという間に噂が回ったので、もちろん、千春も知っている。

ばったり会ったのは嘘ではない。ただ、場所がストリップ劇場なだけだ。

千春と宮田さんへの今後の対応を考えるフリをしつつ、俺は今日の昼の出来事を思い出した。

《東洋ミュージック》のオフィスで、宮田さんは俺を見てニタリと笑った。

「お前か」

たった一言だけだったが、どんな恫喝よりも効果がある。

正直、前座を辞退させて頂きたい。だが、セックスをしてしまった冬音と、やる気になっている劇団員の手前、それもできなかった。結局、明日の午前九時に《東洋ミュージック》に入り、小屋専属の照明さんと音響さんと打ち合わせをしてリハーサルをする段取りで話は進んでしまった。

冬音は、宮田さんは小屋に毎日は来ないと言っていたが、そう願いたい。パフォーマンス中に宮田さんの顔を見たら、恐怖で台詞が全部飛ぶ可能性がある。

「ほんま、困った人やねえ」千春が溜息を漏らす。「そんな宮田さんでも、奥さんには頭上がらんのやろ」

一度しか見たことはないが、ヒョウ柄で紫色に髪を染めたおばさんがブルドーザーの前に立ちはだかった光景は脳裏に焼き付いている。

「どんな男でも、奥さんは怖いねん。カウンター越しに、偉そうなおっさんが奥さんからのメールに震え上がってるのを何べんも見てきたわ」

「それは、奥さんに隠してやましいことをしてるからちゃうん」

はい。そのとおりでございます。

俺は、急に千春の視線が恐ろしくなって、タバコに火を点《つ》けた。普段、ニコニコしてるくせに、やたらと勘が働く。もしくは、女という生き物が男にはない特殊能力を持っているのかもしれない。

「まあ、いつも男がアホやねんけどな」

「ふうん」

千春の目が敵を銃で狙うブルース・ウィリスに見えてきた。

ストリップの前座の話をできないのは冬音のこともあるからだ。千春は絶対に観に来るだろうし、絶対に怪しむ。

でも、言わなければいつかはバレる。《東洋ミュージック》は、一応、商店街の一角にあるのだ。商店街会長の千春の父親に「ちーちゃんの彼氏、ストリップに通ってんで」と告げ口が届くのは時間の問題だ。そもそもどんなパフォーマンスをやるかもまとまっていない。持ち時間は十五分だ。前座にしては充分だが、演劇にしては短い。

コントでお茶を濁すしかないよな……。

どうせ、観客は数人だ。彼らも無名の劇団の前座など早く終わって欲しいだろう。

よしっ。今言おう。

俺は勇気を振り絞り、タバコを灰皿に押し付けた。

「ちーちゃん、あのな……」

「あれ？　朋ちゃんやん！」

突然。千春が横を見て、素《す》っ頓狂《とんきよう》な声を上げた。

「えっ？」

肩透かしを食らった俺は慌てて振り返った。

店の入口に、妹の朋美が立っていた。足元にスーツケースがあり、笑顔で手を振っている。

「どないしたん！」

千春がスキップでもしそうな勢いで駆け寄り、朋美に抱きつく。千春は俺抜きでも朋美のバンドのライブに行くぐらい大好きなのだ。

「さっき、新大阪に着いてん」

「そうなん？　言うてくれたら車出してお迎えに行ったのに！　勇太は朋ちゃんが来

るの知ってたん?」

「知らんかったよ」

それどころか、一年近くまともに喋っていない。

「人気者やから新大阪の駅でファンに囲まれてサイン攻めにあったやろ」

「そこまで大スターちゃうよ」

「そんなことないよ。しょっちゅうテレビ出てるし、ジャニーズ主演の映画の主題歌にもなったやん」

「たまたまやって」

朋美の謙遜《けんそん》が苛つく。だが、千春がはしゃいでいるのはもっとムカついた。明日から場末のストリップ小屋で前座をする俺とは天と地の差がある。

顔に出したら負けだ。

俺は、平静を装うためにもう一本タバコに火を点け、兄貴面で朋美に声をかけた。

「飲んで行くんか?」

「うん。友達の家に泊まる前に少しだけ」

「何、飲むねん」

「ビール」

「腹は減ってへんのか?」

「大丈夫。新幹線で駅弁食べたから」

朋美はスーツケースを入口の脇に置き、千春の隣に座った。

「朋ちゃん、おかえり。実家には帰らへんの?」

千春が、乾杯して訊いた。

「茨木市やから遠いし、この時間はオカン寝てると思うし。オカン、朝のジョギングが日課やから」

朋美がビールをひと口飲んで微笑む。

久しぶりに会った妹は、随分と大人びていた。笑み一つ取っても洗練されて見える。肩まで伸びた髪やメイクのせいなのか。たった一年そこらでこれだけ人間を変えるなんて東京という街のスケールに圧倒されてしまう。

いつか、上京して勝負しようや。

劇団員たちと居酒屋で飲む度に言っていたが、誰も何の準備もしていないのが現状だ。

バーの経営があるから。金が貯まってから。千春との結婚を考えているから。

色んな言い訳を用意して、夢を遠回しにしてきた。

朋美は違う。無謀な勝負に出て、勝ちをもぎ取った。血は繋《つな》がっていても、俺と真逆の人間なのだ。

千春と談笑する朋美を横目に、俺は溺れそうになった。まるで、俺の周りだけ酸素が薄くなったかのようだ。ここが自分の店でなければ、理由をつけて逃げ出していただろう。

「朋ちゃん、何で帰ってきたん？」

「新しいアルバムのレコーディングが終わったし、休憩」

「へえ！　いつ出るの？　ウチ、絶対買うわ」

「ちーちゃんには送るってば」

「ううん。ＣＤ十枚買って、友達に配る。ウチは《マチルダ》の応援団長やねんから」

「ありがとう」

朋美が、物憂《ものう》げな表情で笑った。そのスカした感じに、また腹が立ってきた。

「ねえ、東京での暮らしはどう？」

「うーん、とにかく人が多い。多過ぎやわ。渋谷のスクランブル交差点なんて砂糖に群がる蟻みたいやで」

「ウチも何回か行ったけどここに住むのは無理やって思ったもん」千春が大げさに顔をしかめてみせる。「ご飯も美味しくないやろ」

「そうでもないで。店をちゃんと選べば大阪よりもレベルは高いよ」

「マジ?」

朋美の思わぬ反論に、千春が仰《の》け反《ぞ》る。

「たしかに、安くて美味しい店の数は大阪に軍配が上がるけどな。あと、東京は行列の店にハズレがある」

「うん! 旅行で行ったとき、めっちゃ有名なラーメン屋さんのスープが塩辛くて全部飲めへんかったもん」

「関東の人は、スープは飲むもんとちゃうからな。向こうは蕎麦文化やから、汁は麺をつけるもんやねん。だから、つけめんの店がアホみたいにあるし」

「マジ? うどん文化のウチらからしたらありえへんわ」

千春が呆れたように首をすくめる。

最近、大阪にもつけめんの店は増えてきたが、東京には到底敵わない。東京にお好み焼き屋が少ないのと同じだ。

「寿司、天ぷら、イタリアンは圧倒的に東京の勝ち。粉もんと焼肉は大阪かな」

「どんだけ、美味しいもの食べてるんよ。やっぱり、超売れっ子やんか。羨ましいな、勇太」

「ほんまやな」

心の中では、「羨ましくないわ！　ボケ！」と叫んでいたが、口に出すのはプライドが許さない。

「プロデューサーとかレコード会社の偉いさんとかに連れてって貰ってるだけやから」

朋美がボヤくように言った。謙遜ではなく、明らかに顔が曇っている。

「ええなあ。ウチもたまにはお金持ちのダンディなおじさまにご馳走なりたいわ」

千春が半分冗談の半分俺への嫌味で言った。

それから、一時間近く三人で飲んだ。他の客は来ず、テンションが上がりっぱなしだった千春が酔い潰れてカウンターで眠りだした。

「お兄、いつ結婚すんの」

タヌキ顔の朋美の目が据わっている。

「まあ、いずれやな」

俺もしこたま酔っていた。千春が朋美を褒める度に、ジャック・ダニエルをがぶ飲みしたからだ。

「早くせな、愛想つかされて逃げられて、誰かに取られるで」

「やかましい」

「ちーちゃんのお父さんに反対されてんねやろ。オカンが電話で嘆いとったわ」

「俺のことはええねん。お前こそ、何かあったんちゃうんか」

「はあ?」

「兄妹やねんからわかるわ。東京で何があってん」

朋美がへの字口になって俯いた。図星だ。

「……やめてん」

「ん?」

囁くような言葉が聞き取れず、俺は朋美の顔を覗き込んだ。そこで、初めて妹が泣いていることに気がついた。

朋美が顔を上げて、憎しみがこもった声ではっきりと言った。

「バンド、やめてん」

俺は言葉を失って立ちすくみ、カウンターを枕にしている千春はムニャムニャと寝言を呟いた。

6

翌日の午前九時。

俺は《チームＫＧＢ》の劇団員たちと《東洋ミュージック》に入った。小屋専属の照明さんと音響さんと打ち合わせをする予定で、リハーサルのあとに、さっそく前座が控えている。

「やっぱり臭いっすね」

赤星が鼻をつまんで顔をしかめた。

今は誰も小便をしていないが、廊下のコンクリートの壁にアンモニア臭がこびりついているのだ。

「あと九日間もこの異臭に付き合わなきゃダメなのかよ」

火野がゲンナリした顔でボヤく。

「また鼻に新しいデキモノがデキちゃいました」

ビーバー藤森が鼻を弄りながら呟いた。

全員、それほど緊張感はなかった。心のどこかで「どうせ、観客が数人やねんから」と思い、どうしてもモチベーションが上がらないのだ。

「ギャラを貰えるねんから、気合入れていこうや」

そういう俺が一番集中できていなかった。昨夜、妹の朋美からバンドを辞めたと聞いたショックがまだ抜け切っていない。

俺は辞めた理由を問い質そうとしたが、朋美は「色々あって、しんどくなってん」と答えを濁し、友達の家に泊まりに行ってしまった。

「おはよう。朝ごはんは食べた?」

楽屋に行くと、旭川ローズこと冬音が真っ赤なジャージ姿でストレッチをしていた。いとも簡単に股を百八十度に開き、俺たちに手を振る。

「普段、こんなに早く起きることはないんで、ギリギリに起きて食べてません」

赤星が目をキラキラと輝かせて返す。昨日の冬音のパフォーマンスを観て、早くも憧れの人物になっているのだろう。

「商店街のパン屋さんで適当に買ってきたから食べてね」

「あ、ありがとう」

俺は必死に動揺を隠して言った。

「パン屋さんって千春さんのお父さんがやってる店ですよね」世界一空気の読めない

男、ビーバー藤森が言った。「焼きそばパンが最高に旨いんだよなあ」

「千春さんって、勇太君の彼女?」冬音がニンマリと笑う。「ねえ、どんな人?」

「めちゃくちゃいい人ですよ。愛嬌のある美人だし、優しいし。俺もあんな恋人が欲しいっすよ」

火野がわざとらしく口を尖らせる。彼の歴代の彼女はすべてバイト先のキャバ嬢だ。

「ふうん」

冬音が目を細めて俺の顔を見る。俺は思わず話を逸らした。

「さっそく、照明さんと音響さんと打ち合わせしたいんですけど」

「わかったわ。じゃあ、花太郎を紹介するわ」

「……その方は照明と音響のどっちですか」

「どっちもよ」

「へ?」

「いつも花太郎が照明と音響を同時にやってるのよ」

「マジっすか」

俺は劇団員たちと目を合わせた。照明と音響は同時にできるものなのか? 俺たちの常識ではもちろん不可能だ。

「花太郎はちょっと変わってるけど気にしないでね」

「はあ……」

朝イチから不安で仕方がない。前座の出番はあと四時間後なのである。

冬音に案内されて、観客席の背後の通路に来た。ちょうど、昨日俺たちが座っていた席の真後ろだ。

「ここを昇って。花太郎は上で寝てるから」

冬音が壁のドアを開けた。そこは縦長の空間で、上の部屋から梯子が伸びているだけだった。大人が二人も入ればぎゅうぎゅう詰めになる狭さだ。

「……寝てる?」

「じゃあ、私は楽屋でストレッチしてるから打ち合わせが終わったら呼んでね」

冬音が手をヒラヒラさせながら、アンモニア臭い廊下へと去っていく。

残された俺たちは、ドアの向こうの梯子を見つめた。かなり暗く、不気味さしかない。

「ドラクエに出てきそうな隠し部屋っすね」

火野が大げさにゴクリと唾を飲む。

「て、言うか座長」赤星が俺の顔を覗き込む。「千春さんは私たちの前座観に来るんですか？」

「来ない」

「やるって言ってないんですね」

「まあな」

「どうしてですか？ 冬音さんと何かあったんですか？」

「あるわけないやろ」

なぜ、女の勘はこんなにも鋭いのだろう。次に千春に会うのが恐ろしくなってきた。

「千春さんのお父さん、商店街の会長なんですよね。僕らの前座の客集めに協力してくれませんかね」

ビーバー藤森が、また空気を読まない発言をする。

「いや、それはやめとこう」

「絶対にいいアイデアですよ！ 冬音さんの願いは客を呼ぶことなんですよね？ 商店街の会長に応援して貰えれば百人力じゃないですか」

コイツの鼻を殴ってやりたい。

火野と赤星は、何となく俺の気まずさを察してくれている。ストリップ劇場でコントをする姿を彼女の父親に見せたくないのは少し考えればわかることではないか。

「まずは打ち合わせしようや。時間がないねんから」

俺は逃げるようにして、不気味な梯子を昇った。

だが、商店街の噂で千春や千春の父親にバレるのは時間の問題だ。その前に、俺の口から伝えたほうが傷は浅いのはわかっている。

わかってはいるが……何て言えばいいねん。

すべては自分の不甲斐なさが原因だ。映画監督になるという無謀な夢を見ながら、売れない劇団をいつまで続ければいいのだろう。

梯子の先に大人が一人通れるほどの四角い穴が空いており、俺はそこから頭を出した。

く、臭い。

ヤバい異臭が鼻に飛び込んでくる。タバコと加齢臭と生ゴミと得体の知れない国の調味料が混ざったような臭いが四畳半の畳部屋に立ち込めている。

裸電球の下、明らかに万年床とわかる平べったい布団で黄色いTシャツとトランクス姿の太った男が、サングラスをかけたまま鼾《いびき》をかいていた。まるで、浜に打ち上げられた鯨の如く、腹を激しく上下させている。

この人が、花太郎なのか？

部屋には布団と灰皿以外になにもなく、壁に小窓がくり抜かれてステージを上から見渡せるようになっている。その下に、ボロボロの照明卓と音響卓と煎餅《せんべい》みたいな座布団が並んでいた。

「なんか……小汚いスティービー・ワンダーみたいですね」

続いて梯子を昇ってきた赤星が小声で呟く。

たしかに、サングラスと寝癖で爆発した頭はスティービー・ワンダーを彷彿とさせるが、あまりにもレジェンドに失礼である。

火野とビーバー藤森も梯子を昇って部屋に入り、一気に人口密度が上がった。

「息ができないっすね」火野が、青白い酸欠状態の顔になる。「座長、早く花太郎さんを起こしてください」

「俺、嫌やわ」

「何、言ってるんすか。こんなときのための座長じゃないっすか」

「キツいことばかり俺に押し付けんなや」

寝ているだけなのに、異様な雰囲気を醸し出す人間はそうはいない。

「僕がやります」変なところで怖いもの知らずのビーバー藤森が花太郎の肩を揺すった。「すいません。起きてください」

「あの……俺たち今日から前座でお世話になる《チームKGB》という劇団なんですけど」

「あん？　誰？」

俺は、むくりと上半身を起こした花太郎に声をかけた。

「前座？　何や、それ？」

「えっ、聞いてないですか？　冬音さんの紹介で……」

「冬音って誰やねん」

花太郎がサングラスの下で眉をひそめる。

「旭川ローズさんです」

赤星がすかさずフォローを入れてくれた。

「お前らが前座？　何すんの？」

「コントをやらせてもらうんで、打ち合わせをさせてください」

「オレは関係ないで」

「えっ？　花太郎さんは照明と音響のスタッフなんですよね」

「ちゃうで。単なるお手伝いや。ここに住まわせてもろてるだけでギャラはもろてへんしな」

「でも、旭川ローズさんが花太郎さんに頼めと……」

「あかん、あかん。オレ、糖尿病で目が見えへんねん」

「はい？」

「普段は、音のタイミングでスイッチの上げ下げしてるんや。前座なんて急に言われても無理やがな」

取り付く島もなく花太郎が立ち上がり、部屋から出て行こうとした。

「待ってください。話だけでも」

「どいてや。ぶつかるで」

花太郎は手を伸ばしてフラつき、赤星の胸を摑んだ。

「なっ！」

赤星がどう反応していいかわからずに固まる。

「ほな、自分らで頑張ってな」

花太郎が器用に梯子に足をかけ、赤星の尻を眺めながら降りて消えた。

「あの人、絶対に見えてますよね」火野が呆れ顔で畳の横の穴を覗いたあと、部屋を見渡す。「ここで暮らしてるって独房より辛いっすよ」

「そんなことよりヤバいぞ。照明と音響はどうするねん」

コントのネタは四人が同時にステージに上がることになっている。自分たちでカバーはできない。

「知り合いのスタッフさんに連絡しますか？」

赤星が胸を揉まれた記憶を振り払うかのように、素早くスマホを出した。

「急すぎるやろ。九日間も拘束させるし、ギャラもないし」

「地明かりでやりますか」

「いやいや、幽霊が出て来るコントでそれはないって」

潰れた映画館でコントをやったときでさえ、持ち込みの照明と音響の機材でホラーの雰囲気を作った。

「ネタを変えますか？」

火野がさらに酸欠状態で口をパクパクさせる。

「なんでやねん。あと三時間半しかないねんぞ」

テンパってこっちも息苦しくなってきた。頭がクラクラして万年床にぶっ倒れそうだ。

マジでヤバい……。

こういう緊急事態では、メンバーの少なさが命取りになる。

「冬音さんにやってもらうのはダメなんですかね?」赤星がおずおずと提案した。

「元々は冬音さんの企画ですし、事情を話せばオッケーしてくれると思うんですけど」

「僕が冬音さんにお願いに行きますよ」

ビーバー藤森が、後輩の赤星の提案にあっさりと乗っかる。

「それはダメや」

俺は即座に却下した。頼み辛いというのもあるが、昨日の冬音の踊りを観て強く感じたことがある。

冬音は、筋金入りのプロのダンサーだったはずだ。そんなプロが三人しか観客がいない場末のストリップ劇場で踊る心境を想像するだけで胸が締め付けられそうになる。彼女のプライドを考えれば、この部屋で俺たちの照明や音響をさせるわけにはいかない。

「誰か、知り合いで照明か音楽に詳しい暇な人いませんか」

赤星が俺たちの顔を順に見回す。

「おるっちゃ、おるけど……」

俺の脳裏にドレッドヘアのアキちゃんの顔が浮かんで、慌てて掻《か》き消した。おそらくまともな仕事をしていないアキちゃんは時間もあり余っているはずだ。

「誰ですか？　すぐに連絡してください」

赤星が、スマホを片手にがぶり寄ってくる。

「やっぱり忘れてくれ」

「選り好みしてる場合じゃないっすよ！」

火野も人一倍デカい顔を近づける。

「そいつに頼んだらコントが崩壊する恐れがあるねん」

アキちゃんは、危ないハッパが入ったお茶の筒を持ってくるに違いない。

「じゃあ、他に誰がいるんっすか」

そのとき、計ったようなタイミングで俺のスマホが鳴った。

妹の朋美だ。昨夜のこともあり、俺は反射的に電話に出た。

『お兄、お願いがあるねん』

「なんやねん？」

『あと一週間ぐらい大阪にいたいねんけど、お兄の部屋に泊めてくれへんかな』

「ええよ。その代わり、俺も頼みたいことがある」

一時間後、朋美が《東洋ミュージック》の廊下に立っていた。

「お兄、めっちゃオシッコ臭い……」

7

初めてのストリップの前座は、信じられないぐらいスベった。スベったという表現が正しいのかさえもわからないレベルの大失敗だ。まるで、深い穴に突き落とされた感覚だった。

もちろん、これまでの公演でうまくいかなかったことは数え切れないほどある。それでも、パフォーマンスが終わったあとは熱はこもってないながらも、〝社交辞令〟の拍手はしてもらっていた。

だが、俺たち《チームKGB》のコントが終わったあとの《東洋ミュージック》は、無反応だった。客は昨日と同じ、ベレー帽に、タンクトップ、銀縁メガネのサラリーマンの三人で、全員が俺たちの出番中、スポーツ新聞を読んでいた。新聞をめくる音が聞こえたほどだ。

誰も俺たちを見ていなかった。感想は一言、「迷惑」だろう。女の裸を観に来たのに、前座とはいえ無名の劇団の寸劇を観せられても困るだけだ。

ウケないだろうなとは予想はしていたが、まさかここまでとは思わなかった。

「トラウマになりそう」

舞台裏、楽屋に戻る途中で、赤星がひとりごちた。

「これ、明日もやる意味ありますかね」

火野が苛つきを隠さずボヤく。

「てか、コント中、廊下から漂ってくるオシッコの臭いで集中できなかったですよね。明日は消臭剤とか置かせてもらえないですかね」

ビーバー藤森も珍しく悔しそうだ。

「しゃあない、しゃあない。条件が悪すぎやしな」俺は自分を含めてみんなを慰めようとした。「ギャラはもらえるんやし、あと八日間の辛抱やんけ」

「でも、一日四ステージですよね。今日の残りを合わせて、あと三十五ステージもあるじゃないですか」

何よりも厳しかったのは照明室の小窓から見下ろす朋美の視線だ。演技中、何度か目が合ったが、能面のような顔をしていた。

俺が強引に呼び出し、時間の限られている中で、朋美は慣れない照明と音響をやってくれた。音響はまだしも照明の卓など触ったこともなかっただろう。幽霊のコントなので、ど派手な色が必要ないのが幸いした。

「ドンマイ」楽屋に戻るやいなや、冬音が慰めてくれた。「映画館で観たときは、私は最高に面白かったんだけどなあ。展開が斬新だし、ギャグもシュールで皮肉が効いてるし」

「客が少ないのはいつものことなんで平気っす」

火野が自嘲気味に笑い、強がってみせる。

「明日からお客さんは増えると思う。私、SNSで宣伝するし」

「ありがとうございます」

俺は会釈をしたが、本音は誰にも来て欲しくなかった。さっきの惨劇を目撃すれば、数少ない劇団のファンが減ってしまうのは間違いない。

「私もみんなのSNSの拡散に協力するから、ツイッターやインスタやってる人は教えてね」

「は、はい」

できることなら宣伝したくはないが、ギャラを貰う身としてそれは通用しないだろう。

千春と千春の父親にバレるのもあっと言う間だ。隠し通すことはできない以上、一刻も早く前座のことを告げなくてはならない。

コントがウケなかったショックと廊下のアンモニア臭と後回しにしている千春の問題がごちゃ混ぜになって気分が悪くなってきた。

「次の前座の回は私も観客席のうしろから盛り上げるからね」

まだ一回しかステージに立っていないのに、冬音のポジティブさがズンと肩にのしかかってきた。

「頑張ります」

とにかく、あと三十五回の拷問に耐えるしかない。

「それじゃあ、私、自分の楽屋に戻るね」

冬音が手を振って俺たちの楽屋を出ていった。

俺たちとは楽屋は別だ。《チームKGB》のために用意された楽屋は踊り子さんたちの小道具の物置だった。やたらにデカい扇やオモチャの拳銃、どう使うかわからない天狗のお面などがある。

「座長。冬音さん、どうしてあんなに張り切ってるんすかね?」火野が半ば呆れた顔で言った。「この劇場であの人だけが元気っすよ」

「そりゃ、ストリップを観に来るお客さんが増えて欲しいからやろ」

「いやいや、もう手遅れじゃないっすか」

俺だって、そう思う。冬音以外の踊り子は覇気がなく、こっちが挨拶しても返してくれない。

「夜になったら、お客さんもう少し入りますよね？」

赤星が不安げに俺に訊いた。

「たぶんな。いくらなんでもあの人数のままではないやろ」

ただ、夜のステージを観たことがないので何とも言えない。同じ商店街でバーを出しているが、この《東洋ミュージック》は、「いつ潰れてもおかしくない」と常連客と噂していたぐらいだ。

「座長。ネタは変えないんですか？」

ビーバー藤森が、物置の隅に積まれている小道具を横目に言った。

「……今からは無理やろ」

劇団の持ちネタとして十五分程度のコントはいくつかあるが、稽古不足だし、《東洋ミュージック》では何をやってもスベり倒すのは目に見えている。

「せめて……時間を短くしてもらうのは無理っすかね」

火野が妥協案を出す。どうせウケないのだから、なるべくダメージを浅くしようというわけだ。誰だって拷問は短いほうがいい。

劇団員たちが俺をじっと見る。今回のスポンサーである冬音にかけあってこいという無言の要求だ。

「……わかった。冬音さんに相談してくるわ」

俺は重い足を引きずり、埃臭い物置を出た。

「お兄、なんちゅう顔してんの」物置の前に、腕組みをした朋美が立っていた。「干からびた椎茸《しいたけ》みたいやで」

「おい。どんな顔やねん」

朋美は昔から口が悪い。そこそこのルックスの持ち主なのになかなか彼氏ができないのは毒舌が理由だ。

「楽屋に鏡ないの？」

「ないよ。ただの物置やぞ」

「メチャメチャやな……」

朋美が重い溜息を漏らす。妹なりに兄の情けない姿は見たくなかっただろう。

「どこ行くんよ」

「いやあ……ちょっとな」

「前座を止《や》めるって言いに行くん？」

「止めへんわ」

「あ、そう。帰るから、お兄の家の鍵貸してや」

「なんでやねん。他にスタッフがおらんって言ったやんけ」

「お兄の遊びには付き合ってられへんわ」

朋美が、今まで見たことのない顔で言い放った。怒りや軽蔑の眼差しではない。俺の劇団に興味が完全にゼロの表情だ。

「遊びちゃうやろ。ちゃんとギャラ出てんねんぞ」

「いくらよ」

「何でお前に言わなあかんねん」

「妹に言うの恥ずかしいの？」

図星だ。東京の芸能界のど真ん中にいる朋美と俺との差は雲泥どころでない。

「お兄、もう劇団なんて解散したら」

「はあ？」

「まともに働いたほうがええで。チーちゃんが可哀想やわ」

「可哀想ってどういう意味やねん」

怒りと恥ずかしさで顔だけでなく耳まで熱くなってきた。

朋美は腕を組んだまま目を逸らす。真実を俺に伝えるのに躊躇しているのだ。

俺は、そんな妹の余計な気遣いにこめかみが痛くなるぐらい奥歯を噛んだ。

「ウチに言われたくないやろうけど、お兄はこれ以上こんな活動続けて映画監督になれると思ってる?」朋美があえて強い口調になる。「ちゃんと見えてんの?」

「見えてるって……何が?」

「将来のビジョンやんか。どういう道筋でプロの映画監督になるつもりなんよ」

「それがわかれば誰も苦労せえへんやろ」

「はっきり言って、お兄の努力は間違ってる」朋美が断言した。「正しい努力は誰もわからんけど、正しくない努力はわかる。一流の寿司職人になりたいのに、おにぎり屋さんで働いていてもあかんやろ」

「何やねん、その喩え」

俺は鼻で笑ったが、朋美は真剣な表情で喩えを続けた。

「寿司職人になるには、独学では無理やん。職人さんの弟子になって、ちゃんと魚や仕込みの勉強せなあかんし、接客も覚えなあかんし」

「こんなとこで説教はやめろや」

「お兄は、ほんまは心のどっかで成功したくないねん」

朋美がさらにきっぱりと言った。

「ふざけんなや。成功したいに決まってるやろ」

だからこそ、潰れた映画館や場末のストリップ劇場で少ない観客にめげそうになりながらも営業をやっているのだ。

「売れなかったときの言い訳を用意してへん？　真っ直ぐ映画監督になる努力することにビビッてへん？　今回、ストリップの前座の仕事を受けたのも、普通の人ができないことをやって自己満足に浸りたいだけやろ」

「やかましい……」

「昔からプライドが高いくせに、それを隠そうとする癖は変わってへんな」

朋美が憐れみの目を俺に向けた。

今まで数々の大人たちに劇団の活動や映画監督になる夢を馬鹿にされてきたが、不憫に思われたことはなかった。どちらかと言えば、自由に生きている俺に対する嫉妬を説教に変換している大人たちばかりだった。

「俺には……俺のやり方があるねん」

俺は、絞り出すように言った。

「お兄の人生やもんな」朋美は微かにうつむいた。「今日だけはあと三回スタッフやるけど、明日からは他の人に頼んで」

「おう……わかった」

せっかく見つかったスタッフがいなくなるのは相当ヤバいが、最後のプライドが邪魔して頭を下げることができない。

朋美はまだ何かを言いたそうにしたが、代わりに溜息を漏らして去って行った。

「くそったれが……」

俺は拳を握りしめ、大股で踊り子さんの楽屋へと向かった。

反論できなかった。長年、俺を見てきた妹はすべてを見透かしている。恋人の千春でも気づいていない俺の逃げ癖だ。周りには逃げているように見せず、戦っているように見せるからタチが悪い。

映画の専門学校を辞めたのも、友達と劇団を作ったのも、フリーターを脱出して先輩とバーを経営したのも、いつまで経っても東京に行かないのも、すべては逃げてきたからだった。

「おう、デ・ニーロ。前座はどうやってん？」

踊り子さんの楽屋の前に宮田さんが小さめのダンボール箱を持って立っていた。宮田さんは、劇場で会ってから俺のことを名前で呼ばずに店の名前で呼ぶ。

「……手応えはありました」

咄嗟に嘘が出る。

「ほうか。ちょっと手伝え」

「はい？」

「劇場の裏口にダンボールの山があるから、それを楽屋の前に並べといてくれや。よろしくな」

人がヘコんでいるときにパシリ使いしやがって……。

逆らえるはずもなく、俺は一人で裏口へと回った。劇団員に今は頼み辛い。それにしても、宮田さんはどうやって金を稼いでいるのだろう。当然、《東洋ミュージック》は大赤字のはずだ。

「何や、これ……」

ダンボール箱はひとつひとつはそこまでの大きさではないが、三十九個も積まれていた。宮田さんが持っていたのを合わせれば四十個になる。しかも、送り先は北海道で、依頼主の名前はすべて同じだった。

旭川ローズと書かれている。冬音だ。

俺はダンボールの山をすべて楽屋の前に移した。荷物は全部軽かったが、何往復もして汗だくになった。

「あら、ご苦労さん。ローズの荷物ね」

最後の荷物を運び終えたとき、楽屋から、〝吹き矢名人〟の尾道チェリーが出てきた。片手にストローを差したコーヒー牛乳を持っている。廊下の蛍光灯の下だと、ますますお婆ちゃんに見えた。

「あの……これ、何ですか？」

俺は、思わず興味本位で訊いた。

「ローズの衣装じゃ。あの子、北海道からついてきとるファンに毎回同じもん見せるんはいけん言うてるんよ。じゃけん、四十ステージ違う衣装に着替えるんじゃ」

「えっ？　昨日も来ていたお客さんは北海道から来てるんですか？」

俺は、ベレー帽とタンクトップと銀縁メガネの三人組を思い浮かべた。

あいつらのために毎回着替える？　てか、四十回も見るのか？

得体の知れない重い塊が、俺のみぞおちにドスンと落ちたような気がした。これまでの人生で体験したことのない痛みだ。

「ローズは本物の踊り子じゃけん」

尾道チェリーがコーヒー牛乳をチュウチュウと吸って、ニタリと笑った。

8

午前零時。俺は梅田の東通りの近くにあるレッスンスタジオに来ていた。ここに来るのは久しぶりだ。二十四時間開いていて、午前零時から午前九時まではフリータイムのお得な料金で広い部屋が利用できるので、ダンサーや劇団から重宝されている。

《東洋ミュージック》で四回の前座を終えたあと、俺に呼び出された《チームKGB》のメンバーが、明らかに不機嫌な顔で壁の鏡の前に立っている。

「ネタを変えるのは賛成っすけど、どのコントをやるんっすか?」

火野が眠そうに目を擦りつつ言った。

「四回ともスベり倒しましたもんね」

赤星も目の下のクマが酷い。

ビーバー藤森は立ちながら眠っている。

二回目の前座では客は五人、三回目は十人、四回目は十三人と少しずつ増えたが、反応はすべて同じだった。四回目など、酔っ払いの客から、「兄ちゃんら、早よ終わらんかい! こっちは女の裸を観に来とるんや!」とヤジられ、他の客がそれでクスクスと笑う有様だった。

「やっぱり、コントの時間を短くするべきでしたね」

赤星が責めるような目で俺を見る。

結局、俺は冬音に頼まず、十五分のコントをそのまま続けた。北海道から送られてきたダンボールの山を見て芽生えた男の意地が、俺を止めたのだ。

世の中の誰も見ていないような場所で、冬音はひたむきに踊っている。たった数人のファンのために戦っている。

俺だけ逃げるのかよ。

せめて、あと一週間、前座の仕事が終わるまでは俺たちも本気で挑むのが礼儀だ。

「古いネタは使わへん。新ネタを作る」

俺の宣言に、火野と赤星があんぐりと口を開けた。ビーバー藤森はまだ立ちながら眠っている。

「い、今からっすか?」

「明日も四ステージあるんですよね?」

古いネタを返すだけならまだしも、新ネタを作るとなれば確実に徹夜になる。俺は覚悟を決めて、《デ・ニーロ》は先輩に任せてきた。

「ストリップの客にウケるようなネタを絶対に作ってやる」

「私、脱ぐんですか？」

赤星が貧乳の胸元を両手で隠し、顔を赤らめた。

「なんでやねん！　客を笑わせるんやろうが！」

「そうですよね。あー、びっくりした」

赤星はクールぶっているが、天然ボケなところもある。毒舌も、朋美と比べるとフグの肝とヒレ酒ぐらいの差があった。赤星の毒舌は笑えるが、朋美の言葉は人を追い詰める。

「ストリップを観に来てる連中を笑わせるなんて無理っすよ。そもそもエロい気分で来てるんっすから」

火野があくびを嚙み殺す。

「まず、そのエロい気分をふっ飛ばす」

「どうやるんっすか」

「火野。お前、オナニーしてるところを想像してくれ」

「ちょっ、後輩の女がいるんっすよ」

「私、火野さんのチンコに興味ゼロなんで気にしないでください」

「それはそれで傷つくだろ」

「早く！　脳内オナニーしてください！」

「わ、わかったって！」

赤星に急かされて、火野が目を閉じた。

「最中でどうなれば一瞬で萎える？」

「一瞬っすか？」火野が目を閉じながら顔をしかめる。「両親や兄弟や仲のいい友達の死とか？」

「他には？」

俺は間髪入れずに訊いた。

「えーと、えー、いきなりゾンビが部屋に入ってきたら縮こまりますね。当たり前っすけどオナニーしてる場合じゃないんで」

「ゾンビのコントやるんですか？　幽霊と変わりないじゃないですか」

「あくまでもイメージだろ。やいやいうるさいんだよ」

火野が赤星のツッコミに反論する。

「とりあえず、いきなり仰天する出来事が目の前で起これぱエロい気分が消えるってことやな？」

俺は念を押すように火野に確認した。

「まあ、そうっすね。でも、あのストリップ劇場で、毎回都合よくそんなことが起きますか？」

火野が目を開けて、首を傾げた。赤星も隣で頷く。

「俺たちが起こすねん」

「へっ？」

冬音のダンボールの山を見てから、ずっと考えてきた。どうすれば、ストリップの客たちは、俺たちの前座中にスポーツ新聞から顔を上げてくれるのか。まず、そこをクリアしない限りは何も始まらない。

「みんな、これをつけてくれ」

俺は、《ドン・キホーテ》で買ってきたティアドロップのサングラスを袋から取り出して火野と赤星に渡した。

「ビーバーさんの分はないんですか？」

赤星が三つしかないサングラスを見て言った。

「こいつには特別なものを用意してるねん」

鏡の中の俺がニヤリと笑った。久しぶりにゾクゾクしている。

「スペシャルだって！　良かったな！」

火野が、ビーバー藤森の背中を強めに叩いた。

前のめりになって目を覚ましたビーバー藤森が、半目のラクダのような顔で首をもたげ、ゆっくりと周りを見て言った。

「……何が？」

「出た。ビーバーさんの口癖」

赤星がうんざりとした顔になる。

「ん？　だから何が？」

「もういいです。一生安らかに寝ててください」

「揉めるのはあとにして、とりあえずサングラスをかけてくれ」

ビーバー藤森以外の三人が、サングラスをかけて自分の姿を鏡でチェックする。俺はアロハに膝下の短パン、火野はTシャツにカーゴパンツ、赤星はハードロックカフェに売ってそうなTシャツと破けたジーンズのチビなので、全員、ティアドロップのサングラスはなかなか違和感がある。

「これで……何役をやるんっすか」

「香港映画に出てきそうなチンピラみたいですね」

「私服やからな。衣装と髪型をこのサングラスに寄せようや」

「つまり……ガチのチンピラになるってことっすか？」

「チンピラじゃ弱い。ヤクザになろう」

　俺は鏡の中の自分にいかついスーツを着せてみた。野球部だったので肩幅はあるし、酒の飲み過ぎで腹も出てきたので、髪型を何とかすればかなり威圧感は出るはずだ。火野も身長があるので迫力はある。

「私もヤクザですか？」

　赤星が不安げに鏡を見る。

「お前はヤクザの女や」

「はい？」

「ヤクザの横にいそうなケバい女をやってくれ。金髪やし、ちょうどいいわ」

「脱ぐよりはマシですけど……。ヤクザでコントやるって、吉本新喜劇のパクリになってしまいませんか」

　大阪人にとって吉本新喜劇は絶対的な存在だ。関西圏以外の人からすれば理解できないだろうが、幼い頃から土曜日の昼に観てきている我々は完全に洗脳されている。大阪の笑いはベタだし、しつこいとか、ボケに対して出演者全員でずっこけるのはわざとらしいとか、批判の声が聞こえてもどこ吹く風である。

だって、ポコポコヘッドやで？　おもろいやん、である。

今は亡き、島木譲二さんがおじいさんになっても灰皿で自らの頭を殴り続ける姿は、チャップリンと並ぶ喜劇王バスター・キートンが実際に走る機関車の車両と車両の間をジャンプする姿とダブって見えた。真の笑いは狂気の先にあるのだ。

「もちろん、新喜劇とはかぶらないようにする」

「いやいや、ヤクザの恰好でステージに出てきたら、自動的にパクリになりますって」火野が顔の前で手を振る。「やめたほうがいいんじゃないっすか。学芸会みたいになって、余計にスベりますって」

「ステージからは出ない」

「えっ……どういう意味っすか？」

「ヤクザに扮した俺らは最初から客席におるねん」俺は鏡越しにメンバーを見た。「同じ空間に怖い連中がいたら、エロい気分はなくなるやろ」

《東洋ミュージック》の客席は薄暗く、常連客たちはサングラスをかけた俺たちが、昨日まで前座をやっていた劇団員とは気づかないだろう。幽霊のコントの俺の役は映画館のアルバイト、火野は映画監督志望のフリーター、赤星は売れないアイドルだった。ヤクザとはかけ離れている。

「そんなことして大丈夫ですか」赤星の顔が引き攣る。「あの劇場のオーナーさん、バリバリ本職の方ですよね?」

「ま、まあな」

俺も宮田さんを思い出し、自然と顔が引き攣る。

「許して貰えますかね?」

「どうせ、観に来ないから大丈夫やろ。たぶん」

「事前に言わないんですか?」

「言うわけないやん。なんて、説明するねん」

宮田さんはブルドーザーを気に入らない店に突っ込もうとする人間である。とてもじゃないが、冗談が通じる相手ではない。

ただ、新しいネタのアイデアは宮田さんがヒントだった。ブルドーザーで襲われた恐怖が俺に染み付いているのだ。

「バレたらヤバいですね。ミンチにされますね」

ビーバー藤森が、飄々と怖いことを言う。

「それでもやるしかない。ヤクザのインパクトで勝負しようや」

一歩間違えば、営業妨害だ。最初はビビらせたとしても、最後には客を笑顔にしなければならない。

ハッキリ言って、難易度は高い。的確な脚本と演出。そして、メンバーのチームワークが必要だ。

「ところで僕の役目は何ですかね？」

ビーバー藤森が、目をパチクリとさせる。

「お前はもちろん飛び道具や」

俺は《ドン・キホーテ》の袋から、ピンク色のTバックを取り出した。

午前九時。新しいネタの稽古が終わった俺は、一人でことぶき商店街の《松屋》に来ていた。他のメンバーは集合する十一時まで仮眠を取るために一旦帰宅した。完徹なので俺もそうしたかったが、まだ問題が残っている。

誰に照明と音響を頼んだらええねん……。

味噌汁を啜りながら、頭を悩ませる。知り合いで一日中暇な人間と言えば、朋美とドレッド頭のアキちゃんしかいない。あれだけコテンパンに言われた朋美にお願いするのは癪《しゃく》だが、アキちゃんに頼む勇気もない。

あと、千春に打ち明けるタイミングだ。早ければ早いほどいいのはわかっているくせに、どうしてもビビってしまう。

逃げないって決めたんちゃうんか、ボケ！　このヘタレ！

俺は牛めしにがっつき、自分自身を罵倒した。

今回、冬音が俺の前に現れたのは運命だ。誤解して欲しくないのは、俺が愛しているのは千春で、冬音は中途半端に夢を追っている俺に難易度の高いミッションを運んできてくれた女である。なので、このストリップの前座の出来事が映画になれば、当然、ヒロインは千春……なのか。ストーリー的には冬音のほうがしっくり来るだろう。女優も演じたがる役になると思う。ぜひとも「シカゴ」の頃のキャサリン・ゼタ・ジョーンズにやって欲しい。

待てよ。朋美の役がヒロインっていうのも捨てがたい。メジャーデビューまでしたミュージシャンが、地元に戻って兄のストリップの前座を手伝うっていうのもなかなか皮肉の効いたヒューマン・ドラマに仕上がりそうだ。「デンジャラス・ビューティー」の頃のサンドラ・ブロックが似合いそうではないか。

「あれ、勇太ちゃんじゃん。朝飯、食べてんの？」

Uの字のカウンターの目の前に、ドレッド頭のアキちゃんが座った。相変わらず、

《極上玉露》の茶筒を持っている。

……これも運命なんか？

「アキちゃん、手伝って欲しいことがあるんやけど」

俺は勇気を振り絞るというか、ヤケクソになって立ち上がった。

9

午後一時。勝負のときが訪れた。

久しぶりに心臓が爆発しそうだ。今から挑戦するパフォーマンスが吉と出るか凶と出るか……いやいや、かなりの確率で凶だろう。本物のヤクザがオーナーのストリップ劇場で、ヤクザのコントをやるなんて、動物園のライオンの檻で、「ライオンキング」を上演するようなものだ。

立ちはだかる壁をぶち破るには、リスクを背負うしかないねん。

俺は自分に言い聞かせた。「バック・トゥ・ザ・フューチャー」の主人公がデロリアンに乗るのを「怖いんでやめときます」と拒否したら、何の冒険も生まれず、負け犬のままだ。未来を変えることができるのは自分しかいないと、俺は多くの映画で学んだ。

「……いよいよですね」

隣の赤星が呟いた。

赤星は俺が用意したサングラスをかけ、〝ヤクザの女〟になり切っていた。金髪をセットで噴火の如く盛り上げ、夏なのにヒョウ柄のコートを羽織り、ヒョウ柄のスカートに金色のハイヒールを履いている。ハンドバッグまで金色だ。ヒョウ柄の服とド派手なネックレスや指輪は母親の友達のスナックのママに借りたらしい。

そう言えば、ブルドーザーを止めた宮田さんの奥さんもヒョウ柄を着ていた。大阪のオバちゃんたちはヒョウの守護霊にでも取り憑かれているのだろうか。

俺はリハーサル前に南船場《みなみせんば》にあるレンタル衣装屋に駆け込み、紫色のいかついスーツと革靴、ワニ革風の合皮のセカンドバッグを借りてきた。

そして、もうひとつ。リアリティを出すために、駅前の千円カットの理容室で、一ミリの丸坊主にしてきた。

自分で言うのも何だが、〝ヤクザコスチューム〟に身を包んだ鏡の中の俺は、目を合わせたらシバかれそうなほどの完成度だった。

まさか、こんなに似合うとは……。

無神論者だが、今日だけは祈る。

神様、お願いします。宮田さんがストリップ劇場に来ないようにしてください。あの人を破壊的な下痢とかにしてください。

「行くぞ」

俺は赤星と手を繋ぎ、《東洋ミュージック》の廊下から客席のドアを開けた。

客は五人いた。冬音のファンのベレー帽に、タンクトップ、銀縁メガネのサラリーマンの三人と新規の二人だ。

「あ、予想外の客がいます」

赤星の手に力が入る。

新規の二人は、外国人だった。しかも、小柄なヒュー・ジャックマンのような白人と、ぽっちゃりとしたウィル・スミスのような黒人のコンビだ。二人の関係はわからないけれど、ＵＳＪのお土産袋を持っているところを見ると観光客だろう。

「ヤバい……」

俺は思わず唸った。

外国人の二人は、俺たちのジャパニーズ・ヤクザを観てどういう反応をするのか。

そもそも日本語が通じるのか。

「アタシたち、ただの暴れている人たちに見える可能性がありますよ」

「ありえるな」

「あの外国人と乱闘になったらどうします？」

「……わからへん」

なるべくならヒュー・ジャックマンとウィル・スミスとは戦いたくない。

とりあえず、座らなければ始まらない。俺たちは外国人コンビと離れた席を選んだ。客席を縦に横断する花道を挟んだ反対側になる。

冬音のファンの三人の常連客が、俺と赤星を横目でチラリと見たのがわかった。リアクションはそこまで大きくないが、緊張感がここまで伝わってくる。外国人の観光客がいるところにヤクザのカップルまで現れたのだ。さすがに平常心ではいられないのだろう。

三十秒後、チンピラに扮した火野が客席に入ってきた。

火野はリハーサル前に、アメリカ村の古着屋で和柄のアロハを買ってきた。デザイナーがどういう意図かは知らないが、桜と鬼の絵が描かれている。そのアロハとサングラス、足元はサンダルという出で立ちだ。

段取り的に、火野は俺たちと距離を取らなければならず、少し迷ったあげく外国人コンビの真ん前に座った。

「あいつ、どこに座っとるねん」

「完全にパニクってますね」

そういう俺たちも完全に混乱していた。腹を括ってやるしかないとわかっていても、膝が震えてしまう。

俺はもう一度、冬音のファンの三人の常連客を確認した。俺と赤星や大股を広げてふんぞり返っている火野のことを明らかに意識しているのに、三人ともが硬直してスポーツ新聞を読んでいる。俺たちが昨日前座で出てきた劇団員とはまったく気づいていない。

勝負や。

ヤクザのキャラがビビっていては様にならない。俺は小便の臭いが漂う客席で、静かに深呼吸した。

ステージの上に、マイクを持ったビーバー藤森が登場する。

「えっと……前座です。大阪で活動している劇団の《チームKGB》と申します。頑張りますのでよろしくお願いします」

学ランを着て、髪の毛を七三分けにしたビーバー藤森が弱々しい声で言った。

客席はしんと静まり返ったままだ。当然の反応である。冬音のファンの三人の常連客はスポーツ新聞から顔を上げず、小柄のヒュー・ジャックマンとぽっちゃりのウィル・スミスはポカンとしてビーバー藤森を眺めている。

「前座をやれって言われたんですけど……ぶっちゃけ何をしていいかわからなかったので歌おうと思います」ビーバー藤森が唐突に宣言する。「音響さん、曲をお願いします」

アキちゃん、頼む！

リハーサルでのアキちゃんは使い物にならなかった。いきなり《松屋》で俺に「手伝って欲しいことがある」と懇願されて連れて来られたのだから贅沢は言えない。アキちゃんは雀荘での徹マン帰りで一睡もしていなかったので、リハーサルが終わった途端、照明室の花太郎の万年床で爆睡していた。

「アキちゃん、寝てたらどうしましょう」

赤星が、不安げに囁く。

「信じるしかないやろ」

一応、本番前に叩き起こしたが、他にスタッフはいない。アキちゃんが熟睡していたらアウトだ。

俺は息が止まりそうになりながら、音楽が鳴るのを待った。一秒がとんでもなく長く感じる。

「音響さん？　聞いてますか？」

痺れを切らしたビーバー藤森が、アキちゃんの部屋を見上げた。

そのタイミングで、カラオケのイントロが流れた。《ＴＭ ＮＥＴＷＯＲＫ》の『Ｇｅｔ Ｗｉｌｄ』だ。昔、「シティーハンター」のアニメのエンディングとして使われていた懐メロである。

冬音のファンの三人の常連客が、スポーツ新聞を読みながらピクリと肩を震わせる。心の中で、「なぜ、ストリップ劇場でシティーハンターが？」と首を傾げているのだろう。

この曲を使ったのは、単純にビーバー藤森がカラオケで十八番としてよく歌っていたからである。

意気揚々と学ラン姿のビーバー藤森が歌い出した。ちなみに、学ランは高校時代に実際に着ていたものである。童顔だから、高校生に見えなくもないのでこの役にした。

突如始まったパフォーマンスに、外国人コンビが苦笑いを浮かべている。

「こらっ！　さっきから何やってんだよ、てめえ！」

歌がサビに入った瞬間、火野が勢いよく立ち上がった。

チンピラの怒声に、真後ろにいた外国人コンビが引っ繰り返りそうになる。常連客の三人はギクリと振り返った。

よっしゃ！　スポーツ新聞から顔を上げさせたぞ！

俺と赤星は小さくガッツポーズをした。

「音も止めろ！　いつまでかけてんだよ！」

火野の合図で、『Ｇｅｔ Ｗｉｌｄ』のカラオケがストップした。アキちゃんもリハーサル通りに動いてくれている。

「な、なんですか？　や、や、やめてください」

ステージ上のビーバー藤森が、必要以上に怯えてみせる。

ここからは昨夜梅田のスタジオで散々練習した火野とビーバー藤森の絡みだ。

「お前がやめろよ！　何、歌ってんだ、てめえはよ！」

「いや……『Ｇｅｔ Ｗｉｌｄ』ですけど」

「曲名じゃねえよ！　何でストリップ劇場で歌ってんのか訊いてんだよ！」

「あの……その……前座なんです」

「余計なことすんじゃねえ。こっちは裸のお姉ちゃんを観にきたのによお」

まさに、これは昨日の俺たちの前座を観た客の声を代弁したものだ。

乱暴者が正論を吐いているので、三人の常連客はオロオロしている。

次は俺の出番だ。一気に畳み掛けてやる。

「おい、チンピラ。そこまでにしとけや」

俺も立ち上がり、火野の甲高い声と対照的なドスの利いた低い声を出した。あくまでも俺のキャラは貫禄重視だ。

「あん？　何だよ、おっさん。文句あんのかよ」

火野がダボダボのパンツのポケットに手を突っ込み、大股で近づいてくる。

「前座の兄ちゃんが一生懸命やっとるやろうが。ギャアギャアと横から入ってきて邪魔すんな言うとんねん」

「わざわざ金払って、劇団の前座なんて観たくねえんだよ。バカかおめえは」

「ほんなら前座が終わるまで廊下でションベンでもしとかんかい。ボケが」

「んだと？　やっちゃうぞ。おっさん」

「やれるもんならやってみろ。クソガキが」

俺と火野は文字通り花道を挟んで罵り合った。これも稽古どおりだ。

ストリップ劇場で居合わせたヤクザとチンピラがバトルを勃発させ、他の観客たちに恐怖を与えるのが目的だ。

緊張と緩和。笑いの基本のひとつである。ドッキリ番組などがまさにそうだ。仕掛け人がターゲットを色んなシチュエーションでビビらせたり、怖がらせたりするがパターンはほぼ同じだ。緊張と緩和の落差があるほど大きな笑いが生まれるのは言うまでもない。

ヤクザの女である赤星は、火野がどれだけ吠えようとも俺の腕を組んで微動だにしない。もちろん、これも演出だ。

「ベコベコにしてやろうか、こらっ！」

「ケツの穴から手突っ込んで奥歯ガタガタ言わすぞ！」

俺のこの台詞を合図に、ビーバー藤森が動き出す。

「喧嘩をやめてください。二人を止めてください。僕のために争わないで！」

竹内まりやの歌詞から引用した。鋭い観客ならここで違和感を覚えるはずだ。

「そもそもはてめえのわけわかんねえ前座のせいだろうが！」

火野が俺から標的をビーバー藤森に戻す。

「そうやで兄ちゃん。こうなったらわしら引っ込みがつかへん。兄ちゃんが責任を取らんかい」

俺も合わせて、ビーバー藤森を責める。

「ぼ、僕がですか？」

「早くしろよ！」

「せ、責任って言っても、どうすれば……」

「ここはストリップや。脱いで詫びんかい」

「おう。脱げ！　脱げ！」

ヤクザとチンピラの無茶な要求に、客席の三人の常連と外国人コンビの緊張がピークに達しているのが伝わってきた。

いけっ。ビーバー藤森。お前の底力を見せてやれ！

「……わかりました。脱ぎます」

覚悟を決めたビーバー藤森に、たった五人の観客がざわつく。

「ええ根性してるやんけ。見せてもらおうか」

俺と赤星は花道の横の席に偉そうに腰を下ろした。

「音響さん……何か踊りやすそうな曲をお願いします」

ビーバー藤森の合図に、アキちゃんがタイミングよく音楽をかけた。

洋楽の懐メロ、《ザ・ナック》の『マイ・シャローナ』である。

これはタランティーノが「パルプ・フィクション」のギャングのボスが男に犯されるシーンで使おうとしたが許可が下りなかったといわれているナンバーだ。ビーバー藤森が、ぎこちなく腰を振り、学生服を脱いでいく。赤の他人から見れば、公開処刑だ。

背後から外国人コンビが「オーノー」と嘆いているのが聞こえる。

曲が激しくなるにつれ、ビーバー藤森の動きがキレを増してきた。顔も自信に満ち溢れてくる。自信というよりは快感を覚えている表情だ。

とうとう、ビーバー藤森が最後の一枚のズボンを脱ぎ捨てて絶叫した。

「モッコリーヌよーー！」

俺が買ってきたTバック一枚になる。靴下を詰め込んだ股間が異様に膨らんでいる。弱々しかった学生が、最強のオネエダンサーに変身したのだ。

ベレー帽の常連客が、ショックのあまりスポーツ新聞をハラリと落とした。

10

「お疲れー！」

午後十一時三十分。俺たちは、《デ・ニーロ》のカウンターで生ビールのグラスを合わせた。

「いやあ、正直、あそこまで反応があるとは思わなかったっす」

火野が戦いを終えた男の顔で生ビールを一気に飲み干す。

「一回目の外国人客の二人なんかスタンディングオベーションしてくれましたもんね」

いつも仏頂面の赤星もニコニコとご機嫌だ。

「へえ、そんなにウケたん？」

カウンターの中にいる俺のバーテンダーの先輩が、生ビールを注ぎながら訊いた。

彼は飄々とした人間の代表みたいな男で、物腰が柔らかいのかやる気がないのかわからない。よく見るとハンサムなのだが、水木しげるの漫画に出てくる登場人物のような佇まいをしている。俺と真逆の性格なので妙に馬が合い、共同経営で《デ・ニーロ》を始めたのだ。みんなからは〝オグやん〟と呼ばれている。

「客の人数は少ないけど、めっちゃウケた」俺は得意げに生ビールのグラスを受け取った。「とくにビーバーが馬鹿ウケやったで」

「ありがとうございます。踊っているときにTバックが食い込んで痛かったですけど」

ビーバー藤森が、コーラをチビチビと舐めて頭を下げる。こいつは極端にアルコールに弱く、ビールをひと口飲んだだけで失神したように眠りに落ちる。

「ヤクザの喧嘩から、いきなりオネエのダンス？」オグやんが呆れた顔になる。「ようやるわ」

「モッコリーヌって名前やねん。最高やろ」

「どんな名前やねん」

名前は最低だが、踊りはキレキレだった。まったくのオリジナルなのだが、Tバックに靴下という恰好で官能的に舞うその姿は、シュールを超えて狂気を感じさせた。外国人コンビの小柄のヒュー・ジャックマンとぽっちゃりのウィル・スミスは大爆笑し、手を叩いて喜んだ。一回目の客に、あの二人がいてくれたことで弾みがついた。

「モッコリーヌがやりたい放題踊っているのを俺たちヤクザが唖然としながら見てるねん。ほんで、踊り終わったあとにモッコリーヌがヤクザたちに向かって叫ぶわけよ」

「何て？」

オグやんが微妙に身を乗り出す。酒と競馬にしか興味がない男からすれば珍しい。

「ビーバーやってみて」

「はい！」ビーバー藤森が声色を変える。「アタイは踊ったわよ。あんたたちはどうなのよ？　ヤクザのくせにビビってんの？　アタイの喧嘩を買いなさいよ！」

モッコリーヌに煽られた俺たちは、「やったろやんけ！」とステージに上がる。そして、「音楽かけろ！」と音響に向かって怒鳴るのだ。

すると、アキちゃんがジャミロクワイのダンス・ナンバーをかける。なぜ、ジャミロクワイをチョイスしたかと言えば、ＭＶが好きでよくユーチューブで観ていたからだ。オシャレなサウンドにヤクザというギャップを狙った。

さっきまで喧嘩をしていたヤクザたちが振り付けをバッチリあわせて踊り出す。ここで初めて、観客たちはすべて芝居だったと気づくわけである。いわば、タチの悪いフラッシュモブだ。

ヤクザのダンスにモッコリーヌが加わってさらにパフォーマンスを盛り上げる。徹夜で稽古したかいがあり、デキもなかなか良かった。

ダンスが終わった瞬間、外国人コンビが立ち上がって歓声を上げ、それにつられて常連客三人組も拍手をした。三人とも、ドッキリ番組でよく見る、騙された人間特有の笑みを浮かべていた。

ささやかな勝利だった。たった五人の客を相手に馬鹿馬鹿しいと思われるかもしれないが、俺たちからすれば大きな前進だ。

「オグやんも観に来てよ」

赤星が、ウーロンハイを頼んで言った。

「おう、いいよ」

オグやんは物腰が柔らか過ぎるので、周りの歳下の全員がタメ口である。色んな女の子から懐かれてはいるが、彼女はおらず独身だ。

「友達も誘ってね」

「まずは一人で行こうかな。いきなりストリップに誘ってもみんな警戒するやろうしな」

たしかに、オグやんの言うとおりだ。劇場に人を集めるためには、まだまだ問題が山積みなのである。

「やっぱり、ここにいた！」

勢いよくドアが開き、旭川ローズこと冬音が《デ・ニーロ》に入ってきた。今夜の私服は、白いチューブトップのブラにスキニーデニム。いつもの十センチの赤いハイヒールだ。

「い、いらっしゃいませ」

胸の谷間とヘソが丸出しの冬音にオグやんが圧倒される。

「シャンパンある？　乾杯したいの。一番、高いやつね！」

「もちろん、ございますよ」

オグやんがいそいそと冷蔵庫から、ドンペリを取り出す。

「今日は最高だった！」冬音が俺とビーバー藤森の間に割り込んで座る。「さすが天才集団《チームＫＧＢ》ね。私の目に狂いはなかったわ！」

「天才は言い過ぎっす」

そう言いながら、火野の鼻の下はこれ以上ないほど伸びている。

「ヤクザがオネエストリッパーと踊るなんて凄いアイデアよ！　世界でも通用するわ！　ニューヨークのアポロシアターでやろうよ！」

「さすがにアポロシアターは無理ですよ」

俺の鼻は天狗の如くぐんぐんと伸びた。場末のストリッパーとはいえ、半端ないパフォーマンスを繰り広げる冬音に褒められるのは嬉しくてたまらない。

本日の冬音のステージも圧巻だった。一回目は、アメリカンポリスの衣装で登場し、ガンアクションを取り入れたダンスで脱いだ。銃や手錠の小道具が卑猥なものに見えて興奮した。二回目は、ナースゾンビ。エロティックなホラーでゾクゾクさせられた。三回目のチャイナドレスでのカンフーストリップが個人的には一番好きだった。ジャッキー・チェンのパロディが入っていて思わず爆笑した。そして、四回目はメイドに扮した可愛い衣装で、最初はアイドルのようなキャピキャピのダンスだったが、途中で曲がマキシマム ザ ホルモンのゴリゴリのハードコア・パンクに変わり、髪を振り乱して狂ったように踊った。

どんだけ、レパートリーがあるねん？

ステージの袖で観ていた俺は戦慄した。どれもクオリティが高く、全力で客を楽しませようとしている。

「今夜は私の奢りだから吐くまで飲んでね！」

冬音がシャンパングラスを高々と上げた。

この女に負けたくない。もっと認められたい。そして、過去に何があってストリッパーになったのか知りたい。

「珍しく盛り上がってるやん」

唐突にドアが開き、客が入ってきた。

千春だった。俺は懸命にシャンパンを噴き出すのを堪えた。火野と赤星が強力な冷凍スプレーを振りかけられたみたいにカチンと硬直する。

「千春さんも乾杯するわよー！　こっちに来なさいよ！　カモーン！」

世界一空気の読めない男、ビーバー藤森がオネエ口調で手招きをした。

「えっ？　誰？」

千春が目を細めて、テンションマックスでチューブトップのおっぱいを揺らして飛び跳ねている冬音を見た。

パフォーマンスに夢中で、完全に千春のことが頭から抜けていた。忘れてはいなかったけれど、集中するために脳内から一時的に千春と千春の父親を追い出したのだ。

「旭川ローズでーす！　よろぴくねん！」

冬音がふざけて、背後からおっぱいを俺の頭に乗せた。

「ローズ？」

千春が、ヒクヒクと頬を痙攣《けいれん》させる。

終わった。その状態で、恋人と目が合っている俺の心境を察して欲しい。

「こ、こちらは座長の彼女の千春さんです」

赤星が、彼女の部分を強調して冬音に紹介した。

「そうなんだ！　会えて嬉しいなあ！　千春ちゃんも一緒に飲もう！」

千春が俺の右隣の席に座った。左隣は冬音。悪夢のサンドイッチである。

「ローズさんとは、どこで知り合ったん？」

シャンパングラスを受け取った千春が、俺に向けて笑みを浮かべる。しかし、目の奥に冷たい光が帯びている。

「ははは……」

とりあえず、笑って誤魔化して頭をフル回転させる。アルコールとパニックで名案は出てきそうにない。

「ストリップ劇場よ！　この近くの《東洋ミュージック》って知ってる？　そこで、《チームKGB》が最強に面白い前座やってるから千春ちゃんも観に来てね！」

ご丁寧に、冬音がすべて説明してくれた。俺から言わなくてもよくなったが、最も避けなければいけなかった伝達方法だ。

「へえ、そうなんや。ローズさんも出演してはるんですか？」

千春がやけに明るい声で質問する。このパターンの千春はあとが恐ろしい。千春は人前では感情をコントロールできる分、俺と二人になったときに怒りが爆発する。

俺は懐に時限爆弾を抱えた気持ちで、冬音と千春の会話を聞いた。

「私、踊り子なの！　絶対に楽しませるから女の子にも観に来て欲しいな」

「ストリップやから、全部、脱ぐんですよね」

「そうよ。上も下もクネクネ踊りながら取っちゃって、すっぽんぽんでオープン！」

オープンまで言わないでくれ。

カウンターの中のオグやんは、俯く俺を見て必死で笑いを堪えている。きっと、今の俺はアナコンダに睨まれたアマガエルみたいな顔をしているのだろう。

「へえ、おもろそう」

千春が、魂のこもっていないスカスカの声で言った。

「約束だよ、千春ちゃん。来てね」

冬音が小指を差し出し、俺の顔の前で千春と指きりげんまんした。

度胸があるにもほどがある。もしかして、冬音は俺とセックスしたことを覚えていないのだろうか。

「前座はいつから始めたん？」

千春がわざと俺ではなく、火野に訊く。

「昨日からっす」

「いつまでやるん？」

「あと一週間っすね」

火野は千春の静かな迫力に圧《お》され、目を何度も瞬かせた。

「へえ。ストリップ劇場に一週間通うんや。楽しそうやね」

カウンターの下で、千春のパンプスの踵が俺のつま先を踏んだ。歯を食いしばり、悲鳴を飲み込む。

「前座って何やるの?」

千春が次に赤星に圧《あつ》をかける。

「あの……ヤクザです」

「はあ?」

「ヤクザで……ぶち切れてダンス」

「意味がわからへんねんけど」

「まあ、フラッシュモブのコント版みたいなものや」俺は慌てて援護射撃した。「ユーチューブとかで見たことあるやろ」

「ないよ。ヤクザが踊ってどうすんの?」

「僕はTバックです」

間髪入れずに、ビーバー藤森が余計な一言ミサイルを発射した。

「千春ちゃん。お友達もいっぱい誘ってね」

冬音がさらにもう一撃追弾する。

「わかりました。お父さんと行きます」

千春が満面の笑みを浮かべ、俺のつま先をさらに強く踏んだ。

「そ、それは、やめたほうがええんちゃうかな」

「お父さんは商店街の会長やねんから、この地域のことには興味あるはずやで。ましてや勇太がストリップ劇場で前座をやってるとなれば明日にでも行くと思うけど」

「お父さんが会長さん？　超ラッキーだわ！」

冬音が派手なガッツポーズを決めて、ぶるんとおっぱいを揺らした。

「チーちゃん、頼む。いきなりお父さんはあかんて」

千春の父親は典型的な堅物人間だ。ヤクザの恰好で怒鳴ったり踊ったりする俺の姿を見てどう思うだろう。

想像しただけで、目眩《めまい》がする。

「何で？　どうせバレるで」

「まだ……俺に心の準備ができてへんし」

「いつだって、そうやんか。グズグズ、覚悟を先延ばしにして周りの人間に迷惑ばっかりかけて」

千春の顔から笑みが消えた。公衆の面前で取り乱す彼女は付き合って初めて見る。

「ごめんな」

いつだってそうだ。アホな俺は謝ることしかできない。

「千春さん。ストリップ劇場の廊下はアンモニア臭いんで覚悟してください」

状況を理解していないビーバー藤森が余計な忠告をする。

「みんな、明日もエロ元気に頑張ろうね」さらに理解できていない冬音が、オグやんに向けて人差し指を立てる。「マスター。ドンペリ、もう一本！」

11

「クサッ！　お兄、めっちゃ酒臭いやん！」

妹の怒鳴り声で目が覚めた。

「朋美……デカい声出さんとってくれ」

二日酔いで頭が割れそうだ。昨夜は冬音と千春が御対面した修羅場の重圧に耐えられず、シャンパンをガブ飲みした。普段、千春は朝まで飲むことはないのだが、冬音が帰るまで、俺の隣の席から離れなかった。そのくせ、冬音がいなくなった途端、俺に何も言わずにさっさと帰っていった。

枕元のスマートフォンで時間を確認する。午前八時だ。

「こんな時間まで遊んでたんか」

俺は寝ぼけた目で朝帰りの朋美を見た。Ｖネックの紺のＴシャツに白いデニムのパンツ。カジュアルな服装だが安っぽくはない。

「友達と話してたてん」

「どこでやねん？」

朋美は完全にシラフだ。しかも、疲れ切った険しい表情をしている。

「ファミレス」

「ファミレス？　誰と？」

「友達やって言うてるやん」

朋美がぶっきらぼうに答え、ベッドの横の布団に寝転がる。布団は千春の実家から借りてきたものだ。俺の部屋は１Ｋで、二人で暮らすには狭すぎる。

「まあ、お前が言いたくないんやったらええけどな」

「それより、ストリップの前座のほうはどうなん。まだ続けんの」

「当たり前やんけ。昨日は、めっちゃウケたからな」

「えっ？　あのネタで？」

天井を眺めていた朋美が驚いて上半身を起こした。

「いや、違うネタや。変更してん」

俺はわざともったいぶって間を取った。

「どんなネタに変えたんよ？」

「口で説明するのはムズいから観に来いよ。どうせ、暇なんやろ」

「あの劇場の客層と空気の中でどうやったらウケるんよ」

「いつまでも負けてられへんからな」

心地よい爽快感が胸にじんわりと込み上げる。勝利の美酒は何度味わっても旨いものだ。

「……ホンマに？」

とても信じられないといった顔で朋美が再び寝転がり、何も言わなくなった。

朋美がバンドを辞めた理由はまだ聞いていない。妹は妹で、人生の岐路に立っているのだ。

俺も薄汚れた天井を見つめ、自分のこれからについて考えた。

築二十年以上、家賃六万五千円のボロマンションにいつまで住まなくてはいけないのだろう。売れたい。わかりやすく言えば、有名になって金を稼いで、一流の人間だと認められたい。

ハリウッドでレッドカーペットを歩く。

夢を語れば人に笑われてきた。「お前は英語を喋れるのか」や「所詮、日本人には無理だ」と馬鹿にされた。

馬鹿にされて当然だ。映画監督になりたいのに、ストリップ劇場の前座でヤクザになって踊っている。スポーツ新聞を読んでいるおっさんたちをいくら笑わせたところで、ハリウッドは近づいては来ない。

だからと言って、どうすればいい？

映画監督になる方法がわからないのだ。撮影現場のスタッフに行ったとしても雑用しかできない。

もし、このまま成功しなかったら、どのタイミングで夢を追うのを諦めればいいのだろうか。三十歳か？　三十五歳か？　四十歳を超えてもこの生活を続けている自分の姿を想像しただけで吐きそうになる。

まるで、パチンコやな。

当たるまで金を注《つ》ぎ込んでやめることができない。傷口が浅いときに引けず、どんどん深みにはまっていくのだ。

朋美が、静かに寝息を立てはじめた。

こいつも、東京で色々あったんやろうな……。

妹の寝顔をまじまじと見るのはいつ以来だろうか。小学校低学年までは両親と一緒に寝ていた。俺と朋美と母親と、事故で死んだ父親だ。

父親はパイロットだった。航空会社に勤めていたわけではなく、大手の新聞社の専属で、全国の事件や事故、災害現場に記者やカメラマンを運ぶのが仕事だった。ヘリコプターとセスナ機を操縦していた。

俺の誇りだった。幼稚園のころから友達に「オトンな、パイロットやねん」と自慢していた。

今の俺の性格は父親から引き継いだものだ。小学生のときは大人の顔色を読もうとする真面目な少年で、教師や両親を喜ばせるために、自ら進んで学級委員や生徒会に立候補した。いわゆるいけ好かない優等生ってやつだ。

父親はラテン系のような明るいノリの男で、町内の催しには積極的に参加して悪目立ちをし、俺たち家族を赤面させた。たとえば、運動会の仮装パレードは他のお父さん連中は、誰もが知っているキャラのアンパンマンやクレヨンしんちゃんやドラえもんに扮しているのに対し、俺の父親はなぜか、真ん中をくり抜いたデカい一万円札の看板を背負い、自分が福沢諭吉になって、偽物の札束を観客席に投げつけながら練り歩いて爆笑をさらっていた。

小学三年生の学芸会で、俺は桃太郎の主役を演じることになった。ただ、クラスの全員が出演しなくてはならないので役が足りず、稽古で脚本を変えた。最初は担任の先生がストーリーを膨らませようとしたが、生徒がげんなりするぐらい面白くなく、主役の俺が代わりに書いて演出して、オリジナルの桃太郎を作り上げた。

俺の父親は、その話を聞きつけて稽古の日に一人で学校にやって来た。本番の日は地方に出張で来られないからだ。

担任の先生はビックリしつつも父親の来訪を喜んでくれて、父親のために本番さながらのリハーサルをすることになった。

俺はメチャクチャ恥ずかしかったが、一生懸命に演じ切った。

小学三年生の俺が書いたオリジナル作品のタイトルは、『スペース桃太郎』。桃太郎が宇宙船に乗って、鬼型異星人が住む惑星オニガシマーンまで旅する物語だ。途中で、宇宙戦争に巻き込まれて、色んな宇宙人と戦うので役をクラス全員に振り当てることができる。しかも、宇宙人たちは、タイムスリップができる水星人ウラシマーンや体長一センチしかない土星人イッスン、死んだ生物を蘇らせる木星人ハナサカーンなど、日本昔ばなしのパロディだ。

たった一人の観客の父親は、教室の最前列の席で、大笑いをして、感心して、涙ぐんだ。俺が生まれて初めて書いた作品を観てくれた。

芝居が終わったあとにみんなの前で感想をせがまれ、担任の先生に「勇太のお父さんはパイロットだから英語がペラペラなんやぞ」と持ち上げられて、調子に乗って英語で自己紹介を披露してクラス全員から喝采を受けた。

照れ臭くて、嬉しかった。俺の父親は世界で一番カッコいいんだとこっそり胸を張った。

その年の冬、マラソン大会で俺は一位になった。少年野球を始めていきなり体力がついたのだ。

町内を走り、学校のグラウンドに戻ってきた俺が目にしたのは、ゴール前で手を大きく広げて狂喜乱舞する父親の姿だった。誰よりも目立ち、息子の晴れ舞台を台無しにしたのだ。

バテバテで倒れそうだった俺は父親のせいで疲れを忘れ、顔を真っ赤にしながらラストスパートをかけてゴールテープを切った。

「勇太。よく走った。さすが、俺の息子や」

父親は俺を抱きしめ、後続の生徒たちが次々にゴールしても離してくれなかった。

それから二年後。五年生の夏休み。俺は学校のプールの補習に出ていた。

「勇太、すぐ家に帰れ」

プールサイドにいた担任の先生が、泳いでいる俺に声をかけた。

担任の先生の顔つきで、俺は子供ながらに何か悪い出来事が起きたのだと悟った。

学校から家までの長い坂道を俺は一人で下った。一歩進む度に足が重くなり、悪い予感が確信に変わっていく。家に着くのが無性に怖かった。

家で待っていたのは、近所の大人たちだった。運動会のときに、オトンが背負う一万円札の看板を支えていたおっちゃんたちや、マラソン大会のゴール前で喜ぶオトンを笑っていたおばちゃんたちだ。

みんな、静かに涙を流していた。

幼い朋美は、ポツンと食卓に座っていた。帰ってきた俺を見て、ほっとした顔で微笑んだ。

母親はいなかった。父親が操縦する飛行機が墜落した新潟の佐渡島に向かっていたのだ。

大人たちはリビングのテレビのニュースを食い入るように見つめていた。全員が「大丈夫や、絶対に大丈夫や」と呪文のように唱えていた。

俺と朋美だけ、泣いていなかった。子供部屋で二人だけでトランプをして遊んだ。夜、リビングでおばちゃんたちが号泣していた。父親と、同乗していた他二名の死亡が確認されたというニュースが流れていた。

それでも、俺と朋美は泣かなかった。なぜか、泣くことができなかった。どこか他人事のように感じて、自分たちが悪い夢の中にいる気がした。

二日後、町内の集会所で通夜の準備をしているとき、オカンがオトンと帰ってきた。オトンは白い箱だった。四日前、「出張に行ってくるわ」と出かけたオトンは、肩を震わせて泣きじゃくるオカンの胸に抱かれていた。

オカンを見て、俺と朋美はやっと涙を出すことができた。悪い夢なんかではなく、現実だった。死んだオトンよりもオカンが可哀想だった。少しの間、会わなかっただけで、オカンは信じられないぐらいやつれていた。

俺たち家族は抱き合って、呼吸ができなくなるほど泣いた。

オトンと一番仲が良かった近所のおっちゃんが泣きながら俺に向かって怒鳴った。

「勇太！　今日からお前がお母ちゃんと朋ちゃんを守るんやぞ！」

優等生の俺の人生は、父親の死を境に一変した。

人生はいきなり終わるんや。

一番、身近にいた人間が「さよなら」も言わずに消えた。十一歳の俺には、受け入れることのできるはずもない事実だった。

明日、死ぬかもしれないのに、勉強なんてできなかった。大好きだった野球の練習にも身が入らなくなった。周りの大人たちの優しいアドバイスも素直に聞けなくなり、俺は性格と生き様が捻《ねじ》れ曲がった。

「天国のお父さんを喜ばしてあげるんやで」

そう言われても、俺はまだ「さよなら」を言っていない。

どうせ、明日死ぬのならとヤケクソで突っ走ってきた結果が今の俺だ。そのくせ、未来にビビっている情けない男だ。

叱咤するかのようにインターホンが鳴り、俺の思考を遮った。

……こんな朝早くに誰やねん。

まさか、アキちゃんが音響と照明を辞めたいと直訴しに来たのではなかろうか。普段、フリーダムに暮らしているアキちゃんは、慣れないスタッフ業でキャパオーバーして昨夜の打ち上げの誘いを「しんどい」と断ったのだ。

かんべんしてくれよ。

俺は軽い鼾をかいている朋美を起こさないようにベッドから降り、玄関のドアを開けた。

「朋美、いますか？」

茶色いロン毛の男が立っていた。目つきは悪いがシュッとした男前だ。精悍な血統書付きの犬を思わせる。黒い半袖のシャツから見える腕には英語の筆記体のタトゥーが彫られているが何と書いてあるかは読めない。

歳は俺より若い。初対面なのに、どこかで見たことのある顔だ。

「朋美の友達？」

「まあ、そんなもんです」男が言葉を濁す。

間違いない。さっきまで朋美とファミレスで話をしていたのはコイツだ。

「朋美はもう寝てるわ」

「お兄さんですよね」

「お、おう」

敬語を使ってはいるが、まったく物怖じしないズケズケとした口調だ。よく見ると首にも英語の筆記体のタトゥーがある。

「起こしてくれませんか。朋美に大事な話があるんです」

思い出した。コイツ、朋美のバンド《マチルダ》のボーカルだ。去年の春、テレビで観たときはマッシュルームヘアで小太りだったのが、ダイエットでもしたのか、ガラリと印象が変わっている。音楽番組で観たあと、意図的に《マチルダ》の情報を観ないようにしてきたから知らなかった。あのときはタトゥーもしていなかったはずだ。

どんだけ、イメチェンしとんねん。

朋美がバンドを脱退した理由がおぼろげながらもわかってきた。妹は筋金入りの頑固だ。俺と違ってブレないがゆえに、望まない変化を極端に嫌う。

「君、《マチルダ》のボーカルやんな？」

「はい。まあ……解散の危機なんですけどね」

「朋美のせいなんか」

ボーカルが吐息みたいな溜息を漏らし、責めるような目で俺を見た。

「お兄さんも説得してくれませんか」

「は？　俺が？　何をどう説得するねん」

短い沈黙のあと、ボーカルが大きく息を吐いた。今度は溜息ではなく、怒りを堪える深呼吸だ。

「朋美が、《マチルダ》が所属している事務所の金庫の金を持ち逃げしたんです」

12

「モッコリーヌよーー！」

ビーバー藤森が雄叫びを上げて腰をくねらす。ピンクのTバック一枚のオネエダンサーに変身だ。

午後九時。俺たち《チームKGB》は四日目の最終ステージの前座をやっていた。月曜日だが、客の入りは悪くなかった。客席の三分の一は埋まっている。まあ、それでも二十人程度ではあるが。

「アタイは踊ったわよ。あんたたちはどうなのよ？」ビーバー藤森がお約束の台詞を続ける。「ヤクザのくせにビビってんの？　アタイの喧嘩を買いなさいよ！」

今日も前座は絶好調だった。すべての回で、客は少ないながらも馬鹿ウケした。特に、このモッコリーヌの成長が著しい。ビーバー藤森が努力家なのか、元々、オネエの才能があったのか、回を重ねるごとにパフォーマンスのキレが増している。

「ヘイヘイヘイ！　オチンチンが縮こまってるのかしら？」

モッコリーヌの煽りに、ヤクザ役の俺とチンピラ役の火野が対抗する。

「やったろやんけ！」

芝居のテンポが相当いい。持論だが、演技で最も大切なものは間《ま》とリズムだと思っている。役者の中には、「気持ちを作る」ことを重要視する役者がいるが、首を傾げたくなる。芝居はあくまでもチームプレイなのだ。一人だけ入れ込む役者のせいで、全体のバランスが崩れてしまったら元も子もない。

「見世物《みせもの》とちゃうぞー！」

ステージに上がった俺は客席を見渡して言った。今日、二回目のステージのアドリブで生まれた台詞である。

パフォーマンスなのに、見世物じゃないと言い張るシュールさが気に入ったのだ。まだこの時点では初見の客は俺たちのことを本物のヤクザとチンピラだと思っているところに、常連客たちがクスクスと反応してしまうところがいい。

「見世物やんけー！」

客席からヤジが飛ぶ。冬音のファンのベレー帽だ。

ベレー帽のツッコミに、タンクトップ親父と銀縁メガネのサラリーマンが手を叩いて爆笑する。

いい感じだ。怖がっていた他の客たちが、爆笑に反応して惹きつけられている。

「ヤクザはなあ、売られた喧嘩は意地でも買わなあかんねん」俺もノッてきた。「ダンスがなんぼのもんじゃい！　音楽かけろや！」

抜群のタイミングで、音響のアキちゃんがジャミロクワイを流す。

さあ、あとは踊って盛り上げるだけだ。満を持してフォーメーションの立ち位置についたそのとき、客席のドアが開いた。

嘘やろ……。

全身が硬直した。千春と千春の親父さんが入ってきたではないか。ステージからも、二人の顔が強張《こわば》っているのがわかる。

パン職人の親父さんは、頑固一徹を絵に描いたような男だ。角刈り一歩手前の短髪に、ギョロついた目、背の高い細身の体から嫌悪感丸出しのオーラが滲み出ている。

しまった。ダンスが出遅れた。慌てて、火野と赤星のフリに追いつく。

千春は仕事を終えてから来るかもしれないと思っていたが、まさか父親を一緒に連れてくるとは……。

集中できず、フリを間違えた。脇の下から冷たい汗が噴き出す。

「なかなかやるじゃなーい！」ステージ横のビーバー藤森が、踊っている俺たちに向

かってマイクパフォーマンスを続ける。「ちゃんと、オチンチンついてたのねー！もっとオチンチンを揺らして踊りなさーい！」

客席が爆笑した。ストリップ劇場では下ネタが効果的だ。パフォーマンス的にはビーバー藤森のアドリブは正解である。

しかし、客席で笑っていない人間が二人いる。言うまでもなく、千春と親父さんだ。

「いつまでも笑ってんじゃないわよー！」ビーバー藤森が次に客席を煽る。「アンタたちもオチンチンついてるの？」

「ついてるでー！」

常連客たちが真っ先に手を上げて答える。

「いい返事よ。これだけのオチンチンに囲まれてモッコリーヌはハッピーターンだわ。さあ、アンタたちも笑ってばかりいないで参加しなさい！　手拍子カモン！」

ビーバー藤森よ。絶好調なのはわかるが、千春の親父さんの前で男性器を連呼するのはやめてくれ。

手拍子が始まった。今までにない盛り上がりである。

「オッケー！　アタイの股間も盛り上がってきたわー！」

ビーバー藤森がマイクを投げ捨て、俺たちのダンスに飛びこんできた。腰を卑猥にぐりんぐりんと回し、観客を挑発する。

おい……回し過ぎだ。

千春の親父さんがプルプルと震えて怒りを堪えているのが見えた。爆発寸前の火山のようだ。

大事な娘の彼氏が食えない劇団をやっているだけでも我慢できないのに、その連中が小便臭いストリップ劇場で僅かな人数の客相手に下ネタオンパレードのネタをやっている。

親父さんには、ヤクザの恰好をして踊る俺がどう見えているか？

将来性はゼロ。それどころか、頭がおかしいと思われても仕方がない。

「まだまだいくわよー！」

暴走列車と化したビーバー藤森が、スキップで花道を渡り、客席に迫《せ》り出している円形ステージで四つん這いになった。

「アタイを回してー！　アタイを叩いてー！」

掛け声とともに円形ステージが回転し、最前列の客がビーバー藤森が突き出した尻を順に叩いていく。クレージーなノリに客席がさらに沸いた。

ビーバー、ヤリ過ぎだ！

しかし、俺も踊っているので止められない。何とか視線で制止しようとしても、ビーバー藤森は完全なトランス状態だ。

とうとう、堪忍袋の緒がぶち切れた千春の親父さんが席を立ち上がって帰ろうとした。

「逃がさないわよー！」

ビーバー藤森が円形ステージを降り、客席を走り抜けて親父さんに飛びかかった。

すぐ側にいる千春も啞然として動けないでいる。

「き、君、やめなさい！」

親父さんが、必死の形相で身を捩《よじ》る。

「逃がさない！　一緒にイクわよ！」

ビーバー藤森が、背後から親父さんの腰を摑み、自分の股間を激しく打ち付けた。

恋人の父親を劇団の後輩が立ちバック。これ以上の地獄絵図があるだろうか。

「こらっ！　やめんか！」

「それ！　それ！　それ！　それ！」

ビーバー藤森が、ジャミロクワイに合わせて腰を振る度に、客たちが手を叩いて大喜びした。

許せ、ビーバー。

俺はステージを飛び降りて突っ走り、ビーバー藤森にドロップキックをした。


二時間後。

俺は駅前のファミレスにいた。テーブルのドリンクバーのホットコーヒーが冷め切っている。

向かいの席に座っているのは千春の親父さんだ。一切、俺の顔を見ずにほうじ茶を啜っている。千春はいない。男同士、二人きりだった。直接、親父さんから俺に電話があったのだ。

賑やかな店内で、このテーブルだけ鉛のように重たい沈黙が流れている。

「勇太君……いつまで続けるんや」

ようやく、親父さんが口を開いた。

「前座のほうはあと六日なんで……今日のネタはストリップ劇場用ので……」

「違う」親父さんがジロリと俺を睨む。「劇団のことを言うとるんや」

「いや、それは」

言葉に詰まった。千春伝いで反対されているのは知っていたが、こうやって親父さん本人から面と向かって言われるのは初めてだ。

「もうええやろ。充分、頑張った。前座か何か知らんけど、今回で夢は諦めたらどうや?」

「いや……」

頑張ってなんかいない。まだ何も結果は出ていないのだ。こんな中途半端な状態で諦められるわけがない。

「どうしても、芸能界に未練があるんなら芸能事務所に就職したらどうや?」

「就職……ですか?」

「有名な俳優のマネージャーにでもなって、ちゃんと安定した稼ぎを得ながらチャンスを待ったらええやんか」

「あの……芸能界はそんなに甘くないですよ。マネージャーになりたいって言って簡単になれるもんやないと思います」

芸能界のことなんてほとんど知らないのに、つい反論してしまった。

今朝、俺の家に朋美が辞めたバンドのボーカルがやって来た。そいつは、「朋美が、《マチルダ》が所属している事務所の金庫の金を持ち逃げしたんです」と言い、朋美との面会を求めたが、俺は「妹は寝てるし、何時やと思っててんねん。いきなり人の家に来て失礼やろ。明日、話し合いの場を設《もう》けるから帰ってくれ」と追い返したのだ。

朋美が窃盗？

ありえない。朋美は口は悪いが、性格は竹を割ったように真っ直ぐで、そんなしょうもないことをする人間ではない。

全面的に妹を信じてはいるが、一体、東京で何が起こって朋美がバンドを辞めるに至ったのかを知りたい。

芸能界で活躍し、名声と金を得た人間は変わってしまう可能性は高いと思う。むしろ、元のままでまったく変わらないほうが稀《まれ》だろう。

今日の四回の前座の間に、何度も朋美に連絡したが繋がらなかった。すでに、あのいけ好かないボーカル野郎と会っているのかもしれない。早く朋美本人の口から真実を聞き出したいが、まずは目の前のピンチを乗り越えるのが先だ。

「そんなことはわかっとる。当たり前や。勇太君が就職活動を気張らなあかんねん。一生懸命やれば、不可能なんてない」

冷静を保っていた親父さんが苛つき始めた。職人気質だけに、若い者の反論には慣れていないはずだ。

「不可能がないんであれば……劇団で頑張るのはダメなんですかね」

「何やて？」

親父さんが両眉を上げた。額に深い皺が無数にできる。

これ以上、意見を言うのは逆効果だ。そうわかっていても、一旦、点いてしまった火を消すことはできない。

試行錯誤して、やっとストリップ劇場でウケるネタができた。これまでの公演で身内だけの客に披露してきたパフォーマンスとはひと味違う手応えもある。

もしかしたら、このネタをきっかけに俺や劇団の運命が変わるかもしれない。かなり薄い希望だけど賭けてみたい。

「勿体無《もったいな》いんです」

「劇団を続けてきたことか？　勇太君はまだ二十五歳やねんから、まだいくらでもやり直しがきくやんか」

「年数とかではありません」

「じゃあ、何が勿体無いんや」

親父さんがさらに険しい表情になる。

「……俺の才能です」

勇気を振り絞って言った。

売れていない人間が、一番口にしたくない言葉だ。普通は他人に評価されて初めて己に自信を持てる。

でも、誰も認めてくれなかったら？

劇団のパフォーマンスや俺の脚本を批判されることは嫌ではない。ムカつくかもしれないけど、観てもらえたからこそ意見を貰えるのだ。

何よりも辛いのは、世の中から無視されることだ。誰からも気づかれないことだ。だからこそ、自分で自分の才能を信じるしかない。

「勇太君は、仕事を舐めてんのか」

親父さんが声を震わせて訊いた。怒りの表情ではなく、誇りを著しく傷つけられた顔をしている。

「舐めてません」

「仕事がどういうものかわかってるんか」親父さんが堰《せき》を切ったように語り出す。「一発逆転が起こるギャンブルやないぞ。毎日、コツコツと同じことを繰り返して、やっと僅かな金を頂けるんや」

俺は、親父さんのゴツゴツとした手を見た。

今までこの手でどれだけのパンを作ってきたのだろう。早朝に起きて生地を練り、気の遠くなる数のパンを焼いて、千春を育て、家族を養ってきたのだ。明日の朝も早いのに、娘の彼氏のために深夜まで戦っている。長年、努力を積み重ねてきた男を前にすると劣等感で押し潰されそうになる。

グウの音も出なかった。

だけど、俺は大馬鹿野郎だ。負けるとわかっている戦でも引くことができない。

「俺は絶対に売れます」

俺の宣言に、親父さんがギョロ目を見開いた。

「そこまで言うんなら、勝負しようやないか」

「えっ？」

「前座はあと六日やな。最終日の日曜までに、あのストリップ劇場を満席にしてみろ。できたら、好きに夢を追え」

「満席にできなかった場合はどうすればいいですか？」

正直、訊くのは怖い。しかし、逃げるわけにはいかない。

親父さんは席から立ち上がり、テーブルの伝票を取って俺を見下ろした。

「千春と別れろ。街から出て、二度と現れるな」

13

五日目の火曜日。事件は三ステージ目の前座が終わったときに訪れた。

『勇太、オモロいことやってるらしいな』

俺の店《デ・ニーロ》で知り合った客から電話があった。ことぶき商店街のコンビニにいた俺は声を弾ませて言った。

「コッヒーさん、お久しぶりです」

小比類巻《こひるいまき》さんことコッヒーさんは、大阪の飲食業界のちょっとした顔だった。十年前、南堀江で一階がアパレルのセレクトショップ、二階がパクチーメインのオーガニックカフェ《パクチープレイス》で当て、瞬く間に難波の味園《みその》ビルにメキシカンのフード推しでタコスが食べられるスナック《浪速ドスカラス》や、〝関西の銀座〟である北新地であえて立ち飲み屋の《北新地スタンド》を立ち上げた。そして茶屋町でキャパがゆうに百人を超え、随時DJがレコードで小洒落たラウンジミュージックを選曲する大型カフェ《パクチープレイスⅡ》で爆発的な売上を連日記録し、揺るぎない地位を確立したあと、今年の春に満を持して心斎橋に本格的なライブができるクラブ

《コリアンダー》をオープンしたのだ。

巷《ちまた》の連中からはコッピーの愛称で親しまれ、誰もが知っているような有名人と毎晩飲み歩いている。俺が尊敬している数少ない大人のひとりである。

『ストリップ劇場で前座をやってるんか?』

「は、はい。何で知ってはるんですか」

『噂が回ってきたで。ヤクザの恰好でダンスするんやろ』

「そうなんですよ。フラッシュモブとコントを混ぜた感じです」

『相変わらず、ぶっ飛んでんな。今日はまだ観れる?』

「もちろんです。四回目のステージは夜の九時からです」

『チケットはいくらなん?』

「何枚ですか? 俺が招待しますよ」

『四枚やけどええんか。ちゃんと買うで』

「大丈夫です。受付に言っとくんで俺の名前を出してくださいね」

毎回、《チームKGB》の公演ではコッピーさんが何人で来ようと招待券を出していた。思わぬ大物を連れて来てくれるかもしれないので投資のつもりだった。《東洋ミュージック》の入場料は一枚三千円なので決して安くはない。もちろん、自腹だ。

『ありがとう。いつも悪いな』

「かなりディープな場所ですよ。客が廊下でションベンしますし」

『何やねん、それ！　笑けるな！』

「客がめっちゃ少ないんですよ。五人しかいない回とかもありますよ。それなのに、毎回来てる謎の常連客もいるんです」

『おいおい、シュールやな』

「飲食の持ち込みは自由なんで、ビールでも飲みながら観てくださいよ」

『それ、ええな。最高のツマミやんけ』

一般人ならマイナスな部分であっても、金も人生経験も豊富なコッヒーさんからすれば刺激になる。俺を可愛がっているのも、劇団をやりながらバーを経営するというリスキーな生き様を面白がってくれているからだ。

「ストリップ劇場は半端じゃないですよ。ネタが揃ってるんで飲みに行きましょうよ」

『今日の夜に飲もうや。勇太は前座が終わったあとは何かあるんか。オレら、たぶん北新地に流れると思うんやけど』

北新地？

俺と飲むだけならば、北新地はチョイスしないだろう。コッヒーさんが接待したい大物が同伴しているのだ。

「何もないです！」

嘘をついた。本当は千春と会う約束がある。だが、今夜は劇団のチャンスだ。コッヒーさんが思わぬ大物を連れて来る可能性は高い。

千春との話し合いは明日にしてもらおう。

『じゃあ、前座終わったら連絡してな』

「オッケーでーす！」

必要以上に明るい声を作った。コッヒーさんが電話を切ったあと、全身にどっと疲れが押し寄せる。

コッヒーさんの言葉のニュアンスからすると、前座が終わってからすぐに連絡しなければいけない。つまり、コッヒーさん御一行は、端から俺たちのあとのストリップには興味がないというわけだ。

胸の奥がチクリと痛くなった。

冬音は、少しでも多くの人に自分の踊りを観て欲しくて、俺たちに依頼した。新しいネタで前座はウケるようにはなったが、客はまったく増えていない。

当たり前である。俺は何の宣伝もしていないからだ。冬音と約束したＳＮＳでもストリップの前座のことは触れてはいなかった。

コッピーさんに、わざわざ客が少ないことを告げたのは保険だ。客が全然入らなくても「ホンマにガラガラやんけ」と笑ってもらえるし、思ったより客が入れば「やるやんけ」と認められる。

ただ、一般の客は読めない。下手すれば、廊下のアンモニア臭だけで帰ってしまう者もいるだろう。ストリップの前座で《チームＫＧＢ》のファンを減らしてしまうわけにはいかないのである。

「あっ……」

「お兄！」

コンビニを出ようとしたとき、計ったようなタイミングで朋美とぶつかりそうになった。更に妹の隣には《マチルダ》のボーカルがいる。相変わらず、シュッとして目付きは悪いロン毛野郎だ。

コイツら、今、手を繋いでなかったか？

俺と鉢合わせした瞬間、素早く手を離したように見えた。

「お、おう。こんなとこで何してんねん」

動揺して口ごもってしまう。

「ご飯食べててん」

朋美もバツが悪そうに言った。

ことぶき商店街は俺のマンションからは近い。ただ、気になるのは《マチルダ》のボーカルと一緒にいることである。

「どうも」

ボーカルは軽く会釈をしただけで自分のスマホを弄っている。

事務所の金の件はどうなっててん？

俺はボーカルにツッコミそうになった。この場で朋美に直接訊くわけにもいかない。

「この人、成田《なりた》君」朋美がボーカルを紹介する。

「知ってるよ。《マチルダ》のボーカルやろ」

この二人は付き合ってるのだろうか。

朋美の態度ですぐにわかる。妹は昔から好きな人の側だと俺に無愛想になる。

オトンが死んでから俺が父親の役をやってきた。それまで、幼い朋美はオトンの広い背中に「おんぶ」が大好きだった。いつも、キャッキャとはしゃいでオトンの背中にしがみついていた。あの日以来、「おんぶ」は俺の仕事になった。朋美が中学生になるまで、俺は「お兄！　おんぶ！」と言われたら兄ではなく父親として背中を貸した。

「お兄は劇団やってるねん」

「へえ」

成田がスマホから顔を上げずに生返事した。

「今、ストリップ劇場で前座やってるんよ」朋美が、俺に気を使って《チームＫＧＢ》の紹介を続ける。「普通の劇団と違ってゲリラ的に色んな場所でパフォーマンスをするねん。もちろん、演劇の箱で本公演もやるけど」

「へえ」

まだ、スマホから顔を上げない。

コイツ、舐めてんのか。

久しぶりに人を殴りたいと思った。成田にとって、大阪の片隅で細々と活動している小劇団なんて何の興味も湧かないのだ。

「雑魚《ざこ》で悪かったな」

思わず、口から出た。

「お兄！」

不穏な空気を察知した朋美が俺を睨みつけて牽制する。

「雑魚って何？」

やっと成田がこっちを見た。キョトンとしてまったく悪気がない。

「俺の劇団が、お前らのバンドみたいに有名じゃなくて悪かったなって言ってんねん」

「いやあ……」成田が面倒臭そうに苦笑いを浮かべる。

「お兄、ウチの友達に喧嘩を売るのやめてや」

「先に売ってきたんはコイツやろ」

「成田君はいつもこんな感じやの」

朋美が、兄ではなく彼氏の肩を持つので余計にカッカしてきた。

「お前、おんぶの恩を忘れたんか」

「は？　何のことよ」

「ほら、やっぱり忘れてるやんけ！」

「お兄さん、酔ってる？」

ドン引きしている成田が、朋美に訊く。

「酔ってへんけど、この人、瞬間湯沸かし器やからこうなったら止められへんねん。

成田君、逃げて」

「おい、逃げんなや」

「逃げないって」成田が小馬鹿にしたように鼻を鳴らす。

「あのさ、文句があるなら直接言えば？」

当たり前のようにタメ口を使うのも腹が立つ。

俺は朝からイライラと焦っていた。昨夜、千春の父親に宣告されたのが尾を引いている。

最終日の日曜までにストリップ劇場が満席にならなければ、千春と別れて寿町から引っ越さなければいけないという無茶な要求を突きつけられた。

不可能だ。ミッション・インポッシブルだ。トム・クルーズ級のスターが出演してくれない限り、あんな小便臭い客席に誰も来てはくれない。

もちろん、満席にならなかったとしても千春と別れる気はさらさらない。親父さんとの約束は反故《ほご》にさせてもらう。引っ越しもしない。そんな金もない。俺の人生は俺が決める。他人の意思に左右されてたまるものか。

「どこ出身やねん？」俺は成田に訊いた。

「大阪だけど」

「大阪のどこや」

たしか、《マチルダ》のメンバーは高校の同級生だ。朋美は、高槻の高校に通っていたのだ。

「高槻」

「何で、標準語喋ってんねん」

「は？」成田が眉間に皺を寄せる。

「ちょっと東京で売れたからって大阪の魂忘れたんか」

「魂？」成田が噴き出した。「なんか長渕みたい」

この野郎！

成田の胸ぐらを摑もうとして腕を伸ばしたとき、真横から黄色い歓声が割って入った。

「めっちゃ、ヤバい！　テレビで観たことある！」

「《マチルダ》の成田君やん！」

二人組の女子高生が猪の如く突進してきた。

「そうだよ」

成田があっさりと認める。コソコソせずに一般人と接するのが今どきの芸能人なのか。

「キャー！　握手して欲しい！」

「一緒に写真、撮って欲しい！」

「いいよ。でも、ツイッターやインスタにはあげないでね」

女子高生たちは、目の前にいる俺を見ようともしない。いや、俺の存在に気づいていないのだ。道に落ちている石と同じ扱いだ。

これが、現実だ。

批判されたり馬鹿にされるのはまだ幸せで、夢を追いかけている途中で一番つらいのは無視されることだ。

「お兄……」

朋美が同情した目で俺を見た。

その視線に耐えられず、俺は小走りでコンビニから逃げた。

闇を緑色のレーザー光線が縦横無尽に切り裂いていく。平日の深夜だというのにフロアは〝パリピ〟で溢れ、ＤＪのプレイに雄叫びを上げて踊り狂っている。

「すげえ……」俺は感嘆の声を漏らした。

午前零時。心斎橋の《コリアンダー》に来ていた。コッヒーさんが経営しているクラブだ。

黒服の従業員に案内され、ＶＩＰルームに通される。

結局、コッヒーさんは《東洋ミュージック》に来てくれなかった。北新地での飯もなくなり、《コリアンダー》に来るように言われたのだ。

ＶＩＰルームも熱気に満ちていた。ゆうに三十人はいるだろうか。男はわかりやすい金持ち、女はモデルかタレントの卵であろう粒ぞろいで、親の仇のようにガンガンにシャンパンを開けていた。

「おー！　勇太！　こっち、こっち！」

一番奥のソファから、コッヒーさんが手を振る。

しばらく会わないうちに、またでっぷりと太っている。サングラスとスーツを着たハンプティ・ダンプティみたいだ。

「ここ、座れや」

嘘やろ……。

俺はソファを見て硬直した。そこには、国民の誰もが知っているお笑い芸人がフルートグラス片手に座っていた。

14

オッカマンや……。

俺は緊張のあまり、ロボットダンスみたいな動きでソファに腰掛けた。ガキの頃からテレビで観てきた人物が真向かいに座っているのが信じられない。

岡崎馬之助《おかざきうまのすけ》。三十年前からお笑い界に君臨し、時代を引っ張ってきた。代表番組は数え切れず、切れ味の鋭い毒舌なのに愛嬌のあるフレンチブルみたいな顔で現在も人気は衰えない。お笑い芸人だけにはとどまらず、歌手や俳優、映画監督としても活躍するマルチタレントの先駆けである。

俺が小学生の頃、毎週欠かさず観ていたお笑い番組に出ていて、「オッカマン！」という変顔のキャラクターで全国の子供たちのヒーローになった。

「岡崎さん、こいつ僕の後輩なんです」

コッヒーさんが率先して紹介してくれた。

「は、はじめまして、木村勇太です」

声が思いっきり裏返ってしまう。間違いなく、人生マックスの緊張だ。

「よろしくな」

なんと、岡崎馬之助が自ら手を差し出してくれた。

「よ、よ、よろしくお願いします！」

俺は震える手で握手をした。それだけで気絶しそうになる。

「勇太、自分の劇団で頑張ってんすよ。今日もストリップの前座やってんな」

「ほう」岡崎馬之助が嬉しそうに目を細めた。

スーパースターとはこんなにも温かいものなのか？　出会って一分も経ってないのに、途方もない優しさに包まれる。

「ヤクザがミュージカルみたいに踊るらしいんすよ。なあ、勇太」

ネタを観てもいないコッヒーさんが援護射撃をしてくれる。ミュージカルではないが、俺は深く頷いた。

「斬新だな、それは」

「路上や潰れた映画館でもやったり、オモロいんすよ」

ストリップ劇場の前座を受けて本当によかった。やっぱり、普通じゃダメなんだ。どんなチャンスにいつ巡り合うかわからない。そのときに、重要人物に興味を持ってもらわなければ負けだ。

「将来はどういう劇団をやりたいんだ？」岡崎馬之助が訊いた。

一瞬で俺を包み込んでいたものが吹き飛び、強烈な寒気が全身を襲う。

怖い。メチャメチャ怖い。たった一言で、小便が漏れそうになる。

岡崎馬之助は、優しさと恐ろしさの振り幅が尋常じゃないと、直《じか》に会って初めてわかった。だからこそ、テレビ画面越しの大衆の心を揺さぶることができるのだ。

「映画監督になりたいんです」

俺は根性を振り絞って言った。

「映画じゃ食えねえぞ」岡崎馬之助が微笑んだ。「まあ、劇団はもっと食えねえがな」

笑われても一ミリも嫌な気はしない。これまで、俺の夢を小馬鹿にしてきた連中とは根本的に違う。

誰もがひれ伏す絶対的な才能。そして圧倒的な運。この二つを兼ね備えた者だけが天才と呼ばれる。

天才は何も疑わない。不可能という壁を乗り越えるのではなく、いとも簡単にぶっ壊すのだ。

「覚悟はできてます」

「どういう映画を撮りたいんだい」

「タランティーノやコーエン兄弟に憧れてます。あと、ウディ・アレンにも影響を受けました」

そのとき、スーパースターに質問されて有頂天になっている俺の頬をピシャリと張るような冷たい声が斜め横から飛んできた。

「古いよ」

骸骨にメガネをかけさせてロン毛にしたような痩せ型の男が、コッヒーさんの隣に座っていた。岡崎馬之助の存在感が凄すぎて気づかなかった。

「この方は井手《いで》さん。超売れっ子の放送作家やで」

「あ、はじめまして。よろしくお願いします」

「若いのに時代遅れの映画ばっか観てんだな」

「いや……あの頃の映画が好きで……」

年齢は四十代後半であろうか。岡崎馬之助とはまた違う鋭い威圧感を醸し出している男だ。

「井手さんは岡崎さんの番組をいくつか手がけてんねん」コッヒーさんが今度は井手の紹介をする。「最近やったら『オッカマンの恐怖の晩餐会』をやってはるんすよね」

テレビをあまり観ない俺でもその番組は知っている。ゴールデンタイムの岡崎馬之助の冠番組だ。

　岡崎馬之助だけじゃなくてそんな人まで店に呼べるなんて凄すぎるやろ。俺はコッヒーさんの太い人脈に仰け反りつつ、自分の幸運にほくそえんだ。

　確実に流れが来ている。《チームKGB》を売り込む大チャンスではないか。

「岡崎さん、すいません。ちょっといいですか」

　明らかにマネージャー風の男が岡崎馬之助をVIPルームから連れ出した。

　あとで戻ってきてくれるのだろうか。意地でも待つしかない。

「勇太くんだっけ？」井手が岡崎馬之助の退場を気にせず訊く。「ウディ・アレンはどの作品がベストなの？」

「俺は『ラジオ・デイズ』が好きです」

「ふうん。『マッチポイント』は？」

「スカーレット・ヨハンソンのテニスのやつですよね？　あれも面白かったです」

「ウディ・アレンの作品は体質的に合わないいんだけど『マッチポイント』はピンときたんだよね」

「緊張感はあるけど主人公の男のどうしようもないスケベ心が笑けますもんね」

「今、深夜ドラマの企画を考えてるんだけどさ。ああいうのやりたいんだよ」

かどうですか」

「面白そうっすね。テニスの代わりに何か違うスポーツを題材にするとか。やっぱ、一対一の勝負の球技がいいと思うんで、温泉で卓球する不倫カップルのサスペンスと

生意気と思われてもいい。俺はマシンガンのような口調でアイデアを出した。

「温泉だったら熱海か箱根か……アリだな」井手が丸眼鏡を人差し指で上げた。「お前、プロット書ける？」

「えっ？　俺がですか」

「おう。今、若手でいい脚本《ホン》を書ける奴がいなくて困ってんだ」

まさかの展開に心臓が爆発しそうになった。

「井手さん、会ったばかりなのに勇太でいいんですか」コッヒーさんが不安げに訊く。

「顔と目を見りゃ、そいつの実力はだいたいわかるよ。何年この世界にいると思ってんだよ。あとは根性だけだな」

「根性には自信があります！」

「才能だけじゃ通用しないぞ。物書きで一番必要なスキルはわかるか」

「何ですか？」俺は素直に訊いた。

「スピードだよ。遅い奴はいくら面白くても使えねえ。ペラいちでいいから明日まで

にプロット書いてくれ」

そう言って、井手はメールアドレスの入った名刺を渡してくれた。

「はい！」

「やったな、勇太！　頑張れよ！」

コッヒーさんが俺の背中を叩き、ドンペリをフルートグラスに注いでくれた。

やった！　チャンスが回ってきた。これをモノにすれば、千春の親父さんも俺を見直してくれるはずだ。

もしかしたら、俺の書いた作品に岡崎馬之助が出演してくれるかもしれない。そうなったら、今まで俺や《チームKGB》を馬鹿にしてきた連中を見返すことができる。

やったる。石に齧《かじ》りついてでも傑作を書いてやる。

「いただきます！」

俺は夢心地でドンペリを一気に飲んだ。


『どうしたんよ、こんな時間に？』

千春が寝起きの不機嫌な声で電話に出た。

午前一時を回っている。キレられて当然だ。でも、俺は千春の声を聞きたくて仕方なかった。コッヒーさんたちにトイレに行くと言って地下の《コリアンダー》を抜け出し、飲食ビルの前の鰻谷《うなぎだに》の路上で電話をしたのだ。

「さっき、誰と会ったと思う?」

『はあ?』

ますます、苛ついた声になる。

千春と直接話すのは二日ぶりだ。親父さんと《東洋ミュージック》には来てくれたが、何を言われるか怖くてメールでしか連絡していなかったのだ。

「オッカマン!」

『何、言うてんの?』

「岡崎馬之助に会っててん。さっきまで一緒に飲んでてん」

短い沈黙のあと、千春が呆気にとられて言った。

『……どういうこと?』

「ホンマやって! コッヒーさんに呼ばれてクラブ行ったらVIPルームで紹介されてん」

『今、クラブにおるの?』

千春の声が途端に曇る。

そこかよ！　奇跡が起こったのに何で喜んでくれへんねん！

カチンと来たが、ここは堪える。仕事のチャンスを貰った話をすれば、さすがの千春も驚くだろう。

「だから、コッピーさんに呼ばれてんって。そこで、有名な放送作家さんもいて、ドラマの脚本を書かないかって言われたんよ」

『ふうん』

「そんだけ？　反応薄過ぎやろ」

『だって、まだ決まったわけやないやろ？』

「そやけど、有名な放送作家さんから直に頼まれたんやで？」

『有名なって誰？』

「井手って人やけど」

『知らんし』

千春が冷たく言い放つ。まるで、俺が成功するのを望んでいないかのようだ。

「手がけてる番組は凄いのばっかりやねんて」

『ふうん』

「お前さ。もうちょっとあるやろ」

さすがにムカついた。ドンペリの酔いも手伝って、抑えていた感情の蓋が簡単に外れた。

『何がよ』

「彼氏が一生懸命気張ってんねんから応援してくれや」

『私が応援してへんと思ってんの？』千春が冷え切った声になる。『じゃあ、ご機嫌取ってくれる子を探したらええやん』

「おい、千春。喧嘩はやめようや」

『喧嘩を売ってきたんはそっちやんか』

「なんでやねん。ちゃんと俺の話を聞けって」

『人の話を聞いてないのは勇太やで』千春が深い溜息を漏らす。『私、前からコッヒーさんのこと苦手やって言うてるやんか』

「めっちゃええ人やろうが。有名人に紹介してくれてんぞ」

『それは本当に勇太のためなん？』

「えっ？　どういう意味やねん」

『コッヒーさん、《チームＫＧＢ》の舞台をちゃんと観てくれたことあるん？』

言われてみれば、ない。公演に来たとしても、だいぶ遅れてきたり、用事があると途中で帰ったりしていた。大半は今夜みたいに、「チケット取っといて」と言いながら来ないことが多かった。

だけど、数少ない俺の味方なのである。

「忙しい人やねんから毎回来れるわけないやろ」

『……今日は二人で話したかった』

千春が急に悲しげなトーンになる。親父さんの件を話し合う約束をしていたのだが、メールで《コッヒーさんに呼ばれたから今夜はあかんわ》と変更したのだ。

「話ならいつでもできるやん」

『できひんやん。忙しいからっていつも大事なことを先延ばしにするやんか』

「チャンスを摑むことが今の俺には一番大事なことやろ」

『コッヒーさんに媚び売るのがチャンスなん？』

「もうええわ」

ヤケクソになって電話を一方的に切った。

俺のことはいい。可愛がってくれる先輩のことまで悪く言う必要はないだろう。

なんで、素直に応援してくれへんねん……。

頭の中が抑え切れないぐらい熱くなり、目の前の薬局の閉まっているシャッターを殴った。それでも、堪えられず電柱の横のポリバケツを蹴り飛ばした。中に入っているゴミがアスファルトに散乱した。

「くそったれが！」

夏の夜の空に、俺の遠吠えが虚しく響く。

もう一度、千春に電話をかけようと思ったがやめた。スマホをポケットにねじ込み、俺はＤＪが流す低音が漏れる地下への階段を降りた。

15

六日目。

《東洋ミュージック》で一回目の前座を終えた俺は、楽屋に籠《こ》もって愛用のノートパソコンと格闘していた。

今日中に、放送作家の井手に頼まれた深夜ドラマのプロットを書き上げなければならない。胃の痛くなる仕事だが、俺の脳味噌からはアドレナリンがドバドバと溢れ出ていた。昨夜、コッヒーさんに飲まされまくったドンペリの二日酔いも関係ない。

温泉卓球の不倫サスペンス。

勢いで出したアイデアは、我ながら秀逸だと思う。しかし、ハードルは高い。深夜ドラマだから予算は限られている。撮影日数も少ないだろうから、凝った演出はできないだろう。

……密室でいくしかないか。

せっかくの温泉なので、女優の入浴シーンを差し込みたいが、あえてカットする。描くのは、古びた旅館の卓球ルームに絞る。それなら、実際の旅館でロケをしなくても、スタジオでセットを組めばいい。

顔と目を見りゃ、そいつの実力はだいたいわかるよ。

井手の言葉が脳裏に蘇り、ついニヤけてしまう。何としても期待に応えてみせる。コッヒーさんにも恥をかかせるわけにはいかない。

缶コーヒーを飲み、三本目のタバコに火を点け、目を閉じて集中力を上げる。

温泉。卓球。不倫。

この三つのキーワードをどう絡めて料理するか。《火曜サスペンス劇場》のパロディも面白そうだし、ヒッチコックのようなヒリヒリした緊張感のある密室劇もウケそうだ。

まずは、予算がない分、尖った内容で勝負したい。

オープニングだ。

浴衣《ゆかた》姿の女優がサーブの構えをしている。真剣な目。本気で勝とうとしている。対して、不倫相手役の俳優はヘラヘラとして遊び気分だ。酒に酔ってご機嫌な顔で、温泉上がりの色っぽい女優に鼻の下を伸ばしている。

悪くない。二人の不倫関係を一発で表現できる。奥さんと別れて欲しい女と、ただの火遊びだと思っている男だ。

「勇太君、ちょっといい？」

テンポ良く書き始めた瞬間、赤いジャージ姿の冬音が楽屋に入って来た。

舌打ちが出そうになるのを堪え、俺はノートパソコンから顔を上げた。

「どうしました？」

「リリー姉さんから話があるって……いいかな？」

冬音の顔がどんよりと曇っている。嫌な予感がする。

「どうぞ。俺しかいないですけど」

《チームKGB》のメンバーは俺の執筆の邪魔をしないよう気を遣って、近所の喫茶店で時間を潰していた。

冬音の後ろから、紫色のキャミソール姿の天草リリーが入ってきた。不機嫌そのものの表情で口を開いた。

「あのさ」

「は、はい」

「アンタたちの前座、迷惑なんよ」

いきなりの直球サーブだ。俺は返すことができずに顔をしかめてしまった。

「どういうことですか？」

「わからん？　アンタたちのあとが踊りにくいんよ」

天草リリーが腕を組んで座っている俺を見下ろす。初めてまともに言葉を交わすが、この女絶対に九州の元ヤンだ。彼女が熊本出身かどうかはわからない。以前、冬音から教えてもらったように、むしろ、源氏名に地元は入れないものだ。

「ウケてると思いますけど」

カチンときて言い返した。

冬音は楽屋の隅で気まずい顔をしている。天草リリーが先輩なので立てなくてはいけないのだ。

「いくらウケても客の心の準備ができとらんけん、前座の意味がないっちゃろ？」

「はあ……」

「何、その態度？　ぼてくりこかすぞ！」

ぼてくりこかすがどういう意味かはわからないが、決して穏やかな言葉でないことはわかる。

「リリー姉さん、落ち着いてください」

冬音が宥《なだ》めようとするが、天草リリーの怒りは簡単には収まらない。

「アンタはどげん思う?」

「勇太君や劇団員さんたちは頑張ってると思います」

「笑いたけりゃ、テレビでお笑い観ればいいっちゃない?」

「そうですけど……」

「前座であげん雰囲気壊されて、次に出るこっちの身にもなってみんしゃい」

「すいません」

冬音は完全な板挟み状態だ。ただ、冬音が俺たちのギャラを支払う以上、他人がとやかく言えないはずである。

「じゃあ、リリーさんはどんな前座なら納得してもらえるんですか」

助け船を出そうとしたら、喧嘩腰になってしまった。

「あん?」

天草リリーの額に、太い血管が浮かぶ。

「俺らはこの劇場にお客さんが来ないから呼ばれたんです。リリーさんかって、たくさんの人の前で踊りたいでしょ？　そのために俺らは知恵絞って盛り上げてるんやないですか」

「いくら客が入ろうが踊り子のギャラは変わらんとよ」

「えっ？」

「誰が好き好んで人前で股広げるか」

天草リリーは、俺だけでなく冬音も睨みつけて楽屋から出て行った。

「ごめんね」冬音が首をすくめる。「リリー姉さんはああ言ったけど気にしなくてもいいよ」

「いや……気になりますよ。踊り子さんの間でも、えらい温度差があるんですね」

「みんな、色んな理由でこの世界にいるからね」

冬音が、ぎこちなく微笑んだ。

胸が痛い。その「みんな」に俺たちの劇団も含まれている。

「冬音さんは、何で踊り子になったんですか」

質問してすぐに後悔した。他人に触れられたくない過去は誰にでもある。でも、止めることができなかった。

「そんなの聞きたい？」

「聞きたいです！　冬音さんほどのダンスの実力があって、何でこんな場所で踊ってるか理解できへん！」

「こんな場所って言わないでよ」冬音が悲しげな目で俺を見た。「今のわたしにはストリップしかないんだから」

「す、すんません」

「わたしのダンスを見てどう思った？」

「ほんまに、天才やと思いました」

お世辞ではない。冬音のパフォーマンスを観る度に魂が揺さぶられるのだ。だからこそ、俺たちも毎回全力で前座に挑んでいる。

「十分の一だよ」

「はい？」

「わたしの全盛期のダンスの十分の一しか踊れてないから」冬音が、ゾッとするような冷たい表情になる。「わたし、今年で三十五歳なんだけどね。二十八歳の頃にダンサーを引退したのよ」

「……マジっすか？」

とてもじゃないが、そんな歳には見えない。鍛えられた体はもちろん、肌も若々しい。それだけ、冬音が日々努力をしているというわけだ。

「二十代前半のときに痛めた膝を騙し騙し庇《かば》いながら踊るうちに、腰や足首や色んな箇所を怪我しちゃって。きっぱりと足を洗ってＯＬになったんだけど……」

「ダンスが忘れられんかったんですね」

「うん。プロのダンサーの頃は食べていくのが大変で、ダンスが好きなのかどうかもわからなくなってたんだけどね。だから、引退を決めたときは悲しかったけど、どこかホッとしたの」

「今よりも十倍上手いダンスで、食っていくのがやっとだったんですか？」

「だって、信じられないぐらい業界のギャラの相場が安いもん。音楽番組で超大物の歌姫のバックで踊っていくらだと思う？　交通費込みで五千円だよ」

「ありえへん……テレビでその額かよ」

「しかも、半日以上も拘束されて。やっと収録が終わったと思ったら、プロデューサーから飲みの席にバックダンサーたちが誘われるの。もちろん、断ったら次の仕事に呼ばれることはない」

冬音の目が、さらに冷たくなっていく。まるで、雪山で遭難したみたいな顔色だ。

「冬音さんは媚びを売れなかったんですね」

短い付き合いだがわかる。冬音は才能があり、努力を惜しまないが、不器用な人間なのだ。

俺も……そうや。

昨夜、コッピーさんのクラブのVIPルームで可愛い女の子に囲まれて馬鹿騒ぎをしながら、俺はみぞおちの辺りにしこりを感じた。

仕事を貰うために、先輩の顔を立てるために、俺は楽しんでいるフリをしていた。

結局、放送作家の井手はキャバ嬢っぽい女と消え、岡崎馬之助は戻って来なかった。

「あの頃は、女を武器にするのが大嫌いだった」冬音が、か細い声で続ける。「だから、収入と言えばダンス教室の講師料ぐらいしかなかった。でも、自分のダンスのための出費は増える一方だし、体を壊したときの保証もない」

「大変な世界や……」

俺が目指す世界もそうだが、成功できる人間はほんの一握りだ。何より難しいのはスポーツ界とは違い、実力があれば認められるわけではないことだ。日本で一番CDを売っているアイドルグループより歌って踊れるアーティストや、ドラマや映画に出まくっているイケメンタレントより演技が上手い役者は山のようにいるはずなのに。

「OLになって、最初の一年は何もかもが新鮮で楽しかった。仕事で覚えることも多かったし、ダンスのレッスンで使っていた時間も他の趣味を探すことで充実していたからね。旅行にもいっぱい行ったし。でもね……社会人になって三年が経って、当時の彼氏にプロポーズされて、幸せなお嫁さんになれるはずだったのに、わたしはイエスと答えられなかったの。わたしの体にまだダンサーの血が残っていたのよ。あれだけ辛くて、嫌な思いも数えられないほどして、プライドもズタズタになったのに……わたしは飢えていた。抑えていた踊りたい気持ちがグツグツとマグマみたいに沸騰して爆発しちゃったの」冬音が一気にまくし立てたあと、両手を広げた。「それで、わたしは今ここにいるわけ」

「……そうやったんですね」

「この場所なら、わたしはヘタクソな歌姫の後ろで嘘の笑顔を振りまかなくていい。誰にも邪魔されずに主役として踊れるの。小便臭くて最低だけど、最高の場所だわ」

冬音がウインクをして、手を振って楽屋から出て行った。

彼女の過去をほじくり返してよかったのだろうか。だけど、俺の体の奥にある熱いものが滾《たぎ》っている。

「やったろうやんけ」

俺は呟き、ノートパソコンのキーボードを力強く打ち始めた。

「プロットが書けました！」

自分でも信じられない集中力で、出来の良いものが三十分で仕上がった。

『やるじゃん。やっぱりオレの目に狂いはなかったな』

電話の向こうで、井手が感心している。有名な番組をいくつも手掛けた放送作家に褒められて、俺は早くも有頂天になった。

「メールに添付してあるんで、読んでください！」

『オッケー。これから関西の局と打ち合わせだから、終わったらゆっくり読むな。あと、別件で頼みたいことがあるんだよ』

「……何ですか？」

傑作のプロットを早く読んで欲しい。肩透かしを食らった気分だ。

『オレ、バンドやってるじゃん』

「は、はい」

ドンペリのせいで記憶が曖昧だが、そんなことを言っていた。たしか、楽器のできるお笑い芸人や俳優を集めて結成し、井手がボーカルだった。てっきり、趣味の範囲だと思い、真剣には聞いていなかった。

『たまたま、メンバーが関西で揃うからさ。こっちでライブやりたいんだ。小さい箱でも全然かまわないからさ』

「それは、いつですか？」

『今週の土曜日』

「み、三日後やないですか」

『だから、地元の勇太にブッキングをお願いしたいんだよ。どこか、いい箱ない？』

無理だ。あまりにも時間がない。俺にはストリップの前座もあるし、プライベートの問題も山積みだ。

断るんだ！

「任せてください。何とかします」

意思とは真逆の言葉が、勝手に口から出た。

背中一面に、嫌な汗がじっとりと広がっていくのを感じた。

16

とにかく度胸をつける。

俺は常に自分自身にそう言い聞かせて、ここまで突っ走ってきた。

夢は大きくハリウッドである。レッドカーペットを練り歩くのが夢なのである。生半可な覚悟で辿り着けるわけがない。

映画の専門学校を辞めたあと無理やり劇団を作ったのも、借金してまでバーを経営したのも、誰にも負けないメンタルを築くためだ。

ここで、俺が実際に挑戦した〝修行〟を紹介しよう。

それはナンパだ。

経験したことのある人ならわかると思うが、赤の他人の女子に声をかけるのはかなり勇気がいる。お目当ての子に接近しようとしても、慣れるまでは地蔵みたいに足が動かない。

そんなことで、ハリウッドスターと渡り合えるか！

努力の方向性がズレてる気がしないでもなかったが、俺は高校時代の悪友たちとつるんで夜の街に出た。

　悪友は高槻の実家に住んでいたので、主な戦場は京都だった。飲み屋の多い木屋町や小洒落たクラブがある丸太町で「ランボー」のシルベスター・スタローンの如く、手当たり次第に女を狙った。

　しかし、敵(尻軽ギャル)もそう簡単に狩られるほど甘くはない。毎週末、ナンパ師との激戦を繰り広げているので、兵士としてのランクが違うのだ。

「勇太、あの子らいこうや」

　ほろ酔いの悪友が、終電前の木屋町でギラリと目を光らせる。

「どこ？」

「ほら、八時の方向におるやろ」

　さりげなく振り返ると、たしかに女子大生風の二人がいる。向こうも居酒屋かどこかの帰りらしく、足元がおぼつかない。

　ちなみに俺たちは、水商売の女の子はターゲットから外していた。彼女たちは、金のない同世代の男に興味などない。たとえ、声をかけたところで道に転がっている犬のウンコを見るような目で見られるのがオチだ。

「隊長、どの作戦でいきますか？」

俺はふざけて兵士になり切った。こうやって、楽しむことが地蔵を回避するコツである。

「よし。プランBだ」

「ラジャー!」

俺は悪友から離れ、深刻そうな顔で女子大生たちに近づいた。女子大生たちは、ナンパが来たとわかりながら気づかないふりで通り過ぎようとする。

最初のひと声が勝負だ。ここで彼女たちから笑いが取れなければ負けは確定だ。

「すいません! ボクの母さんを知りませんか?」

「えっ? 何、それ」

無視を決め込んでいた女子大生たちが思わず噴き出す。

「幼少の頃、母さんとはぐれたんです」

あくまで、真剣な演技は崩さない。

「幼少っていつよ」

女子大生たちがさらに笑う。

「五歳です。生き別れです」

俺はわざとらしく鼻をすすり、捨てられた子犬のような悲しげな表情を浮かべた。

「探し過ぎやし！」

「木屋町におらんやろ！」

二人が同時に爆笑したのをきっかけに、悪友が近づいてくる。

ここがプランBの肝だ。いきなり男二人ではナンパしない。威圧感を与えたくないし、一人で笑いを取ることによって、「こいつ、他のナンパ野郎と違うやん」と女の子に思わせることができる。

悪友は、女子大生たちの視線が自分に集中したのを確認してから、俺より悲しそうに質問する。

「すいません！　ボクの父さん知りませんか？」

「今度は父親やし！」

「どんだけ失踪してんのよ！」

これで、女子大生たちの心がオープンした。あとは、飲みかカラオケに誘うだけだ。路上も大変だが、クラブでのナンパもテクニックとチームワークが必要だ。何より難しいのは、同じ目的のライバルがわんさかいることである。

目立たないと勝てない。しかし、目立ち過ぎると危険だ。

よく可愛い女の子の奪い合いで殴られて鼻血を出している奴を見かける。調子に乗った結果なので、誰も同情はできない。クラブナンパは弱肉強食の世界なのである。さながら、「ジュラシック・パーク」である。戦闘能力の低い恐竜は、頭を使ってメス恐竜にアプローチしなければならない。

「勇太、あの子らいこうや」

丸太町のクラブのフロアで、悪友が耳打ちする。

「どこ?」

「ほら、三時の方向におるやろ」

右を向くとたしかにカウンターの隅で、つまらなそうにビールをちびちびと飲んでいるOL風の二人がいる。互いに会話もなく、完全にナンパ待ちだ。

「隊長、どの作戦でいきますか」

「よし。プランCだ」

「ラジャー!」

路上ナンパはスピードが命だが、クラブナンパでは焦りは禁物である。求められるのは的確な状況判断だ。

OLたちのスペックは悪くない。おそらく二十五歳前後で、顔もスタイルもゆうに八十点は超えている。服とバッグも有名ブランドだ。

それなのに、なぜ、他のナンパ師がことごとく返り討ちにあっているのか？

俺はレッドブルを飲みながら、しばらく様子を見た。その間も一組の男たちが戦いに挑んだがあっけなく一蹴された。

だいたい、わかった。

ＯＬたちは、ナンパ慣れしているのだ。それに加え、スピーカーが近いのでよほど大きな声で話さないと会話ができないのもネックとなっている。

耳がダメなら、目に訴えかけるしかない。

俺と悪友は目を合わせた。

「隊長、プランＤに変更です！」

プランＤとは、ひたすらダンスをするだけだ。

「よっしゃ！」

俺たちは雄叫びとともにフロアの真ん中に飛び出し、ＤＪが回しているブルーノ・マーズに合わせて踊り狂った。

俺も悪友もお世辞にもダンスが上手いとは言えない。クラブでは一部の外国人以外、他の客は皆、体を揺らすぐらいなので思いっきり浮いてしまう。

だが、悪い目立ち方ではない。俺たちはナンパをしているわけではなく、楽しく踊っているだけなのだ。

俺たちの十八番のダンスは、タランティーノの「パルプ・フィクション」で、ジョン・トラボルタとユマ・サーマンがレストランで踊った振り付けをパクったものである。俺と悪友、男同士が見つめあってダンスをしているだけなので、他のナンパ師たちは文句のつけようがない。

女というのはやっかいなもので、追うと逃げる生き物だ。ましてや、このOL二人のようにクラブの隅で物色モードに入っている女は、まるでオーディションの審査員になった気分でいる。

第一次オーディションを通過しないと次はない。

俺たちのがむしゃらな舞いが周囲のクスクス笑いを呼び起こし、一人また一人と踊りに加わり始めた。

フロアの盛り上がりに気をよくしたDJが、ノリのいい曲を連発し、いつの間にか、俺たちは輪の中心になっていた。

場を支配した。最高の気分だ。

当然、オーディションの合格を確信した俺は輪の中にいたOLに声をかける。

無理に声を張り上げる必要はない。俺は余裕を持ってOLの片割れの耳元に顔を近づけた。

彼女は逃げようとしなかった。これは、イケると心の中でガッツポーズをした瞬間、彼女の口から驚愕のひと声が出た。

「久しぶりやね。勇太くんやっけ」

「……えっ？ 俺ら、会ったことあったっけ？」

「覚えてへんの？」ＯＬが呆れて笑う。「前も私のことナンパしたで」

「マジ？」

「うん。去年の夏。しかも、このクラブやで」

「うわあ……俺、最低やな」

「でも、今日のナンパは良かったよ。二回目じゃなかったらお持ち帰りされてたかも」

そう言って、ＯＬは俺の頬にキスをして去っていった。

ぐぬう……。

試合に勝って、勝負に負けたとはこのことか。

俺は悔しさと清々しさを胸に、一人でカウンターに向かった。

今夜はテキーラで酔ってやる。

カウンターの前に軽い人だかりができていた。また喧嘩かと思って覗いたが、そうではなさそうだ。

男女の揉めごとだった。

インド系の外国人が、嫌がる日本人の女の子の腰に手を回して、キスを迫っている。その日本人の女友達が、「しつこいねん！　やめてあげてよ！」とインド人を威嚇しても、インド映画の悪役でもやってそうな巨体の彼は意に介さず、拉致寸前の雰囲気で口説いている。

周りにいる男たちは助けたいものの、インド人のイカつさに萎縮してる感じだ。

そのとき、女友達が俺に気づいた。続いて、群衆も俺を見る。

さっき、フロアを盛り上げた勇気あるダンサーだ！　勇者だ！

この悪党に絡まれて困っている女の子を助けることができる唯一の男の登場。満場一致で、空気がそうなった。

ちょ、ちょっと待ってくれや……。

「だ、誰か、助けて！」

インド人にキスされそうな女の子が直球で俺にSOS信号を出してきた。
ヒ、ヒロイン気取りはやめろって！

さすがにインド人も俺の存在に気づく。

「ナニ?」

悪役が女の子を抱えたままガンを飛ばしてきた。

これは、逃げられへん。

俺は頭をフル回転させた。インド人の丸太のような腕を見れば、まともな戦闘で勝てるわけがない。

観察しろ。クラブナンパは状況判断だ。

……ん?

俺はインド人の足元の異変に目を見張った。右足は靴を履いていない。ギプスではないか。クラブの照明が暗く、松葉杖をついてないからわからなかった。

相手は腕っぷしは強そうだが、怪我人だ。これは勝てる可能性が高い。

「その子を離せや」

俺は凄みを利かせて、インド人に歩み寄った。フロアの緊張感が一気に高まる。

「オマエ、カンケイナイヨ」

インド人が片言の日本語で睨み返してきた。日本人を舐め切ってる態度だ。

「その子が嫌がってるやんけ。調子乗んなよ」

「ケガ、スルヨ。オモテ、デル？」

「おう。出ろや」

俺のキメ台詞に歓声が上がる。ギャラリーの中から、「カッコイイ♡」と女の子の声が聞こえてテンションが上がった。

インド人がニタリと笑い、母国の言葉で叫んだ。

次の瞬間、クラブ内にいたアジア系の外国人たち十人以上が、一斉に俺に向かって猛ダッシュしてきた。ほぼ全員が、ガチムチのマッチョである。

こんなに、お友達がいたのね……。捕まったら確実に半殺しにされる。

俺は地下のクラブの階段を駆け上がり、京都の夜の街に飛び出した。高校の運動会のリレーのとき以来、本気で走った。二時間、木屋町をウロウロしてクラブに戻ったら、悪友もインド人に拉致られていた女の子もいなかった。

これも修行だ。そう自分を慰めて、俺は一人でラーメンを食べに行った。

「座長、起きてください」

赤星に揺り起こされて、《東洋ミュージック》の楽屋で目が覚めた。いつの間にか、深夜ドラマの脚本を見直しながら眠っていた。

「何時や？」

「もうすぐ、四回目の前座が始まります。お疲れ様です。大丈夫ですか？」

「ん？　何が？」

「座長、無理しないでくださいね」

「今は修行やねんから、頑張るしかないやろ」

「修行で死んだら意味ないですよ」赤星が珍しく、他人を心配した。

「ありがとうな」

俺は大きな欠伸《あくび》をしたあと、ノートパソコンを閉じた。ナンパの夢は懐かしかったが、もう二度とあの日に戻れないのだと思い、ひどく切なくなった。

17

六日目、最後のステージの前座が始まろうとしている。あと、五分ほどだ。

俺はいつも通りヤクザの恰好で観客席にいた。

「お客さん、全然、入ってないですよね」

隣の赤星がぼそりと呟く。

「アカンな……」

前座の仕込みである俺と赤星と火野を除けば、四人しかいない。そのうちの三人はいつもの冬音の常連客なので、実質は一人だ。夕方から降っている激しい雨が影響しているのだろうが、あまりにも酷い。

「やっぱり、ちゃんと宣伝したほうがいいんですかね」

「したところで、この状況は変わらんやろ」

「でも、冬音さんが可哀想」

俺だって気の毒だと思っている。《チームKGB》のギャラは冬音の個人負担なのだ。

さすがに、この動員はヤバいな。

千春の親父さんとの約束は最終日にこの客席を満員にすることだ。せめて、半分以上は埋めないと格好がつかない。

「なんとかするしかないな」

俺は投げやり気味に言った。

「具体的には、どうやるんですか？」

「いや、それは……」

東洋ミュージック
ストリップ
焼肉

「動き出さないと何も始まりませんよ。あと四日しかないんですよ」

珍しく赤星が食らいついてきた。個人主義で、他人にはさほど興味を示さない女なのだが、冬音に相当入れ込んでいる。

「じゃあ、これが終わったらミーティングしよか」

「ありがとうございます。アタシ、一人でも多くの人に冬音さんの踊りを観て欲しいんです」

そう言ったあと、赤星は誰も立っていないステージを見つめて、唇を噛みしめた。

前座が終わったあと、俺たちは《東洋ミュージック》から《デ・ニーロ》に移動した。

「はっきり言って、難しいんじゃないっすか。前座は頼まれましたけど、客を集めるのはオレたちの仕事じゃないっすよ」

火野が面倒臭そうに天然パーマの頭を掻いた。早く家に帰りたいのがありありと出ている。

「お客さんを呼びたくて、《チームＫＧＢ》に依頼したワケですから、それにはできるだけこたえるのが筋やと思います。ねえ、座長」

「お、おう」

赤星に振られて、俺は頷くしかなかった。

「アタシたちにできる宣伝をしましょうよ」

「今から？　どうするの？」

火野が露骨に顔をしかめる。

その隣ではビーバー藤森が産卵中のウミガメみたいな顔で、眠気と戦っていた。

「商店街の飲み屋さんを回るのはどうですか。ねえ、座長」

「お、おう」

「チラシもないのに？」

火野はあくまでも帰りたいらしい。

「チラシがなくてもいいじゃないですか。《東洋ミュージック》のことは商店街の皆が知ってるわけだし」

「今から飲み屋を一軒、一軒、回ってお願いするのかよ」

「はい。一人でも観てくれればそこから広がると思うんです。商店街の人たちが来てくれたら客席がかなり埋まるじゃないですか」

「無理だと思うけどなあ」

「何で決めつけるんですか！」

「じゃあ、赤星が飲み屋の人の立場だったら観に行く？」

「……観に行きません」

赤星が、悔しそうな顔で正直に答えた。

「ほらな。自分が行かないのに他の人が来てくれると思うのは虫が良過ぎるって」

勝ち誇った目の火野が俺を見る。ミーティングの解散を促しているのだ。

赤星の熱い気持ちも、火野の諦めの感情もわかる。俺だって、放送作家の井手から頼まれたライブ会場を探さなくてはいけない。

「やれるだけ、やってみよか」

俺は自分に言い聞かせるように言った。

「えっ？　マジっすか？」

火野があんぐりと口を開けた。

「疲れてんのはわかるけど、自分らのためや。もし、業界の人が観に来たときに客席がガラガラはマズいやろ」

「たしかに、そうっすね」

人一倍、芸能界に憧れの強い火野が、渋々と納得してくれた。

俺たちはアホだ。アホにならないと夢を追えないからだ。

「よっしゃ。気合入れて頑張れや」

カウンターで黙って俺たちの話を聞いていたオグやんが、栄養ドリンクを四つ冷蔵庫から出してくれた。

「あら、勇太ちゃん！　久しぶりじゃない！」

スナック《あそこ》の重い扉を開けた途端、ママの黄色い声が飛んできた。

「ど、どうも」

「四人？　ボックスにする？」

このスナック《あそこ》は、ネーミングセンスからわかると思うが、ママのキャラがお好み焼きソースより濃い。

ママはガリガリに痩せていて、「スター・ウォーズ」に出てくる宇宙人のようなメイクをしている。口癖は、「人生いろいろだけど、私の人生はエロエロだから」だ。ちなみに、ママの下ネタでエロい気分になったことはない。

「ママ、今日は飲みに来たんとちゃうねん」

「あら。私にチュウしに来たの」

「違います。ちょっと、劇団のことで……」

「やだ。私が主演女優？　脱ぐの？」

「脱がないです。てか、ママには頼まないですよ」

「残念だわ。劇団の宣伝ね。また公演やるの？」

「実は今、俺たち《東洋ミュージック》に出てるんです」

「嘘⁉　勇太ちゃんが脱ぐの？　絶対、観に行くわ」

「いや、前座です」

「前座って何やるの？」

「ちょっとしたサプライズコントです」

フラッシュモブと言いたかったが、年齢不詳のママ（確実に五十歳は超えている）には説明が難しい。

「何分ぐらいのコントなの？」

「十五分です」

「入場料はあるの？」

「三千円です」

「そうなのね。勇太ちゃん、頑張ってるわね」

言葉とは裏腹に、ママの表情がすうっと冷めていくのがわかった。

「メチャクチャ面白いんで、ぜひ来てください！」

赤星が健気に頭を下げた。

「よろしくっす」

火野も申し訳程度に言った。ビーバー藤森に至っては、まだ寝惚けていて立っているのがやっとの状態である。

「みんなも頑張ってね。ママは勇太ちゃんの応援団長やから」

「ありがとうございます！」

赤星が顔を輝かせた。しかし、ママが前座を観に来ることはないだろう。同じく飲食店を経営している身として、ママの気持ちはよくわかる。金を落とさない人間には、何も返さない。このスナックに来たことは幾度もあるが、すべて《デ・ニーロ》のお客さんに連れて来られただけで、俺が支払ったことは一度もなかった。

ママが応援団長と言っているのは、ご近所づきあいとしての単なるリップサービスだ。《チームKGB》の公演にママが来たことはあるけど、それはこの店のお客さんが、たまたま俺からチケットを買ってくれたからにすぎない。

常に下ネタでふざけていようと、ママは俺より遥かに商売人なのだ。

スナック《あそこ》を出た俺たちが次に向かったのは、串焼き《トントビ。》だった。

《トントビ。》はことぶき商店街の外れにある小さな居酒屋だが、飯が旨い上に朝まで営業しているので、若者の酔っ払いたちでいつも賑わっていた。

「こんばんは」

引き戸を開けてすぐ、炭火とタバコの煙でむせそうになる。相変わらず、カウンターはすし詰め状態だ。

「おう。勇太」

カウンターの一番奥の黒川が手を上げた。彼は《トントビ。》のオーナーで、串を焼くのは奥さんに任せて、自分はいつも特等席で芋焼酎のロックを飲んでいる。

「勇太君、ごめんね。今はいっぱいやわ」

黒川よりふた回りは歳下の奥さんが汗だくの顔で焼き場から謝る。

「いえいえ、ちょっと挨拶に来ただけなんで」

「ええんやで。勇太、俺がそっちに行くわ」

タバコを咥えた黒川が店の前に出て来てくれた。年齢は五十歳で短い髪と顎髭は白い。小柄だが凄味があり、数々の伝説の持ち主である。

黒川がまず商売を始めたのは、タコ焼き屋だった。ただ、屋台や店舗をかまえたわけではなく、マンションの一室で焼いて配達するデリバリータコ焼きだった。三十年前の話だ。

当時はその形態が珍しく、当たった。

デリバリータコ焼きで稼いだ金で、次に黒川が始めた商売が非合法のマンションヘルス、通称〝マンヘル〟である。デリヘルではなく、客がマンションの部屋に行き、待機している女の子とプレイするスタイルで、それがバカ当たりして全国に広がった。黒川は荒稼ぎしていたのに、突然、独特の嗅覚ですべてのマンヘルを畳み、その後の警察の一斉捜査から逃れた。

そして、若い嫁をもらい、こぢんまりとした居酒屋を開き、毎晩飲んでいる。噂で聞いたのでどこまでが本当の話かわからない。しかし、黒川の雰囲気がそう感じさせるのか、伝説が一人歩きしている。

「黒川さん、忙しいのにすいません」

「ええんやで」

「劇団の宣伝に来ました」

「ええんやで」

「俺たち、今、《東洋ミュージック》でストリップの前座やってるんで、よかったら観に来てください」

「ええんやで」

黒川は伝説的な人物だが、四六時中泥酔していて、「ええんやで」しか言わない。

「黒川さんのお店は若い人がよく来るんで宣伝してください」

赤星が深々と頭を下げる。

「ええんやで」

「十五分しかないコントですけど、最高に面白いんです」

「ええんやで。生ビール、一杯ずつでも飲んできや。狭いから立ち飲みになるけど」

「ごっつあんです!」

火野が、赤星とビーバー藤森を引っ張って店内に入って行った。

「気を遣ってもらって、ありがとうございます」

俺は、タバコの煙に目を細める黒川に礼を言った。

「勇太、ラーメン好きか」

「は、はい」

黒川の唐突な質問に戸惑いながらも答えた。

「何味のラーメンが好きだ？」

「……豚骨醤油ですかね」

「ある日、お前の店にラーメン屋の主人が来たらどうする？」

「えっ？」

「ラーメン屋の主人が、ウチのラーメンは最高だから食べに来てくれと言われたらどうする？」

はっきり言って、ウザい。自らアピールすればするほど怪しいと思ってしまう。

「すいません」

俺は恥ずかしさに耳まで熱くなった。穴があったら入りたいとはこのことだ。

「勇太はどんなラーメン屋なら食べに行く？」

「友達や信頼できる人がそのラーメンを食べて、メチャクチャ旨かったと勧めてきたら行きたくなります」

「それが商売の基本や」

「……ありがとうございます」

黒川の言うことはもっともだけれど、自分から宣伝をせずにどうやって、小便臭いストリップ劇場に人を集めればいいのだろう。

「頑張ればええんやで」

黒川は俺の肩に優しく手を置き、店へと戻った。

いつの間にか、雨はやんでいた。澄んだ夜空に夏の星座がうっすらと見えても、俺の心は曇ったままだった。

18

結局、深夜に営業している飲み屋をいくつか回り、俺たちは解散した。

アカン……バテバテや。

午前三時。俺はシャッターが降りたことぶき商店街をトボトボと歩いた。鉛のように重い疲労が全身を覆っている。

井手のライブハウスを探さないとヤバいのに、脳みそが回転しない。一刻も早く布団にダイブして泥のように眠りたかった。

なんで、引き受けてん。

安請け合いした自分が嫌になる。ただ、大チャンスの最中にある状況で、誰が断ることができるだろうか。

乗り切るしかない。今、抱えている問題をすべてクリアできたならば、俺はきっと次のステージに駆け上がることができるはずだ。

ようやく商店街を抜け、自宅のマンションに着いた。

何や、あれ？

俺はドキリとして足を止めた。エントランスの前で女がうずくまっている。

「……遅かったね」

気だるそうに、千春が顔を上げた。

「へっ？　こんな時間に何やってんねん？」

「勇太こそ、何やってたんよ」

「劇団の宣伝や。前座が終わったあと、知り合いの店を回っとってん」

「ウチとの話し合いはどうなったん？」

「今、メッチャ忙しいの知ってるやろ。落ち着くまで待っててくれや」

千春がゆらりと立ち上がり、深い溜息をつく。精気のない目で俺を見た。

「ウチは勇太の何なん？」

「千春、今夜はやめてくれ。疲れてんねん」

「こっちかってしんどいわ。どんだけ待ってると思ってんのよ」

「別に今日は約束してへんやろ」

「いつもそうやんか！」千春が声を張り上げた。「いつになったらちゃんと向き合ってくれんのよ！」

もう、限界だった。

「頼むから邪魔すんなって」

「はあ？　今、何て言ったの？」

「大人しく見守ることができへんのか。今は勝負どきやねん。俺の人生がかかってんねん」

「その人生にウチはおらへんの？」

「えっ……」

言葉に詰まった。

もちろん、千春を愛してはいる。だけど、俺の夢と天秤にかける余裕はない。

「ウチがおらんほうがええの？」

千春が目を見開き、震える声で言った。目を真っ赤にし、懸命に涙を堪えている。

「誰もそんなことは言ってへんやろ」

「わかったわ」

201
202
101

千春が吐き捨て、小走りで俺の横を通り過ぎようとする。

「おい、待てや！」

俺は咄嗟に手を伸ばし、千春の腕を摑もうとした。

「やめて！」

千春が激しく腕を振り回し、俺を睨みつける。両目からボロボロと大粒の涙が溢れていた。

「千春……」

「アホらし！　ホンマ、アホらしいわ！　アンタみたいな男を好きになった自分を軽蔑するわ！」

「そんな言い方やめろや」

千春が涙を拭い、背筋を伸ばした。

「さよなら」

「別れんのか」

「ウチとおらんほうが、勇太は幸せになれると思う」

そんなことはない。俺の側《そば》にいてくれ。

心ではそう思っているのに、言葉が出なかった。

千春は一度も俺の顔を見ることなく、去って行った。


七日目の朝がやってきた。

午前九時。頭の芯が痺れているような感覚が残っている。

俺はヨロヨロと起き出し、冷蔵庫を開けた。ミネラルウォーターやペットボトルのお茶がない。

舌打ちをして、一本だけ残っていた缶ビールを開けた。ひと口飲むと、喉の奥に苦味とヒリヒリとした痛みが広がる。

千春と別れたのか……。

つい昨夜のことが夢みたいに感じる。当然、悪夢のほうだ。

片手で持っていたスマホをチェックした。千春からの連絡はない。何かメッセージを送ろうとしたが、指が動かなかった。

代わりに別の人物に電話をかけた。

『どうしたん？』

寝惚けた声でコッヒーさんが出た。

「朝早く、すいません。相談したいことがあるんです」

『井手さんのことか？』

コッヒーさんが、欠伸まじりに返す。

「はい。ライブハウスがなかなか見つからなくて……」

『急な話やもんなあ。お前も大変やなあ。ウチの《コリアンダー》はクラブやからなあ。バンドが演奏できる機材も揃ってないし』

頼もしくて優しい先輩だ。こんな非常識な時間の電話でも後輩の相談に乗ってくれる。

「コッヒーさんのお知り合いで、ライブハウスやってる人いませんか？」

『おらんわけじゃないけど、勇太はそれでええんか』

「えっ……」

『オレの手柄になるぞ。わざわざ、井手さんが勇太を抜擢した意味を考えろよ』

ハンマーで後頭部をぶん殴られたようだ。

甘えていた。井手さんは俺の力量を試している。どこぞの馬の骨かわからない俺に仕事をくれようとしているのだ。

まず、信頼を勝ち取るのが先だろう。

「わかりました。意地でも自分で探します」

『おう。頑張ってみろ。手を貸してあげたいのは山々やけどな』

「コッヒーさん、俺……勘違いしてました」

『若いときは間違ってなんぼや。またわからんことがあったら何でも聞いてこい』

「はい！ ありがとうございます！」

電話を切り、先輩の心遣いが身に染みた。

さすが、コッヒーさんだ。俺たちのレベルとは視点が違う。

成功者は見えている景色が違うのか。もしくは、人にはない視野の持ち主だからこそ成功したのか。

どちらにせよ、俺はこのままでは這い上がれない。

ふうと大きく息を吐き、缶ビールを一気飲みする。頭に浮かぶ千春の泣き顔を何度も掻き消した。


午前十一時。

うだるような暑さの中、俺は駅前のファミレスに入った。喫煙席の奥のテーブルで、朋美がコーヒーを飲んでいる。

「悪いな。急に呼び出して」

「ランチ奢ってや」

朋美が不機嫌な表情を隠そうともせず言った。

この二日、朋美は俺の家に帰ってきていない。どうせ、イケすかないボーカルの成田と一緒にいるのだろう。

「ライブハウスで働いてる人を紹介して欲しいねん」

「大阪の？」

「うん。なるべく市内がいい」

「何で？」朋美が眉をひそめる。「劇団でライブでもするの」

「使うのは俺じゃない。業界の先輩のバンドやねんけど、手頃な箱を探してるねん」

「いきなり言われても……」

「《マチルダ》が上京する前は大阪中のライブハウスでやってたやろ」

「その業界の先輩は何月何日にやりたいって？」

「すぐの土曜日」

「来月の？」

「ううん。今週」

「無理！　明後日やんか！」

「無理なのは俺もわかってるねん」

胃がキリキリと痛くなってきた。食欲がなく、朝から何も食べていない。

「業界の先輩って何者なん？」

朋美がメンソールのタバコにジッポライターで火を点ける。二十歳の誕生日に、俺が買ってあげたやつだ。

手短にコッピーさんに井手を紹介された件を説明した。朋美はタバコを吸いながら黙って俺の話を聞いた。

「このチャンスを逃したくないねん。頼む。俺を助けてくれへんか」

「お兄は私を助けてくれんの」

灰皿に朋美がタバコを押し付けた。

「お前を？」

「成田君に聞いたんやろ。私が事務所のお金盗んだって話」

「お、おう……」

朋美の醒めた態度に戸惑ってしまう。初めて見る妹の表情だ。

「どうして、何も言わへんの？」

「だって……お前が泥棒するわけないやん」

「信じてるんや」

「そんな子に育てた覚えはないからな」

「何よ、それ」朋美が噴き出す。「父親みたいな言い方やめてや」

「実際、盗んでないんやろ」

「うん。燃やした」

「は？　何を？」

「事務所の金庫に入ってたお金」

「……何でそんなアホなことやってん」

泥棒ではないが、思い切り犯罪である。

「有名な音楽プロデューサーに枕《まくら》を要求されたんよ」

「マジか！　誰やねん、そいつ！」

一瞬で、こめかみの血管が切れそうになった。怒りで全身がわなわなと震えてくる。

「名前はええよ。ちゃんと断ったから。《マチルダ》の新しいアルバムのプロデュースをやってくれる予定やってんけど、私が枕を蹴ったせいで流れてん。そしたら、事務所の社長に呼びつけられてその音楽プロデューサーに謝ってこいって言われた」

「なんじゃ、そりゃ！」

反射的に拳でテーブルを殴りつけてしまった。コーヒーカップがガチャンと激しく音を立てる。

「社長室の金庫を開けて机に札束積んで、『この金はお前らアーティストの才能で稼いだわけじゃない。色んな大人たちが知恵を絞って、築いてきた人脈と信頼で生んだ金なんだ。図に乗るな』って怒鳴られた」

「謝りに行ったんか？」

「まさか。たまたま、ジッポのオイルを持ってたから、札束にふりかけて火を点けたった」

朋美が無邪気にペロリと舌を出す。

「火事になったらどうすんねん。お前」

「大丈夫。事務所に消火器があるのは知ってたから」

妹は俺よりは血の気は多くないが、本気でキレたときは恐ろしい。

「それで、事務所をクビになったんか？」

「クビにはなってない。私はまだしも成田君はドル箱やから手放したくないやろうし。私と成田君を切り離すために、私が事務所の金を盗んだって噂を回されてん。しょうもない世界やろ」

「そんなことがあったんや……」

この前、成田と手を繋いでいたということは、真相を話したのだろう。事務所の社長の思惑とは逆の結果になったわけだ。

「芸能界ってお兄が思ってるほどええ場所違うで。もちろん、素敵な人らもたくさんおるけどな。でも、絶対に自分を殺さなあかん」

「覚悟はできてる」

「お兄には向いてない世界やで」

「今さら引き下がれへんやろ」

負け犬のまま終わりたくない。どうせ負けるにしても、あらゆるものに嚙み付いて負けたい。

「わかった」朋美が肩をすくめた。「ひとつだけ、話聞いてくれるかもしれんライブハウスがあるから紹介するわ」

19

午後、二時。

俺は地下鉄心斎橋駅で降り、鰻谷へと向かった。鰻谷は、心斎橋駅の東から堺筋まで広がる細長いエリアで、アメリカ村や堀江と比べて、〝大人の遊び場〟といった洒落た店が多いエリアである。

相変わらず、こっちに来ると人が多い。

スマホを頼りに、朋美に教えてもらった住所に辿り着いた。

おいおい、ここって……。

店は一階にあった。看板には、《洋食　浪へい》の文字。

ライブハウスと違うやんけ！　どうりで、店名を言わなかったわけだ。

だが、ウダウダしている時間はない。次の前座は、一時間半後なのだ。

俺は、覚悟を決めて重厚な木のドアをノックした。

「はーい！　どうぞ！」

野太い男の声がした。

「し、失礼します」

恐る恐る、ドアを開けて、オープン前の薄暗い店内に入る。

デミグラスソースの香りがする。そして、かなり広い。カウンターに立てかけてある黒板には、《エスカルゴ》や《グリーンアスパラの塩ゆでゴルゴンゾーラソース》

といったメニューが並んでいる。庶民的な洋食というより、「ちょっと贅沢しよか」という日に来る店のようだ。

テーブル席が並ぶ奥に、申し訳程度のステージがあった。エレキギターとベース、キーボードとドラムセットが置いてある。

狭い。猫の額に楽器を詰め込んでいるみたいだ。

「君が朋ちゃんの兄貴か」

キッチンから、半袖のコックコート姿の中年男が現れた。ゆうに六十歳は過ぎているだろうか。頭頂部がバーコード状に禿げ上がり、丸眼鏡をかけている。まさかとは思うが、店名は国民的アニメに出てくるお父さんから取ったのだろうか。

しかし、首から下はアニメのお父さんとは似ても似つかない。半袖から覗く腕がやたらと太い。ムキムキでボディービルダーのような筋肉だ。

「初めまして。勇太といいます」

「浪へいや。よろしく」

握手を求めてきたので応じた。ゴツい手で拳が握り潰されそうになる。

「よ。よろしくお願いします」

「先輩から頼まれてライブハウスを探してるんやって?」

「はい。明後日にライブしたいって言ってはるんで、正直、めっちゃ困ってます」

「そら焦るなあ。でも、先輩の期待には応えなあかんしねえ」

会ったばかりなのに、浪へいさんからは、いい人のオーラが滲み出ていた。朋美が、「大阪時代にウチらのバンドが一番お世話になった人やねん」と言っていたのも頷ける。

「無茶を承知でお願いします。今度の土曜日、このお店のステージを使わせてもらえないでしょうか」

「かまへんで」

間髪を入れずにオッケーが出た。

「……えっ？　いいんですか？」

「朋ちゃんの身内なら断れへんやろ。困ったときはお互い様や」

「あ、ありがとうございます！」

安堵のあまり、膝から崩れ落ちそうになる。両肩に岩のようにのしかかっていたプレッシャーが消えて、小便をほんのちょっとだけ漏らした。

「いつか朋ちゃんにもう一回だけでもウチの店で演奏してもらうんが夢やからねえ。貸しを作っとかんとな」

浪へいさんが無邪気に笑った。

持つべきものは有名人の妹だ。よく見ると、バーカウンター横の壁に、朋美のサインが飾ってある。余計な成田のもあった。

「アイツ、ここでライブをやってたんですね」

「毎回、凄い盛り上がっとったで。ボーカルの子がMCで『絶対に売れる』って宣言しとったの覚えてるけど、ホンマにそうなったもんなあ」

浪へいさんが目を細めて懐かしげにステージを見る。

音楽に関しては素人なので半分は憶測だが、レストランで料理を食べている客を相手にするのは非常に難易度が高いはずだ。ファンが集まっているディナーショーではない。食事を楽しみに来た一般客も多かったであろう。

アイツら、やるやんけ……。

悔しいが、妹といけ好かない成田の顔が脳裏に浮かぶ。

「ステージ代なんですが……いくらぐらいですか」

後日に井手が払ってくれるとは思うが、まずは俺が立替えなくてはならない。ここに来る前に心斎橋の駅前の銀行でなけなしの金を引き出してきた。貯金ではない。俺が経営する《デ・ニーロ》の酒代である。

「金はいらんよ」

浪へいさんが、あっけらかんと言った。

「ダメですって！　ちゃんと正規の値段を払います！」

「どうせ、この半年ぐらい誰もライブしてないからかまへん」

「でも……」

「その代わりっちゃ何やけど、お願いしたいことがあるんやわ」

「な、何ですか？」

「新作のハンバーグの味見をして欲しいねん」

「へ？」

「味の感想を正直に言うてくれ。それがステージ代や」

「わかりました」

「よっしゃ。すぐに作るから、適当に座って待っといて」

「は、はい」

浪へいさんの勢いに負けて、俺は横のテーブル席の椅子に腰掛けた。

ぶっちゃけ、腹は減っていない。一回目の前座が終わったあと、冬音のファンが差し入れてくれたマクドナルドのハンバーガーを食べたばかりなのだ。

それは、ちょっとした事件だった。ファンの三人組は、毎日、冬音に寿司やお弁当やシュークリームやありとあらゆるものを貢いでいたが、俺たち《チームKGB》に差し入れてくれたのは初めてである。普段クールな態度なのに実は愛に飢えている赤星は、マクドナルドの紙袋の前で涙ぐんだほどだ。

「若いから、ハンバーガー二個ずつぐらい余裕やろ」

そう言って、冬音ファンのリーダー的存在であるベレー帽のおっさんは豪快に笑った。紙袋の中には、ダブルチーズバーガーが八個入っていた。

有り難いし、ハンバーガーも嫌いではない。だけど、もうちょっと味のバリエーションを求めるのは贅沢だろうか？　テリヤキやフィレオフィッシュもあるではないか。心斎橋に行かなくてはならなかった俺は、ものの五分でダブルチーズバーガーを二つ平らげて電車に乗った。

それなのに……。

浪へいさんはキッチンの巨大な冷蔵庫から巨大なボウルに入ったひき肉を取り出して、物凄い勢いでこねている。キャラに似合わない腕の筋肉の理由がわかった。長年、ひき肉をこねてきたのが筋トレとなっているのだ。

できることならば、空腹で試食をしたかった。店構えからすれば、料理は相当旨いに違いない。

弱気になるな。この試練を絶対に乗り越えてやる。自己催眠をかけて、脳と胃を騙せ。俺は今とんでもない空腹だ。三日間、何も食っていない状態だ。いや、無人島に漂着した「キャスト・アウェイ」のトム・ハンクスだ。

浪へいさんが流れるような動きでハンバーグを鉄板で焼き始める。

ジュウウウウウウ！

普通なら食欲を刺激する音に違いないのだが、俺はチーズバーガー味のゲップをしてしまった。

ヤバい。このままでは完食は危うい。

どうすればいい？　考えろ！　考えるんだ勇太！

「お待たせやで！」

考える間もなく、ハンバーグが黄色い皿に乗って出てきた。

いや、これは皿ではない。オムライスだ！　信じられないことに、キャッチャーミットほどの大きさがある。しかも、オムライスの上のハンバーグのほうも様子がおかしい。

「あの……このハンバーグは……」

「二枚重ねて、とろけるチーズを挟んでるねん。デミグラスソースで召し上がれ」

召し上がれない！

何が悲しくて、マクドナルドのダブルチーズバーガーを二個食べたあとに、さらにもう二枚のハンバーグを食べなければいけないのか。

「ど、どうして、こんなにもボリューミーなんですか」

「今はSNSの時代やろ。ツイッターやインスタグラムで思わず写真をアップしたくなるメニューを作ったんや」

まさか、浪へいさんの口からインスタグラムという単語が出て来るとは思わなかった。時代の流れに逆らわずに商売をすることは素晴らしいことだが、限度というものがあるだろう。

「凄いですね……」

「ハンバーグはしっかりこねてあるからふわふわやぞ」

浪へいさんが得意げな笑みで、スプーンを渡してくる。

「あ、ありがとうございます」

受け取りたくない。でも、受け取るしかない。

「東京で流行ってるラーメン屋を参考にしたんや。丼にチャーシューやモヤシが山のようにてんこ盛りになってるねん。あれは、誰でも記念写真を撮りたくなるやろ。もちろん、味で勝負はせなあかん。そやけど、今の飲食業界に求められるのはビジュアルのインパクトや。ん？　どした？　遠慮せずに食べてくれや。不味《まず》そうか？」

「いいえ。メチャクチャ、美味しそうです。はい」

スプーンが鉛みたいに重い。

神よ。僕は食べるしかないのですか。いくらなんでも厳しい試練を与え過ぎではないですか。

「まだこの料理の名前決めてへんねん。何がええやろか。ツイッターで思わずリツイートしたくなるネーミングはないやろか」

「ダイナマイト・オムバーグとかどうですか？」

「それ最高やんか！　さあ、食ってくれ」

「……いただきます」

俺は引き攣った笑顔を浮かべ、ハンバーグとオムライスをスプーンですくってひと口食べた。

「どや？　ダイナマイト・オムバーグの味は？」

「最高です！」

味なんてわからない。全身から、とんでもない量の脂汗が噴き出した。

店を出た俺は、腹を押さえてヨロヨロと心斎橋駅へと向かった。

なんとか根性で完食した。人生で一、二を争う苦しい戦いだった。胃の中にボウリングの球が入っているかのようだ。

だが、勝ち取ったものはデカい。

俺は昂《たかぶ》る気持ちを抑え、放送作家の井手に電話をかけた。

『勇太。連絡が遅いから、こっちから電話しようかと思ってたよ』

「すいません。お待たせしました！　ライブの箱が見つかりました！」

『やるじゃん。さすが、コッピーが一番可愛がってる後輩だけあるな』

「頑張りました！」

井手に褒められて、鼻の穴が広がってしまう。巨大なオムライスと激闘して本当によかった。

『箱の場所はどこ？』

「心斎橋です。鰻谷ってエリアなんですけど、なかなか渋いですよ」

『いいねえ。箱代はいくらだ？』

「かかりません。オーナーさんのご好意で無料にしてもらいました」

『本当かよ！　素晴らしいねえ！』

井手が声を弾ませる。

「ただ、ライブハウスではなくレストランなんですよ」

『レストラン？』

「洋食屋さんなんです。少し狭いですがステージや楽器はあります」

『へえ。そうなんだ』

井手のテンションが一気に下がったのが伝わってきた。

「すみません。さすがに明後日なんで、もうその店しか見つからなくて……」

『まあ、いいや。グッズ販売のスペースは取れるかな』

「グ、グッズですか」

『おう。いつもライブのときは、ＣＤやＴシャツやオレが書いた本とかを売ってるからさ。そのスペースを確保しておいてくれよ』

「は、はい……」

有無を言わさず、押し切られた。

そんなスペースがあっただろうか。ダイナマイト・オムバーグに集中していたので覚えていない。

『東京じゃないから、スタッフが足りないんだ。グッズは勇太に任せたからな』

「わかりました！」

こうなったらヤケクソだ。何でも受けてやるよ。

電話を切ったあと、急激な腹痛に襲われた。この痛みが食べ過ぎたせいなのか、プレッシャーで胃が痛いのか判断できない。

千春に会いたい……声を聞きたい。

俺は歯を食いしばり、スマホをポケットにねじ込んで地下鉄の階段を降りた。

20

地下鉄御堂筋線に揺られて、俺は胃が張り裂けそうになるのを耐えていた。たぶん、今日だけで数年分のハンバーグを食べたであろう。デミグラスソースの香りのゲップで、余計に気持ち悪くなってしまう。

電車を降りて休憩したいのは山々だが、二回目の前座の時間が迫っているので到底無理だ。

どないしよう……。

また、井手に難題を押しつけられた。

グッズ？　ＣＤ？　スペースの確保ができるかもわからないし、ストリップの前座がある俺がスタッフをやれる保証はない。そのときは、また誰かを用意しなければいけなくなる。

いよいよ、本気で苦しくなってきた。どれだけ自分で自分の首を絞めれば気が済むのだろうか。

原因のひとつに、反射的に先輩を立ててしまうという体質がある。中学、高校と野球に打ち込んできた俺は、バリバリの体育会系だったのだ。

とくに高校の野球部は、俺にとって忌まわしき記憶だ。

俺の高校は、高槻市の公立高校だった。

枚方大橋のすぐ近く、堤防の横にあった。実家の茨木市からは自転車でゆうに一時間はかかる。高校は高槻市の、実家は茨木市の端だったのだ。

公立高校だが、スポーツクラスがあるぐらい各部活が盛んな学校だった。当然、野球部は本気で甲子園を目指していた。

野球部の朝練の時間は午前七時から開始。つまり、俺は午前五時半には起きなければいけなかった。

野球の道具が入った巨大なバッグを自転車のカゴの上に乗せて走る。冬の日は、まだ辺りは真っ暗だ。

俺は白い息を吐きながら自転車を漕いでいた。「どうせ、甲子園なんか行けないのに何やってんねん」とボヤきながら自転車を漕いでいた。

これが全国の大半の高校球児の本音である。

本気で甲子園を目指して血反吐が出る練習をしているのにも拘らず、心の中では諦めている。矛盾しているが、事実だ。

それは、なぜか？

夢を追う途中で、とてつもない天才を目の当たりにするからである。

俺は、中学生まで本気でプロ野球選手を目指していた。自慢じゃないが、足が短距離、長距離ともにメチャクチャ速く、体育祭のときにヒーローになるぐらいの運動神経の持ち主だった。

中学校の部活では文句なしのレギュラーで、一番ショートのチームの切り込み隊長をしていた。

しかし、中学二年生の春。天才……いや、化け物に出会ってしまう。

ある日曜日、同じ茨木市の中学校を練習試合で訪れた。

あれ？ 大人がおるやん？

中学生に混じって、巨人のような体格の選手が同じユニフォームを着てキャッチボールをしている。

コーチかOBだろうとタカをくっていたら、相手チームのエースで四番だったのだ。

マジかよ！

俺たちのチームメイトと監督があんぐりと口を開けた。向こうのエースの身長は百八十センチ台後半で、鋼のような筋肉を身に纏《まと》っている。

試合が始まって、さらに俺たちは驚かされた。

向こうのエースの投げる球に、誰一人としてバットにかすりもしない。唸りを上げる球が獲物に飛びかかる蛇みたいにホップするのである。

中学生の投げる球じゃないやろ……。

皆、三振してはバッターボックスの中でヘラヘラと笑っていた。監督も匙《さじ》を投げてそれを叱ろうともしなかった。

エース君のバッティングはさらに驚愕だった。

火の出るような打球とはこのことだ。エース君が第一打席で放ったゴロは、俺の真横を一瞬で通り過ぎた。ショートとサードが一歩も動けない、三遊間を抜けるヒットなのだが、球足が速すぎて、真正面に入ったレフトがトンネルした。

結果はランニングホームラン。普通のホームランより衝撃だ。ゴロなのに、誰も触ることができなかったのだから。

そして、エース君は実は中学一年生なのだと試合終了後に相手チームから教えてもらった。ほんの数か月前まで小学生だった奴に手も足も出なかったわけだ。

ああ、こういう人間がプロ野球に行くんやな。絶対、俺じゃ無理やんけ。

真の天才に遭遇すると、こんな簡単に夢を諦めてしまうものなのだと十四歳で悟った。

それでも、俺は高校に進学して野球部に入った。天才がゴロゴロいる大阪で、地区予選を勝ち進んで甲子園に出られるわけがないとわかっていたのに。

野球が好きだったから続けた。どんな形であれ完全燃焼したくて、公立高校で強いとこを探した。

野球部に入り、初日で後悔した。監督は角刈りの昭和のヤクザ映画に出てきそうな面構えで、野球部員たちからは陰で「おっさん」と呼ばれていた。

この「おっさん」が、とんでもない暴君だった。頭の中まで筋肉でできている野球バカで、部員がイージーなミスをしようものなら言葉より先にビンタが飛んで来る。しかも、一発では終わらない。練習試合で、フォアボールの判定に不貞腐れたピッチャーをビンタの連打でマウンドからセンターまで押し出したこともある。

ゴールデンウィークに事件が起きた。練習試合がギッチリ組まれて、監督は「控えの選手も使っていく。全員にチャンスを与えるから気を抜くな」と宣言した。

しかし、蓋を開けるとチームは絶不調だった。格下の相手に連敗してしまったのである。当然、監督の怒りに火がついた。控えの選手を使うという約束は反故にされ、ガチガチのレギュラーで挑むも連戦の疲れでまた負けてしまう。

最終日は弱小のヤンキー高校が相手となった。たぶん、監督はこの試合でどんどん控えの選手を使う予定だったのだろう。それぐらい戦力に差があった。

ゴールデンウィークでまだ一勝もしていないチームはレギュラーでオーダーを組んだ。相手のエースは金髪で、キャッチャーはロン毛だった。監督が一番毛嫌いするタイプだ。

「あんなチャラチャラした奴らに絶対に負けるなよ。負けたらどうなるかわかってるな」

ほとんど、脅迫である。

案の定、緊張で固くなったチームは本来の力をまったく発揮できずにエラーを連発して、弱小ヤンキー高校にまさかの惨敗を喫した。

試合後、俺たちは日が暮れたグラウンドでうなだれながら片付けをしていた。

疲れた。やっと、ゴールデンウィークが終わった。悔しさより、早く家に帰って風呂に入って寝たかった。

「集合！」

キャプテンの号令に、円陣を組んだ。あとは、声出しをして終わりだ。

「ノック！」

まさかのキャプテンの指令に全員が青ざめる。

いやいや……もう真っ暗やん。

公立高校なので、照明施設などなかった。堤防沿いの田舎で、周りに明るい建物もなく、どう考えてもまともに野球ができる状況ではない。

ブン！　ブン！

監督が、バックネットの前でノックバットを素振りしている。おそらく、鬼の形相なのだろうが暗くて見えない。

こうして、悪夢の闇ノックが始まった。しかも、ノックを受けるのは、今日の試合でエラーを繰り返したレギュラー陣だけだ。控えは、レギュラーの後ろで球拾いと声出しをするという屈辱的な練習である。

当たり前だが、球が見えないので誰もキャッチすることができない。シュウウという空気を鋭く裂いて硬球が近づいてくる音がするだけだ。

「見えんかったら、体で止めんかーい！」

監督が理不尽に怒鳴り散らす。

硬球は硬い。石みたいな硬さのものが暗闇の中を飛んでくる恐怖を想像して欲しい。

「ギャッ！」

セカンドの先輩が悲鳴を上げた。

硬球が顔面に直撃し、歯が折れて口からボトボトと出血している。グラウンドにうずくまって動けない。

「セカンドの控え！　今がチャンスやろ！　そいつをどけてノックを受けろ！」

もう滅茶苦茶である。体罰を超えた殺人ゲームに参加させられている気分だった。

選手たちの怒りに火がついた。

部員五十人が全員で同時に声を出し、各自が「殺すぞ、嘘つき!」「おっさんのアホ!」「シバいたろうか!」と罵詈雑言を叫びだしたのである。これだけの人数がいれば、個人が何を言っているかは聞き取れない。ショボいが精一杯の反乱である。

俺も力の限り叫んだ。

ここで、摩訶不思議な現象が起きる。俺以外の四十九人の息継ぎがシンクロしたのだ。

「ゴールデンウィーク、返せや!」

ハッキリと俺だとわかる文句がグラウンドに響き渡った。監督がノックバットを放り投げ、俺がボコボコにされたのは言うまでもない。

その日から、監督に嫌われた俺は試合に出してもらえなくなった。

普通ならば、部活を辞めるだろうけれど、俺は野球の練習をせずに監督への復讐を頑張った。

監督がいないところで、監督の鞄を犬の糞の上に置く。監督の服がある更衣室で消火器をぶちまける。用具室でオナニーをしてノックバットにぶっかける。

周りの野球部員たちは、「勇太、やめろって!」と言いながらゲラゲラと笑っていた。卑怯なやり方でも暴君に歯向かうのが痛快で仕方ないのだ。

俺はいつからか野球部員を笑わせることばかりを考え、青春の日々を過ごした。いくら辛い環境であっても、笑いが救ってくれる。どんな手段を使っても逃げたくない歪んだ性格は、高校時代の野球部で培った。

それは、十四歳のときにあっさりとプロ野球への夢を捨てた自分への反発だったのかもしれない。


「座長、大変です」

《東洋ミュージック》に戻ると、赤星が楽屋から真っ青な顔で飛び出してきた。

「どうしてん？」

「衣装がないんです」

「は？　誰の？」

「ぜ、全員です」

「なんでやねん」

俺は赤星を押しのけるようにして、楽屋に入った。中で火野とビーバー藤森がテンパッた顔で小道具や荷物を引っくり返している。

「火野。どういうことや？　何があっててん」

「いや、わかんないっす」

「ちゃんと説明しろって」

「いや、オレたち三人、商店街の喫茶店でお茶してたんですけど、帰ってきたら衣装が消えてたっていうか……」

火野がしどろもどろで説明する。

「衣装が勝手に消えるわけないやろ」

「いや……でも……すんません」

前座が終わったあと、いつも俺たちは私服に着替えて汗をかいた衣装をハンガーにかけて楽屋に干していた。

楽屋に鍵はないから、外出するときはさすがに貴重品を持って行くようにしていたが、衣装はそのままだった。

「ビーバーのＴバックもか？」

「跡形もありません」

本人が泣きそうな顔で答える。

ヤバい。次の前座が始まるまで、あと十五分を切っている。

「盗られたんっすかね」火野が呟く。

「誰がそんなことするんですか」赤星が反論した。

「だって、そうとしか考えられないだろ」

「ヤクザの衣装を盗んでも使わないでしょ」

「火野の言う通りかもしれんな」俺は舌打ちをして、顔をしかめた。

「思い当たるふしがあるんですか」

赤星が目を丸くする。彼女は見た目と違ってピュアだ。今は、俺たちの前座が気に入らない踊り子が盗んだ可能性が高いことは、伏せておいたほうがいい。

「まあな。とりあえず、お前らはここで待機しといてくれ」

俺は踊り子の楽屋に向かった。犯人は、この前、俺に「アンタたちの前座、迷惑なんよ」と不満をぶちまけた天草リリーだと思う。

どうする？　まずは冬音に相談すべきか？

いや、ダメだ。これ以上、彼女を板挟みにさせたくはない。

「おう、デ・ニーロ。険しい顔してどこ行くねん？」

最悪だ。このタイミングで、一番会いたくない人物に遭遇した。

「宮田さん……」

21

先輩のオグやんと《デ・ニーロ》を共同経営して色々と学んだことがある。

たとえば、時間と金の感覚だ。自分で店をやるまでは、バーテンダーのアルバイトで金を稼いでいた。そのときは、朝まで酔っ払いの相手をして時給千円なんて割に合わへんと思っていたが、オーナーになって考えが逆転した。

どれだけサボろうと一時間で千円を貰えるって凄くないか?

自分の店は、売上がなければ取り分はゼロだ。その代わり、儲かれば儲かるほど懐は潤う。働く時間や休みの日を自分で決められるし、やりたい仕事をやりたいようにできる。売れようが売れまいが、全責任は自分にある。

実際に体験して、衝撃の事実に気がついた。

時給千円とは、労働に対しての報酬ではない。貴重な人生の時間を切り売りした額なのだ。

そんなことだとは知らずに、のほほんとアルバイトをしていた。自分が経営する側にならなければ、一生気づかなかったかと思うとゾッとする。

もうひとつ学んだのは、本当に怖い人は怖くないということだ。《デ・ニーロ》のオープン初日に宮田さんがやって来たとき、ルックスはVシネマのヤクザそのものだったが、態度は真逆だった。「なかなかいい店やんけ」とニコニコ顔で、「今夜はわしの奢りや。お前ら、好きなだけ飲めよ」と大盤振る舞いをしたのだ。

最初は、何か裏があるかと思ったが違った。宮田さんは若者たちに囲まれて酒を飲んで純粋に楽しかったのだ。カウンターに座っていた千春をやたらと気に入り、翌日には「今度、わしとデートしてくれへんか」と薔薇の花束を持ってきた。

さすがに、そのときは「宮田さん、すいません。俺の彼女なんです」と恐る恐る断ったが、「なんや、それ。早く言わんかい。でも、これは千春ちゃんにあげるわ」と一切怒ることなく花束をプレゼントした。

怖い人は、最初は優しい。

裏なんてない。よく考えたら、若僧の俺に何かを仕掛ける価値なんてないからだ。宮田さんは《デ・ニーロ》を気に入り、子供のような純真さで楽しみ、俺や周りの客を可愛がろうとした。

やがて、宮田さんの可愛がりはエスカレートして、みんな逃げてしまう。それに傷ついた宮田さんの怒りが爆発して、ブルドーザー事件に発展したのである。

しかし、金払いがいいからといって、宮田さんのような客を甘やかしてはいけない。

こちらがペコペコと下手に出れば、子供みたいな我儘《わがまま》は加速する。

噂で聞いた話だが、ことぶき商店街にガールズバーがあった。

店の名前は、《ＢＢＡ48》。熟女がＡＫＢのような制服コスプレをしてカウンターに立つ、何ともマニアックな店である。

宮田さんは《ＢＢＡ48》の常連客だった。

「ババアども歌え」

最初の方は、熟女のカラオケをアテに機嫌よく飲んでいたが、毎日通っているうちに要求がエスカレートしていった。

「お前ら、『ヘビーローテーション』を歌わんかい」

これには熟女たちも困った。欧陽菲菲の『ラヴ・イズ・オーヴァー』や、テレサ・テンの『時の流れに身をまかせ』や、小林明子の『恋におちて』が十八番なのに、いきなり本家の曲を歌えるわけがない。

「今日は勘弁したるけど、三日後に歌えるようにしとけや」

宮田さんのこの言葉を熟女たちは真に受けなかった。

三日後。宮田さんが来店したときに、熟女の一人が、アン・ルイスの『六本木心中』をカラオケに入れた瞬間、宮田さんがブチ切れた。

「おい、こらっ！　『ヘビーローテーション』はどこいったんじゃい！」

翌日、《BBA48》の木製のドアに、無数の釘が打ち込まれて開かなくなった。

おそらく、宮田さんはピュアな気持ちでAKBのコスプレをする熟女たちの『ヘビーローテーション』を聞きたかったのだろう。

宮田さんに睨まれたのが運のつきだ。数週間後。《BBA48》は閉店を余儀なくされた。


「ちょうど暇やから、お前らの前座観たるわ。面白くなかったら罰ゲームやど」

踊り子さんの楽屋の前で遭遇した宮田さんが笑った。宮田さんの金のネックレスがジャラジャラと揺れるのを俺は引き攣った笑顔で眺めた。

俺、誰かに呪われてるんかな……。

これだけ連続で不運に見舞われたら、嫌でもそう思う。心当たりがあるとすれば、千春だ。俺とあんな形で別れることになったのを彼女は恨んでいるはずだ。

最強の味方を失った。後悔しても、もう遅い。

「あの……罰ゲームって何ですか？」

「今、聞かんほうがいいんちゃうか。プレッシャーでガチガチになんぞ」

宮田さんが嬉しそうに笑う。ピュアな子供の我儘がここで出てきた。

「教えてください」

どうせ、プレッシャーがかかるのは変わらない。罰ゲームの内容がわかっていたほうが、心の準備ができる。

ちょっと待て！　何で罰ゲームなんて受けなあかんねん！

「ええ根性してるやんけ」宮田さんが不気味な笑みを浮かべる。「わしのボディーガードでもやってもらおうかのう」

「お、俺がですか？」

「まあ、用心棒ってやつやな」

アンタに必要ないやろ。ツッコミたくなるのを何とか堪えた。

宮田さんの風貌を見た上で襲ってくる輩《やから》がいれば、俺なんかではどうしようもない。

「うっ……」

断りたいが、宮田さんの目がそれを許さない。気の弱い犬なら、それだけで即死してしまいそうなド迫力である。

「まあ、面白かったらええねん。せいぜい気張れや」

「わかりました」

うなだれるように承諾したタイミングで、ステージ裏に繋がる通路から、ジャージ姿の冬音が小走りでやって来た。

「大変よ、勇太君！」

「どないしたんや？」宮田が代わりに訊く。

「客席がかなり埋まってるの。商店街の人たちが応援に来てくれたみたい。客席から勇太君の名前が聞こえたわ」

まさか……。

こんなにも早く、昨夜の宣伝の効果が出たのか。きっと串焼き《トントビ。》の黒川が呼んでくれたのだろう。彼なら人望がある。

「どれくらい埋まってるんですか？」

俺は冬音に訊いた。喉がカラカラだ。

「半分は入っていると思う。凄いわ。《チームＫＧＢ》効果ね」冬音が声を弾ませた。

最悪だ。よりによって、こんなときに衣装がないなんて……。残り時間はあと十分を切っている。

「ほな、楽しみにしてんど。約束は守れよ」

宮田さんがニヤケながら去って行く。

「勇太君も早く着替えて。いつもどおり盛り上げてね」

「あの……」

「どうしたの？」

冬音が異変に気づく。よほど、俺が絶望的な顔になっているのだろう。

「衣装がないんです。劇団全員の分が楽屋から消えました」

「何、それ？」

「たぶん……誰かに盗られたと思います」俺は声をひそめて言った。

冬音を巻き込みたくはなかったが、背に腹は代えられない。

「誰がそんなことを……」冬音が、ハッとして声を落とす。「リリー姉さんがやったと思ってるの？」

「はい」素直に認めた。

「私に訊いて欲しいの？　衣装を盗みましたかって」

「いいえ。リリーさんと二人にさせてもらえれば、俺が訊きます」

冬音が複雑な表情を浮かべる。早くも板挟みにさせてしまった。

「ここは他の踊り子さんの目もあるからマズいわ。自分の楽屋で待ってて。リリー姉さんをすぐに連れて行くから、《チームＫＧＢ》のメンバーは別の場所で待機させて」

「ありがとうございます」

冬音が小さい溜息を漏らし、踊り子の楽屋に入る。俺はステージ裏へと向かった。

幕の隙間から客席を覗くと、いきなり《あそこ》のママの顔が見えた。中年の男と並んで座っている。そのうしろ席には、黒川の店に通っている大学生の常連グループが五人もいる。

腋《わき》からじっとりと汗が吹き出す。間違いなく、人生最大のピンチだ。

急いで自分の楽屋に戻り、《チームＫＧＢ》のメンバーに席を外すように言った。完全な説明不足だったが、三人とも空気を察してくれた。

一分もしないうちに楽屋のドアが乱暴にノックされた。

来た。天草リリーだ。

「どうぞ。入ってください」

俺は強い口調で返した。一歩も退かない。必ず、衣装を取り返してみせる。

「何の用ね?」

ピンクのテラテラの生地のキャミソールを着た天草リリーが、咥えタバコでズカズカと入ってきた。

「単刀直入に訊きます。俺たち前座の衣装を知りませんか？」

「は？　なしてウチに言うと？　アンタらの管理の問題やろ」

「お願いします！　返してください！」

俺は楽屋の畳に額を擦りつけた。残り時間は五分だ。土下座でも何でもしてやる。

「安い土下座やねえ」天草リリーが鼻で嗤う。

「俺たちは踊り子さんの気持ちを考えずに調子に乗っていました」

「踊り子の気持ちがアンタにわかるわけないやろ」

「わかります！」

「アンタは己の都合でしか見てないっちゃ。どうせ、この前座かって武勇伝のひとつにでもなればいいと思って受けたんやないと？」

「はい……そのとおりです」

胸が詰まる。ハンバーグやオムライスを食べ過ぎたときよりも遥かに重い苦しさに押しつぶされそうだ。

「ウチら踊り子ば盛り上げるのが前座の仕事じゃなかと？」

「すいません。たしかに俺は自分のことしか考えてない男です。そのせいで、人の気持ちがわからずに、大切な人間が離れてしまうんです」

「アンタの未来が見えるわ。たとえ、成功しても一人ぼっちやろうね」

天草リリーが、憐れみの目で俺を見下ろす。

「それでも、俺は前に進むしかないんです。マグロと一緒で泳ぐのを止めたら死んでまうんです。俺、不器用なくせにできるフリをしてまうし、天才みたいな顔してみるくせにちょっとしたことでブレブレなるし、助けて欲しいときに強がってまうし、結婚を考えてた彼女に逃げられてまうし、とにかくアホなんです！」

「結婚？」天草リリーの細い眉がピクリと動く。「彼女の名前は？」

「千春です」

「ロクでもない男から離れてよかったわ。男のせいで人生が狂う女の子たちは嫌んなるほど見てきたけん」

「……すいません」

千春は、俺といないほうが幸せになれる。きっと、俺以外の人間はそう思って二人の付き合いを見守っていたのだ。

「ウチに謝っても意味のなか」

天草リリーがタバコの煙を吐き出し、楽屋を出て行こうとした。

「待ってください！　脱ぎます！」

「あん？」

「俺、前座で脱ぎます！　踊り子さんの気持ちがわかるために、素っ裸になります！　だから衣装を返してください！」

俺は土下座を解除して仁王立ちになり、渾身のガンをつけた。ヤンキーにはヤンキーの流儀で挑むしかない。

「もし、素っ裸になれんかったら、この回できっぱりと前座は辞めたろやんけ。ガタガタ言ってんと衣装返せや、ボケ」

「きさん、くらす（殴る）ぞ」天草リリーが俺の胸ぐらを掴んで凄んだ。「返したるけん、男ば見せろや」

色んな意味で、男を見せなければすべてが終わる。

俺は天草リリーの腕を振り払い、右手の中指を高々と突き出した。

「やったろやんけ！」

五分押しで、《チームＫＧＢ》の前座が始まった。

ステージに学生服のビーバー藤森が登場する。それだけで、客席からクスクスと笑いが起きた。

いい感触だ。いつもどおりにパフォーマンスをすれば確実にウケるはずだが、天草リリーとの勝負は逃げるわけにはいかない。

俺は隣の赤星にバレないように股間を揉んだ。俺の男は、ピスタチオぐらいに縮こまっていた。

22

スピーカーから『Ｇｅｔ Ｗｉｌｄ』のイントロが流れるだけで、客席がざわついた。

「やだ。《ＴＭ ＮＥＴＷＯＲＫ》なの？　この曲大好き」

スナック《あそこ》のママのデカいひとり言で、客席から笑いが起きる。

最高の雰囲気だ。経験上、百パーセントウケる回だ。

学生役のビーバー藤森がノリノリで歌い出した途端、ドカンと客席が沸く。

「すごい」

隣の赤星が武者震いをする。

パフォーマーであれば、誰でも興奮する状況である。俺もさっきから全身の毛穴が開きっぱなしだ。

七日目にして、絶好のチャンスが訪れた。ここで大成功をすれば、商店街に「《東洋ミュージック》でおもろいことやってるで」と一気に噂が広まる。

この空気で脱がなあかんのか……。

《チームKGB》の三人には、俺が脱ぐことを言っていない。パフォーマンスを練り直す時間もなかったし、直前の変更は動揺を生むだけだ。

アドリブで全裸になる。しかし、ヤクザの親分役の俺が脱ぐからには、そこが笑いのピークにならなければ意味がない。

ビーバー藤森のカラオケがサビに入った。

「こらっ！　さっきから何やってんだ、てめえはよ！」

火野が抜群のタイミングで立ち上がる。

さらに大きい笑いが起きる。観客が、チンピラ登場のハプニングをコントとして受け入れている証拠だ。

「曲を止めろよ、スタッフ！　いつまでかけてんだ、おい！」

カラオケがストップしても笑い声は止まない。

「ななな、なんですか？　ややや、やめてください」

ビーバー藤森の狼狽ぶりに、スナック《あそこ》のママが「かわいそうねえ」と手を叩いて喜ぶ。

「お前がやめろ、馬鹿野郎！　何、歌ってんだ、てめえ！」

「『ＧｅｔＷｉｌｄ』ですけど」

「曲名じゃねえよ！」

火野の鋭いツッコミに、大学生のグループ客が爆笑した。

「へ？　じゃあ、何ですか？」ビーバー藤森が、間抜けな顔で訊く。

「ストリップ劇場で何で歌うのか訊いてんだ！」

「いや……前座ですから」

「だからって、《ＴＭ　ＮＥＴＷＯＲＫ》はおかしいだろうが。お姉ちゃんが裸で踊るのを観にきたのによお」

二人の掛け合いに、客席からの笑いの波は続く。みんな笑顔で、チンピラの火野にまったく怯えていない。

アカン……。

ウケればウケるほど、嬉しさよりも不安が上回る。どんなアドリブが正解なのかわからない。スべればすべてをぶち壊してしまう。

「座長。いかなくていいんですか？」

赤星が、小声で俺の腕を小突く。

しまった、遅れた！

「おい、そこまでにしとかんかい」

慌ててキャラに入り、声が上ずった。早くもキャラがブレて膀胱がキュッと締まる。

「あん？　誰だ、おっさん？」

火野が大股で花道へと移動すると客席から歓声が起きる。

「前座の兄ちゃんが一生懸命に頑張っとるやろうが。ギャアギャアと横からやかましいんじゃ、ボケが」

口がうまく回らない。そこまで緊張はしていないが、全裸になるアドリブが気がかりで集中できないのだ。

「わざわざ金払って、劇団の前座なんて観たくねえんだよ。お前らもそう思うよな！」

火野が客席を煽る。「そうだ！　そうだ！」とヤジが飛び、笑いが連動する。

素晴らしいアドリブだ。でも、それがこっちのプレッシャーになる。

「ほんなら、前座が終わるまで廊下でションベンでもしとけや」

「あの廊下は臭いから嫌なんだよ。お前らもそう思うよな！」

「そうよ！　鼻がもげるわ！」

スナック《あそこ》のママが右手を突き出し、今日一番の爆笑が起きる。

火野！　それ以上、盛り上げるんじゃない！

「文句あるなら今すぐ帰れや、チンピラ」

「んだと？　やっちゃうよ。おっさん」

「やれるもんならやってみろ。クソガキが」

「ベコベコにしてやろうか、こらっ！」

「ケツの穴から手突っ込んで奥歯ガタガタ言わすぞ！」

俺と火野が花道を挟んで睨み合うと客席は最高潮にヒートアップする。

「やっちまいなー！」

スナック《あそこ》のママが叫ぶ。頼むから大人しくして欲しい。

「喧嘩をやめてください。二人を止めてください。僕のために争わないで！」

ビーバー藤森が花道までやって来て、俺たちの間に自ら入る。

「よっ！　竹内まりや！」スナック《あそこ》のママが余計なツッコミを入れる。

「てめえのわけわかんねえ前座のせいだよ！」

「そうやで兄ちゃん。わしら引っ込みがつかへんがな。この場を収めたいんやったら、兄ちゃんが落とし前をつけんかい」

火野と俺が、ビーバー藤森を責める。

「せ、責任って言っても、どうすれば……」

「ここはストリップや。脱いで詫びんかい」

「おう。脱げ！　お前らも見たいよな！」

「見たーい！」

火野の煽りに、スナック《あそこ》のママだけでなく、若い女の子も黄色い歓声を送る。

「わかりました。脱ぎます」

ビーバー藤森の宣言に客席から自然な拍手が出た。

「ええ根性してるやんけ。見せてもらおうか」

ここまで来てしまった。まだアドリブは思いつかない。チラリと客席の奥を見ると、腕組みをした天草リリーと不安げな表情の冬音が立っている。

逃げたい。でも、逃げるわけにはいかない。

《ザ・ナック》の『マイ・シャローナ』がかかり、ビーバー藤森が踊りだした。ぎこちなく服を脱ぎながら腰を振る姿に笑いと口笛が鳴る。

曲が盛り上がり、ビーバー藤森のダンスがキレキレになる。ズボンを脱いで、Tバックの尻を観客に見せつけた。

「モッコリーヌよーー！」

悲鳴と爆笑。最強のオネエダンサーの登場だ。

「ヤバーい！」

度肝を抜かれた女の子の客が叫ぶ。

「お待たせしちゃったわね。ボーイズ&ガールズ。刺激を求めてここにやってきたんでしょ？」ビーバー藤森が威風堂々と客席を見回す。「さ、アタイは踊ったわよ。次はヤクザたちのダンスが見たくない？」

「見たーい！」

完全にパフォーマーと観客がひとつになっている。

「見たいんだって。どうするの？　ヤクザのくせにビビっちゃってんの？　オチンチンが縮こまってんの？」

そうだ。俺の息子は縮こまっている。

「やったろやんけ！」

俺はステージに上がった。

あとはヤクザチームが踊ればパフォーマンスが終わってしまう。俺が全裸になるタイミングはそこしかない。

俺はステージに上がり、客席を見渡した。全員が期待に目を輝かせている。こんなにも求められている舞台はいつぶりだろうか。

「見世物とちゃうぞー！」俺は雄叫びを上げた。

「見世物やんけー！」

冬音のファンのベレー帽が返してくれる。

「ヤクザはなあ、売られた喧嘩は意地でも買わなあかんねん。ダンスがなんぼのもんじゃい！　音楽かけろや！」

お約束のジャミロクワイのダンスナンバーが流れる。

こうなりゃ、ヤケクソだ。

俺と火野と赤星がステップを合わせる。呼吸はバッチリだ。

「なかなかやるじゃなーい！」ビーバー藤森がマイクパフォーマンスで煽る。「ちゃんと、オチンチンついてたのねー！　小さいオチンチンを精一杯に揺らしなさーい！」

鉄板の下ネタだ。当然、大爆笑である。

ここが勝負どころか？

ビーバー藤森と視線を合わせた。まだトランス状態ではなく、ギリギリ意思疎通ができる。

ダンスの途中だが、俺は右手を高々と上げた。

「どうしたの、ヤクザ？　マイクが欲しいの？」

俺のアドリブに火野と赤星がギョッとするが、なんとか踊り続けている。

頼む。ついてきてくれよ。

俺はダンスのフォーメーションを離れ、花道を歩いて円形ステージに向かった。

「ヤクザがアピールしたいらしいわよー！」

ビーバー藤森が、客席を横断して円形ステージにひらりと乗る。

「待ってましたー！　勇太！」

スナック《あそこ》のママが、大声で俺の本名を暴露した。有り難いけど、迷惑だ。

狭い円形ステージで、俺とビーバー藤森が対峙する。

「誰のチンチンが小さいねん」

マイクを受け取った俺が、ビーバー藤森の肩を小突いてマイクを返す。

「あれ？　じゃあ、自分で大きいって言いたいのー？」

ビーバー藤森が俺のアドリブに乗ってくる。

こいつはいつも居眠りをしているが、いざ本番となると別人が憑依《ひょうい》したのかと思うほど、驚異的な集中力を発揮する。

「勝手に小さいって決めつけんなや!」

マイクが一本しかないので、ビーバー藤森の肩を摑んで怒鳴った。ビビっている顔をしながらも、マイクの先は俺の顔に向けるビーバー藤森のファインプレーが光る。演技だけではなく、状況を客観視できている証拠だ。

「見てみなきゃわかんないじゃなーい」

「わかんなーい」

ビーバー藤森の返しに、スナック《あそこ》のママが乗っかる。

「見せたろやんけ!」

俺の発言に客席がどよめいた。

笑いにうるさい関西人なら敏感に察知している。充分にウケていたのに、脱ぐ必要はないだろう。暴走してるのか?

ビーバー藤森が、目の奥で「マジですか?」と問いかける。俺は微かに頷いた。

「見せてもらおうじゃないの!」

客席がざわつく中、俺は花道を戻り、踊っている火野と赤星の背後に回った。

瞬時に意図を汲み取った二人とビーバー藤森が、並んで壁を作る。俺は客席に背を向けて、ド派手なスーツを脱ぎ始めた。

「勇太のアホ！」

俺は千春の蹴りで起こされた。へばりつく瞼《まぶた》を開けても、自分がどこにいるかわからなかったが、すぐに自分の部屋のベッドだと把握する。

「うわっ……今、何時？」

「自分で見たら？」

目覚まし時計を投げつけられた。午後三時十五分。デートの待ち合わせの時間から二時間以上過ぎている。

「……悪い」

「絶対に許さへん。これで、何回連続やと思ってんのよ」

三……いや、四回だ。日曜日は千春とデートの日なのだが、前日が土曜日で《デ・ニーロ》が朝まで盛り上がるため、どうしても二日酔いで寝坊してしまう。

「ほんま、ごめん。ちょっと、小便行っていい？」

「はあ？」

ブチギレている千春を残して、俺はトイレに駆け込んだ。

考えろ。千春を笑わせる方法を考えるんだ。こうなったら、どれだけ言い訳を重ねても無駄だ。怒る気がなくなるほど笑わせれば、突破口ができる。

俺は狭いトイレの中で全裸になり、自分のアソコを強引に太腿の間に挟み、消した。挟んだままで、チョコチョコ歩きで千春の前に飛び出し、股間を指してこう言った。

「見てや！　女の子になっちゃった！」

千春はあんぐりと口を開けたあと、ベッドの上で腹を抱えて転げ回り、涙を流しながら笑った。

「もう！　どこまで、アホなんよ！」

「お前ら、よう見ろや！　これが男の生き様じゃ！」

《東洋ミュージック》で素っ裸になった俺は、《チームＫＧＢ》の壁を押しのけ、チヨコチョコ歩きで花道から円形ステージへと出た。

俺の何もない股間を見て、スナック《あそこ》のママが鋭いツッコミを入れる。

「女じゃん！」

一瞬の静寂のあと、客席で笑いが爆発した。

俺は、千春との思い出に救われた。

23

「勇太の！　ちょっといいとこ見てみたい！」

天草リリーが、今夜何回目になるかわからないコールを声高々に始める。

俺は渋々、緑茶ハイの入ったグラスを掲げた。

「大きく三つ！」

他の連中が、手拍子を強く三回叩く。

深夜一時。俺の店《デ・ニーロ》で恐怖の宴は繰り広げられていた。メンバーは、《チームKGB》と踊り子たちと宮田さんだ。

「小さく三つ！」

次に弱い手拍子が三回響く。

俺の体を張ったヤケクソの前座が功を奏し、今夜の《東洋ミュージック》は異様に盛り上がった。それを見て機嫌を良くした宮田さんが、「飲みに行くぞ！」と強引に集合をかけたのである。

「イッキ！　イッキ！　イッキ！」

時代遅れのコールに合わせて、俺は緑茶ハイを喉に流し込んだ。

基本的に、《デ・ニーロ》は一気飲みを禁止しているが、新歓コンパの大学生みたいにはしゃぐ宮田さんにビビってカウンターのオグやんも何も言えないでいる。道はひとつ。宴が終わるまで耐えるしかない。

エンドレスに続くコールのせいで、《チームＫＧＢ》のメンバーはグロッキー寸前である。火野は六十歳になる尾道チェリーに口説かれ、赤星は糖尿病で目の見えないはずの花太郎に何度も尻を触られ、ビーバー藤森は踊り子たちに服を剝ぎ取られＴバック一枚でカシスオレンジを飲んでいる。

「イェーイ！　いい飲みっぷりしちょる！」

天草リリーが俺に抱きついてきた。やたらと豊満な乳を押し付けてくるがキツい香水にむせそうになる。

帰りたい……。

ここ最近、問題が山積みだったせいで寝不足なのだ。しかし、どれだけ酔っても宮田さんがいる場所で眠るわけにはいかない。

俺は気合と根性で氷の入っていない緑茶ハイを飲み切った。

「意地悪してごめんねえ」

泥酔寸前の天草リリーが甘えた声で言う。俺がステージで裸になったことでやっと認めてくれたのだ。

「リリー、また勇太のチンコが見たいから、明日も衣装を隠してええど」

芋焼酎のロックを鬼のように飲んでいる宮田さんがからかってくる。

「勘弁してくださいよ！」

「お前らの前座、腹がよじれるほど笑ったで。わしのツレもガンガン呼ぶわ」

「あ、ありがとうございます」

客が増えるのは嬉しいが、宮田さんのお友達が何人もいると他のお客さんにプレッシャーがかかり過ぎてしまう。

俺はラグビー部員のように抱きついてくる天草リリーから逃れ、冬音の隣に座った。

「お疲れさん」

冬音が大人しく背中をさすってくれる。

「冬音さんもお疲れ様です」

「私はまったく疲れてないってば」

「だって、毎日、四ステージもこなすなんて凄いやないですか。ほんまもんのプロっす」

「うれしい。勇太君たちのパフォーマンスも半端なかったよ」

「でも、プロにはほど遠いんです。冬音さん、どうやったら俺たち売れますか」

俺は酔っていた。誰かに愚痴を聞いて欲しかった。

「演劇のことはよくわからないし……」

「このまま夢を追いかけてもいいんですかね。俺が頑張れば頑張るほど、周りの人間を傷つけてまうんですよ」

前座のステージから、ずっと千春のことが頭から離れない。

「ダンサーの世界を中途半端にドロップアウトした私が偉そうなこと言えないけど」

冬音が真顔になり俺を見る。

「いいんです。アドバイスください」

「売れるってことは誰かが買ってくれるってことだよね」

「はい。俺たちだったら、映画やＣＭとかのスポンサーっす」

「でも、そのスポンサーに勇太君が売り込むことはできないよね」

「まあ、仕事をくれるのはプロデューサーとかになるんかな」

実際、そこの仕組みはよくわからない。芸能事務所に入らない限り、フリーの人間に仕事はなかなか来ないのが現状だ。もちろん、事務所に入ったところで売れていない俳優やタレントは山ほどいる。

「勇太君は、今、マンションに住んでるの？」

「は、はい。ボロマンションです」

「そのマンションを借りるとき、大家さんに直接交渉した？」

「いや、してないですよ。不動産屋に行きました」

「だよね。逆に勇太君が大家さんだとするわ」冬音も酔っているが、まだ意識はしっかりとしている。「いきなり、『マンションを貸してください』って訪ねてきた若者に貸すと思う？」

「貸さないですよ。どこの馬の骨かわからんのに」

「やっぱり、不動産屋さんにお願いするよね」

「もちろん」

「これが売れるってことなんじゃないかな」

「はあ……ニーズに応えろって感じですか？」

「ニーズと言うか、条件を明確にするのが大切なのよ。家を借りたい者は、家賃の上限や日当たり、お風呂とトイレは別がいいとかね。貸す方もそう。ペットは小型犬までオッケーとか、楽器は不可とか」

「それを俺の目指す世界に例えると……」

「勇太君が何をしたいじゃなく、何ができるの？　それをしっかりと提示できないとスポンサーとの間に入ってくれるプロデューサーも困ると思うの」

冬音の言葉が胸に深く突き刺さった。

たしかにそうだ。「とにかく大きくて綺麗な家に住みたいんです」と夢を語っても、不動産屋にとっては迷惑でしかない。

今、払える家賃はいくらなのか。それがわかれば条件にあった物件を紹介してくれる。

今、俺にできることは何なのか。一か八かの勝負ではなく、確実に出せる技だ。たまたま、今日はウケた。でも、プロデューサー側に立てばどう見えるだろうか……。

「勇太の！　ちょっといいとこ見てみたい！」

天草リリーが、テキーラのショットを両手に持って近づいてきた。

待ってくれや！　せっかく、冬音のアドバイスで何かを摑みかけてんのに！

「大きく三つ！　小さく三つ！　イッキ！　イッキ！　イッキ！　イッキ！」

早く冬音との会話に戻りたくてテキーラ二杯を煽った。

そこで、意識が飛んだ。


強烈なテキーラ臭のゲップで目が覚めた俺はタクシーの後部座席に乗っていた。

「やっと起きたか。どんだけ酒弱いねん、デ・ニーロ」

隣には宮田さんが腕組みをして座っている。

タクシーは国道を走っていた。しかも、空はうっすらと明け始めているではないか。

「お、おはようございます。てか、どちらに向かってるんですか」

「天ぷらやがな」

「えっ……天ぷらって堺の店ですか？」

「当たり前やろ。他にどこがあるっちゅうねん」

堺の魚市場に深夜零時から朝九時までが営業時間という天ぷら屋がある。観光名所と言っていいほどいつも大行列で、下手すれば二時間以上待たされる超人気店だ。

「天ぷらで締めるんですか」

俺は込み上げる吐き気を気合で抑えて訊いた。

「踊り子たちが行きたいって騒ぎ出したからのう。他の連中は別のタクシーで向かってるわ。お前も浅蜊の味噌汁飲んだら今日は二日酔いにならへんど」

「ありがとうございます……」

その天ぷらの店は、訪れる客のほぼ全員が浅蜊の味噌汁を注文する。飲み終えたあとの浅蜊の殻はカウンターの下にそのまま捨てるという何ともワイルドなスタイルなのだ。

「リリーのこと勘弁したってくれや。根は真っ直ぐな女やからな。真っ直ぐ過ぎて、よう暴走すんねや」

「逆に感謝してます。おかげで限界を突破できましたし」

「リリーの地元は熊本の温泉街やねん」宮田さんが、窓の外を見ながら話を続ける。「リリーもたいがいヤンチャしとったらしいけど、親戚の兄ちゃんに手のつけられへんワルがおってな。中学生のリリーに注射器でシャブを仕込んだんや」

「マジっすか……」

「シャブ代はリリーが稼がされた。客はその兄ちゃんが連れてくる。言ってる意味はわかるな?」

「わかります」

胸糞が悪くなってきた。同時に、最初の《東洋ミュージック》でＡＫＢ48の『ヘビーローテーション』で踊る天草リリーを観たとき、小馬鹿にしていた自分をシバキ倒したくなる。

「リリーは何度も逃げ出したんや。博多の中洲や沖縄の松山とかで水商売しながら身を潜めても、従兄弟の兄ちゃんが蛇みたいに執念深い男やからすぐに見つかって地元に連れ戻されてまうねん」

「もっと遠くに逃げればよかったのに……」

「男と女には説明でけへん問題があるねん。他の人間から見て信じられへんことも本人らからすれば必然かもしれん」

「たしかに、そうです」

俺は、また千春の顔を思い出した。笑顔ではなく、俺のマンションで最後に見た悲しみの表情だ。

ウチがおらんほうがええの？

愛している女に、最悪の台詞を言わせてしまった。

「ある日、リリーは従兄弟の兄ちゃんに殺されそうになった。夜中、寝ているところを馬乗りで首を絞められたらしい」

「ええっ⁉」

「心中や。その兄ちゃんは首を絞めながら泣きじゃくっとったんやと。情けないチンピラやで」

宮田さんが舌打ちをした。酔っているからかもしれないが、いつもとは別人みたいだ。俺の店にブルドーザーで突っ込もうとした人とは思えない。

「リリーさんはどうやって助かったんですか」

「枕元にあった目覚まし時計で兄ちゃんの頭を殴りつけて逃げたんや。下着姿のまま裸足で、携帯電話も財布も持たんとな」

「殺されそうになって、やっと本気で逃げる決心をしたんですね」

「そういうこっちゃ」宮田さんが荒々しい鼻息を出す。「知人のつてで大阪に流れて、わしのとこ来て、踊り子になったたってわけや」

ストリッパーなら全国の劇場を巡業するから、従兄弟にも見つかりにくいというわけだ。天草リリーだけではなく、他のストリッパーにも人には言えない過去があるのだろう。

「わかってると思うけど、この話はデ・ニーロの中だけで止めとけや。弱い人間の傷はペラペラと語るもんやない」

「わかってます」

宮田さんが話してくれたのは、俺が天草リリーを完全に許せるようにするためだ。《東洋ミュージック》のストリッパーたちを守るためでもある。

「デ・ニーロが売れたとき、いつか踊り子たちの物語を書いたってくれ。そんときは、今のエピソードを使ってもええど」

宮田さんが、俺を見てニヤリと笑った。

「いいんですか」

「かまへん、かまへん。わしが許可したる。クソみたいな人生を送ってきた人間に光を与えろ。それが、デ・ニーロの使命や」

よくわからないけど、泣きそうになってきた。

「俺……頑張ります」

「男が頑張るんは当たり前じゃ、ボケ」

分厚い手が俺の頭を鋭く叩いたが、全然、痛くなかった。

24

アホほど酒を飲んだはずなのに、酷い二日酔いまでにはならなかった。やはり、堺の天ぷら屋の浅蜊汁が効いたのかもしれない。

正直、疲れは残っていた。だけど、爽快な気分だった。

昨日の前座は爆発的にウケた。ウケさえすれば、それまでにどれだけ苦労しようとも帳消しどころかお釣りがきてしまう。笑いを取ることが人生の優先順位のトップという関西人の悲しい性《さが》だ。

午前十一時。俺は西梅田の地下街を歩いていた。お目当てはカレーだ。

今朝、起きたとき、どこからともなくカレーの香りが漂ってきた。おそらく、近所で昨夜カレーを作った家があり、残ったルーを温めていたのだと思う。

めっちゃ、カレー食いたい！

寝起きだろうが、スパイスの誘惑には抗えない。常々、カレーは中毒性が半端なく高い食べ物だと思い知らされている。

俺の中で、大阪のカレーといえば三つある。

ひとつは地元の茨木市にある《D》だ。カウンターのみの小さな店で、年老いた店主一人で経営している。ここはサラサラとしたインド風のカレーなのだが、和風の出汁が利いていて、付け合わせが福神漬けではなく千枚漬けという何とも渋い店である。

しかし、《D》の真骨頂は、店主が規格外の頑固ジジイということだ。あまりの頑固っぷりに、初めて来店した客の三人に一人はカレーを食べさせてもらえずに追い返される。

とにかく《D》の店主は怒りの導火線が短いのだ。年齢はゆうに七十歳を超えて、髪と髭が真っ白で仙人みたいな貫禄のある風貌をしているのに、ほんのささいなことで激怒する。

たとえば、俺が初めて訪れたときは他のお客さんにはお冷を提供して、俺には出してくれなかった。

忘れているだけかなと思い、カレーを作っている店主に、「すいません。お水ください」と頼んだら、「他の店に行ってくれ」と怒られた。

理不尽ここに極まる、である。

《D》には、注文を客の方からしてはいけないという暗黙のルールもあった。店主が己のタイミングで、「何にしましょう」と訊いてくれるまで辛抱強く待たなくてはいけないのである。

順番に訊いてくれるならまだ我慢できるが、明らかに自分よりあとから来た客に、店主が注文を取ることも少なくない。謎のランダム制なのだ。酷いときなど一時間を超えても注文を取ってくれないので、何かの罰ゲームを受けている気分になる。

ただ、カレーの味は抜群に旨い。アッサリとしているのにコクがあるルーは、永遠に食べ続けられるのではと錯覚してしまうほどだ。

北浜にある《K》もなかなか、ぶっ飛んだ店だ。

元ミュージシャンの店主が作るカレーは、酸味と辛味のバランスが素晴らしく、トッピングに豆腐やオクラを使うヘルシーかつスパイシーなルーで病みつきになる。

ここのカレーを関西ナンバーワンと評価する声も少なくないが、いかんせん、重大な欠点があった。

この《K》は、いつ営業しているかわからないのだ。元ミュージシャンの店主がだらしないのか、とにかく営業時間を守らない。

ランチどきに店の前に行列が出来ているのに、店主がまだ出勤していないのはザラである。

それなのに、《K》は潰れないどころか関西のグルメ雑誌のカレー特集に、「店が開いてたらラッキーの気まぐれカレー」と取り上げられるのだから面白い。関西人のカレーマニアは寛大な心の持ち主が多いのかもしれない。

三つ目のカレーは、大阪のカレー好きなら一度は食べたことがあるであろう有名な《I》だ。西梅田以外に、六店舗。神戸と東京にも支店がある。

《I》のカレーの特徴は、スピードである。カウンターに座ってから、カレーが出てくるまで三分とかからないのだ。せっかちな関西人にピッタリのカレーである。

カレーの味は、ひと口目がやけに甘く、次の瞬間に辛さが爆発する。何十回も食べた今も、俺はトッピングに生卵を入れないと辛くて完食できない。

この《I》のカレーの中毒性が尋常ではない。一度、頭に浮かんだら最後、砂漠の遭難者が水を求めるかの如く、取り憑かれてしまう。

今朝の俺がまさにそうだ。前座の時間まで、まだ余裕があると見るや、マンションを飛び出して、わざわざカレーを食べるためだけに西梅田にやって来た。

俺は《I》に入り、いつもの生卵入りのレギュラーとキャベツのピクルス大盛りを注文した。

まだランチ前だから客は少なく、一分四十五秒で俺の前にカレーが出てきた。

食欲をそそりまくる香りに、涎《よだれ》が溢れてくる。

スプーンを取り、トロミのあるカレーがかかっているライスの山に突き刺そうとした瞬間、俺のスマホが鳴った。

放送作家の井手からだった。

『勇太。客はどれくらい集まった？』

俺が電話に出てすぐ、井手は間髪入れずに訊いた。

「いや……」

『おいおい、何を呑気に構えてんだ。ライブは明日だぞ』

「そ、そうですね」

集客も俺がやらなきゃいけないのか？

背筋が寒くなってきた。当然だが、井手のライブのことなど誰にも言ってない。

『リハは何時から入ればいい？』

「えっ？ リハやりますか？」

洋食屋の営業もあるだろうからそこまで時間は取れないはずだ。

『するに決まってんだろ。趣味のバンドだと思って舐めてんの？』

井手が苛つきを隠さず言った。

「もちろん、舐めてはないですけど」

『けど？』

「お店の都合もあると思いますので……」

『勇太、お前さ。ちゃんと、オレの名前出した？』

「は、はい」

『ふうん。まあ、いいや。とりあえず、客とグッズは任せたから』

「あの……そのグッズの件なんですけど」

『何？』

井手が苛つきを隠さず訊き返す。

胃が痛い。さっきまでの溢れんばかりのカレー欲が一瞬で消え去った。

「俺、ストリップの前座があるんで、ちゃんとお手伝いできるか微妙なんですよ」

『は？　それを前日に言うなよ、お前』

「す、すいません」

『まあ、いいや。勇太の代わりにグッズを販売する人間を用意してくれるんだろうな』

「は、はい……」

『任せたからな』

井手が一方的に電話を切った。完全に怒っている。

しかも、また勢いに圧されて無理難題を引き受けてしまった。グッズ販売の手伝いなんて見つかるわけがない。

……どうすればええねん。

テンションが下がった俺はカレーをボソボソと食べた。スパイシーなはずなのに、味がまったくしない。

本当にこれがチャンスなのだろうか？　井手にドラマのプロットを振られて有頂天になっていたが、実際に放送される保証なんてない。

それでも、ほんの僅かなチャンスにすがってしまう。溺れる者が藁《わら》を掴んでも助からないのはわかっている。だからと言って、何もせずに水の底に沈んでたまるか。

無理やりカレーを胃の中に詰め込んで店をあとにした。気分を切り替えようと地下街から高層ビルが立ち並ぶ地上に出た。その途端、俺のスマホが鳴った。

飲食業界の大先輩、小比類巻さんことコッヒーさんからの電話だった。

「コッヒーさん、おはようございます」

『井手さんから電話があったで。えらいキレてはったけど』

「なかなか期待に応えることができなくて……」

『まあ、一流の世界で戦ってる人ほど要求は高いからなあ』

相変わらず、コッヒーさんは優しい。だからこそ、板挟みにさせて申し訳ない気持ちになる。

「すんません。俺がもっと頑張ります」

『明日のチケットはどれぐらい捌けてんの？』

「チケット？　いや、洋食屋さんのステージを借りるんで、チケットとかは考えてなかったんです」

『それはマズいな』コッヒーさんの声があからさまに曇る。『場所はどこであれ、ライブはライブやからな』

「それって、つまり、ご飯以外に音楽チャージを付けるってことですか？」

『もちろん、そうやろ』

「い、いくらぐらいですか？」

『二千五百円が妥当ちゃうか。五百円をワンドリンク代にして、残り二千円を店とバンドで折半やな』

「全然、そんな話では進んでないんです」

『でも、これが普通やろ。常識やで』

「わかりました。洋食屋さんに確認します」

『また、何かわからんことがあればすぐに連絡してこいよ』

「ありがとうございます。ほんま、心強いです。この恩は必ず返します」

コッヒーさんがいなければ、とうの昔にギブアップしていただろう。

『勇太が売れたら、酒奢ってくれや。それが一番嬉しいわ』

「はい!!」

『じゃあな、頑張れよ』

コッピーさんが電話を切ったあと、不覚にも泣きそうになった。

俺もこういう大人になりたい。いや、絶対にならなければならない。

ダダ下がりだったテンションが跳ね上がった。腹の底から力が漲《みなぎ》り、梅田のオフィス街を走り抜けたくなる。

売れてやる。売れな負けや。ただのアホや。

俺は呪文のように唱え、汗だくのサラリーマンたちとすれ違いながら駅に向かった。

《東洋ミュージック》に着いてから、すぐに明日のライブ会場である《浪へい》に電話したが、ランチどきで忙しいのか繋がらなかった。

「クソッ……」

俺は薄暗い四畳半の照明部屋でひとりごちた。楽屋で電話するとKGBのメンバーに余計な心配をかけるので、ここに移動したのだ。音響兼照明係のアキちゃんはまだ来ておらず、住んでいる花太郎もいない。ペラペラな万年床がポツンとあるだけだ。

《浪へい》にはあとから連絡するとして、まずは客を集めなければ話にならない。

俺は久しぶりに悪友に電話をかけた。

『どないしてん？　勇太から電話なんて珍しいな』

「仕事中やのに、ごめんな」

『かまへんよ。ちょうど今から昼飯やから』

悪友がノンビリとした口調で返す。

毎晩のように遊んでいた悪友も大学生から社会人になった。今は老舗文具店の営業として真面目に働いている。

「いきなりやけど、明日の夜、空いてへん？」

『明日？　ナンパか？』

悪友が笑った。

何度も聞いたはずの笑い方に違和感を覚えた。やけに落ち着いた大人の愛想笑いに感じる。

「ナンパじゃなくてライブやねん」

『劇団、まだやってるんか。お前、頑張ってんな』

「劇団のライブとは違うねんけど」

『ん？　じゃあ、何や？』

「知り合いのバンド……お世話になってる業界の人やねん」

　正しくは、まだ世話にはなっていない。チケットを売るために、昔からの友達にさえ嘘をつく自分に辟易する。

『そのライブに勇太は出るんか？』

「俺は出ない。でも、凄い人やねん。オッカマンの番組を手がけたりしてるし」

『そんなに凄い人やったら、別にオレが行かんでもええやろ』

　冷たく突き放された。正論過ぎて、何も言い返せない。

「わかった。忙しいとこゴメンな」

『こっちこそ、力になれんくて悪いな』

「また、飲みに行こうや」

『おう。いつでも誘ってくれ』

　電話を切り、無性に寂しい気持ちに襲われた。悪友と遊ばなくなって、そんなに時間は経っていないのに、二人の間には埋められない溝ができていた。悪友は大人になり、俺はガキのままだ。

　俺はこの先、夢のためなら誰よりも体を張り、誰よりもリスクを背負う覚悟はできている。ちゃらんぽらんな性格だけど、中途半端に人生を送るつもりはない。

でも、夢を叶えたとき、そこに幸せはあるのだろうか。

成功と引き替えに、きっと俺は大切なものを失う。いや、すでに失い始めている。

大切な恋人や友人は離れていき、今、共に戦っている仲間たちもいなくなるだろう。

ふと背後から声が聞こえた気がして、俺は狼狽して振り返った。壁の染みだろうか？　四畳半の隅の闇に何者かが立っているように見える。

お前は、それでも夢を追うのか？

今度は、ハッキリと声が聞こえた。

俺は答えることができず、暗い部屋で身動きできないままじっと闇を見つめていた。

25

午後三時二十分。

あと十分ほどで金曜日の二回目の前座が始まろうとしていた。

「また、いい感じでお客さんが埋まってるよ！」

ヤクザの衣装に着替え終えた俺たちの楽屋に、冬音がご機嫌で入ってきた。

「どれくらいですか？」

赤星が顔を輝かせて訊く。

「半分以上！　凄くない？」

平日の昼間でそれだけ埋まるのは快挙である。一回目の一時の回も四十人以上の観客がいた。

間違いない。昨夜の結果が出ている。ことぶき商店街で《チームKGB》のパフォーマンスの良い噂が回っているのだろう。

「夜には満席にしたいっすね。イケるんじゃないっすか」

火野が天然パーマの髪を掻き上げる。すぐに調子に乗るのがコイツの悪い癖だ。

「週末だからありえるかも！　満席なんかになったら奇跡よ！」

冬音の喜ぶ姿は素直に嬉しい。

「夜は女子校のときの友達が三人で来てくれるんです」赤星が冬音をさらに喜ばせようとする。

「赤星ちゃん、女子校だったんだ？」

「はい。バリバリのお嬢様学校なんです」

「じゃあ、友達がここに来たらビックリするだろうね」

「三人とも下ネタ大好きなんで大丈夫です」

「じゃあ、安心だ。イェーイ！」

冬音が赤星とハイタッチをして、楽屋から出て行った。

「座長、今日は脱がないんですか？」

すぐさま、赤星が振り返って訊いた。

さっきの回の前座では、俺は全裸にならず、ビーバー藤森が脱いだあとにヤクザが踊る本来のパフォーマンスに戻した。

「あれは天草リリーから衣装を取り戻すための苦肉の策やから。何度もやるもんとちゃうやろ」

「でも、馬鹿ウケだったじゃないですか」

「そうですよ。ボク、嫉妬しましたもん」

ビーバー藤森が横から入ってきて口を尖らせる。

「昨日はたまたまウケただけや。ヤケクソの勢いもあったしな。狙ってやるのはリスクが高い」

不思議なもので、アドリブだからこそウケるネタというものがある。次に何が来るのかわかっていると逆にリアクションは難しい。際どいネタほど、共演者の反応がマズいと観客に白々しさが伝わってしまう。

「じゃあ、新しいネタを考えましょうよ」

赤星がやる気みなぎる顔で言った。常にクールで世の中を斜めに見ている彼女からすれば珍しい。

「い、今からか?」

「ちょっとだけでいいんです。観に来てる人に昨日のリピーターがいるかもしれないじゃないですか」

たしかに、リピーターが新しい客を連れて来てくれるかもしれない。嬉しいことだが、同時にハードルも上がる。俺が脱がないことで、昨日よりもパフォーマンスがパワーダウンしたと捉えられるだろう。

それはわかっている。でも、井手の件でテンパっている俺には新しいネタに挑戦する余裕なんてこれっぽちもなかった。

「オレは脱ぎたくないぞ」火野が青い顔で拒否する。

「火野さんには期待してませんから」赤星がピシャリと返す。

「時間もないし、新しいネタはやめとこ。鉄板でウケるほうがええって」俺は赤星を宥めるように言った。

「わかりました……」

しかし、赤星は明らかに不服そうだ。

「とりあえず、この回に集中しようや」

「座長は劇団のこれからをどう思ってるんですか」

「えっ？ これから？」

喰い下がる赤星につい怯んでしまう。

「劇団で東京に行かないんですか？」

「もちろん……行くつもりではおるよ」

「いつですか？」

火野とビーバー藤森が止めてくれると思いきや、二人ともじっと俺の返答を待っている。

「劇団にとって、いいタイミングが来たら行こう」

「今がそのタイミングじゃないんですか」赤星が真っ直ぐな目で俺を見る。「ヤクザダンスのネタにはこれまでにない手応えがあります。東京でも絶対に通用するはずです」

「そんな保証がどこにあるねん」

「保証？　座長らしくない言葉ですね」

赤星に指摘され、恥ずかしさで耳が熱くなった。気合と根性だけの俺にこいつらはついてきてくれたのだ。

「お前らも東京行きたいんか」

俺は火野とビーバー藤森に訊いた。

彼らに今すぐ引っ越しできる資金はないだろう。当然、親か消費者金融に借金をしなければ上京できない。

「どうせ行くなら早いほうがいいっすね」

「ボクは座長に一生ついていくと決めてるんで」

火野とビーバー藤森が迷いのない表情で答える。

「井手さんっていう太いパイプができたんだから行ったほうがいいじゃないっすか」

「そうですよ！　大チャンスですよ！」

火野の言葉に、赤星がキラキラとした目で頷く。

「まだ太くはないやろ。何も仕事はしてへんねんから」

「でも、プロットは褒められたんっすよね？」

「いや……そうやけど……」

「座長、何かあったんですか？」赤星が不安げに首を傾げる。

正直に話そう。俺一人で抱えてパンクすれば、劇団にも迷惑がかかる。

俺は大きく息を吐き、《チームＫＧＢ》のメンバーの顔を順に見た。

「ヤバいわ。ぶっちゃけ、今、ピンチに追い込まれてる」

「はあ？　どういうことっすか」

火野が途端に眉をひそめて警戒モードになる。とにかく余計なリスクを避けるのがこいつの生き方だ。

「井手さんが大阪でライブをしたがってるのは話したやろ」

「何か趣味でバンドやってるとか言ってましたね」赤星がますます不安げな顔になる。

「ライブ会場は見つかってんけど、色々と問題が山積みやねん」

「マジっすか……」

火野の士気がみるみると下がるのがわかった。他の二人はまだしも、こいつは井手の人脈をアテにしていたのだろう。俺がドラマの脚本を書けば、自分が出演する可能性が出てくるからだ。

「どんな問題があるんですか」

赤星が弱々しい声で訊く。

ビーバー藤森は、事の重要性がわかってないのか、もしくは睡魔に襲われているのか、遠くを見たまま微動だにしない。

「一番大きいのは動員やな。俺が客を呼ばなあかんことになってる」

「座長が？」

赤星と火野があんぐりと口を開けて顔を見合わせる。

「どうして、自分で呼ばないんっすか？　井手さんは有名人なんっすよね？」

「手がけてる番組は超有名やけど、あくまで放送作家やからな」

「まあ、そうっすけど……」

「俺もさっきから自分の友達や知り合いに声かけまくってんねん」

「来てくれそうなんですか？」

赤星が嫌悪感を丸出しにした表情で言った。

「みんな、反応は良くないな」

良くないどころではない。二十人以上に電話やメールをしたが、誰からも返事がなかった。

「……アタシの友達も呼んでみます」

赤星が目を伏せる。言ってはみたものの自信がないのだろう。

「そこに呼ぶんやったら、ストリップの前座に来てもらったほうがよくないか？」火野が顔をしかめる。

「じゃあ、火野さんは友達をここに呼んでるんですか？」

「一応、呼んでるよ……」

火野の頬がヒクヒクと痙攣する。誰が見ても嘘だ。

「友達に送ったメールを見せてください」

「ぜ、全部、電話だよ」

「やめろ。もう前座の時間やぞ」

俺は、火野を追い詰めようとする赤星を止めた。

「火野さんはいつもそうじゃないですか。サボってばかりで、面倒臭いことは人に押しつけて。そのくせ文句ばっかりで」

「オレかってやるときはちゃんとやってるよ」

「座長に言われなきゃやらないじゃないですか。それも渋々やし。たまには自分で動いてくださいよ」

「赤星！　やめろ！」

俺は強引に二人の間に割って入った。

「……トイレ行ってきます」

目を真っ赤にした赤星が、背中を向けて大股で去っていく。

「すぐに戻って来いよ！」

「タバコ吸ってきます」

火野も不貞腐れた顔で赤星と反対方向にダラダラと歩いていった。

本番前だというのに最悪のモチベーションになってしまった。俺のせいだ。井手のことを話すにしても、前座を終えてからにするべきだった。

「なんか青春ドラマみたいですね」

ビーバー藤森が離れていく二人の背中を交互に見て、ニヤニヤと笑っている。今はこいつの鈍感さが有り難かった。

案の定、チームワークを失った俺たちのパフォーマンスは中途半端な出来だった。何とかウケたが昨夜とはほど遠い内容にメンバー全員のテンションはだだ下がりだ。

楽屋に戻っても火野と赤星は自分のスマホを弄ったまま口を利こうとしない。俺は居た堪れなくなり、《東洋ミュージック》から脱出して、《ことぶき商店街》をトボトボと歩いていた。

次の回の前座までに仲直りをさせるのがリーダーの仕事だが、正直、そこまで手が回らない。

明日の井手のライブを満員にする。このミッションに失敗して、井手の信頼を失えば上京どころの話ではないのだ。

……恥を忍んで最終手段に出るしかない。

俺は歩きながらスマホを取り出し、妹の朋美にかけた。

『どしたん？』

電話が繋がった瞬間、朋美が不機嫌な声で言った。

「頼みがあるねん」

『また？　妹にどんだけ甘えんのよ』

「すまん。ほんまにヤバい状況やねん」

『今度は何をして欲しいわけ？』

朋美が深いため息をついた。

「あの……《マチルダ》で前座をやってくれへんかな」

『ちょっと待ってや。ストリップに出ろって？』

「そっちやない。井手さんのライブの前座や。《マチルダ》が出てくれるんやったら客は絶対に入る」

『な、何を言うてんのよ。そもそもメンバーは東京におるし』

「ボーカルの成田は大阪におるやろ。ボーカルとキーボードだけで、二、三曲でいいからやって欲しいねん」

『無茶苦茶なこと言わんといてや。ウチらはプロやねんで』

「わかってる。ギャラは俺が払う。頼む。一生のお願いやから」

重苦しい沈黙のあと、朋美が口を開いた。

『何をやって欲しいの？』

「えっ？」

『さっき、二、三曲って言ったやん。どの曲？』

「それは……」

『ウチらの曲、まともに聴いたことあんの？』

言葉に詰まった。俺は嫉妬のせいで、ずっと妹のバンド活動から目を逸らし続けてきたのだ。

『お兄、最低やな』

朋美が冷たい声で言い放ち、電話を切った。

26

……逃げたい。

俺は、《ことぶき商店街》の老舗喫茶店《角福》のソファに身を沈めてアイスコーヒーを飲んでいた。

ここは昭和の名残が残り過ぎている店で、本気でタイムスリップしたような気持ちになる。レトロでヨーロピアンな内装に、カウンターの端のピンクの公衆電話、本棚には《ゴルゴ13》が全巻揃っていて、店先のガラスケースには、銀の皿のナポリタン（麺を絡めたフォークが宙に浮いている）のサンプルが飾られている。

この店のアイスコーヒーは、濃厚でやたらとシロップが利いて、最初飲んだときは胸焼けがした。だが、何度か通うと店内の昭和な空気と甘いアイスコーヒーの虜《とりこ》になり、脳みそをリラックスさせたいときに訪れている。

アカン。さすがに今日はまったりできへん。

俺は溜息とともにタバコの煙を吐き出した。ソファに座って五分も経ってないのに、五本も吸ってしまった。

ホンマに逃げたろかな。

年代物のステレオから流れてくる《あみん》の『待つわ』が、井手の催促に聞こえてくる。

アイスコーヒーをチビチビと飲んでいるだけでは何も前に進まない。わかってはいるがソファから立つことができなかった。

オカンに電話しようか……。

俺の方から、オカンに電話をする理由はただひとつ。金を借りるときだ。井手のライブに客を入れるためには、俺が自腹を切ってチケットを買い、友達や知り合いに配るしかない。ライブ代が無料であれば来てくれる可能性も上がるだろう。そのための軍資金など持っていないから、親のスネをかじらせてもらう。朋美のバンドにライブの前座を断られた今、本当の最後の手段だ。

いい歳になって何をやってるんだと非難されても構わない。夢を追うために、クズにならなくてはならないときもある。

売れたら絶対に親孝行しろや。

俺は自分に言い聞かせて、実家に電話をかけた。

『もしもし、木村です』

オカンがよそいきの声で出た。

「……勇太やけど」

『どうしたん？』

オカンがさっそく警戒モードになる。さすが肉親だ。一瞬でピンと来たのだろう。

「いや、元気してるかなと思って」

『お金なら貸さへんで。こないだ渡したばっかりやん』

「今回は、マジでピンチやねん」

『あんたの人生、何回、ピンチが訪れるんよ。貧乏神に取り憑かれてるわ。いっぺん、お祓い行ってきなさい』

「ピンチやけど、チャンスやねん。これを乗り越えたらドラマの脚本が書けるかもしれん」

『何のドラマ？　テレビ？』

少しだけ、食いついてくれた。しかし、まだリールを巻くのは早い。オカンという魚を釣り上げるには、粘り強さが必要なのだ。

「テレビに決まってるやん」

『誰が出るの？』

「オッカマン」

『嘘ばっかり！　そんな大物がひょいと出てくれるわけないやんか』

さすが、国民的スターだ。オカンは疑いつつも驚いている。

「ホンマやねん。こないだオッカマン本人と会ってんもん」

『どこで？　大阪で？』

「うん。仕事で来てはったみたいで、飲食の先輩に紹介してもらってん」

『ところで、あんたの店はうまくいってんの？』

オカンが急に話題を変えた。いつもそうだ。ハンドルを強引に切るかの如く、頭に浮かんだ心配事を口にする。

子を思う親心だと思えばありがたいが、肝心の話が前に進まなくて困る。

「ぼちぼちやってるよ」

『ちゃんとお客さんは来てくれるの』

「うん。常連は多いよ」

嘘ではない。近所に住む酒飲みの連中が通ってくれている。しかし、客単価が低いのが悩みの種だ。

『お店の開店資金も全然返ってきてないわよ』

「わかってるって」

『何もわかってないでしょ』オカンが呆れて溜息をつく。『そういう後先を考えないところはお父さんに似てるわ』

「まあ、息子やからな」

『山手のニュータウンの家を買ったときも、こんなチャンス二度とないからって慌てて調べんと購入したし』

オカンがさらに会話のハンドルを切る。

「オトンのことよりも俺の……」

『私は反対してたのに、こっちの意見はまったく聞いてくれへんかったし。あんたと一緒で他人を説得する才能があるのよ』

「そんなに似てるかな?」

『そっくりやわ』

もし、オトンが生きていたら、今の俺をどう思うだろうか。

情けない奴だと叱るだろうか。もう止めてしまえと怒鳴るだろうか。

いや、そもそもオトンがこの世にいれば、俺は映画監督なんて目指していない。父親がいない現実から逃避することなく、普通に大学に行き、普通に社会人になっていたはずだ。

「なあ、オカン。変なこと訊いてもいい？」

『いきなり、何よ』

「どうやって立ち直ったん？」

『立ち直る？』

「オトンが死んだことから」

オカンは、オトンの事故のあと、毎晩、一人で泣いていた。夜中、トイレで起きた俺は真っ暗なリビングで嗚咽《おえつ》を漏らしているオカンの背中を見ても何も声をかけられなかった。

愛する人が、いきなり消える。

別れの挨拶もせず、二度と会うことができない。「悲しい」を超えた感情だったはずなのに、オカンは半年後に復活した。

家に籠もることはなくなり、ウォーキング、水泳教室、パッチワークなどを始めた。友達としょっちゅう食事に行き、一人でも映画館や観劇に出かけた。

オトンが亡くなる前より、明るく活動的になったのだ。

『私が立ち直ることができたんはお金よ』

「か、金？」

　予想外の答えに声が裏返る。

『お父さんは飛行機のパイロットっていう危険な仕事をしてたから一番いい生命保険に入ってたんよ。それにお父さんの会社はちゃんとした大企業やったから、仕事中の事故で亡くなった人間の遺族に対して最高の補償をしてくれた。勇太と朋美が二十歳になるまで毎年まとまったお金を貰えたし、私はこの歳になってもお金の振込みがある』

「それは知ってたけど……」

『お父さんが死んだときは、どうしたらいいかわからなかった。毎朝、目が覚めたら隣に寝ていると思ったし、毎晩、仕事からお家に帰ってくると思ってた。その度に、もう会えないんよって自分に言い聞かせて泣いてた。心がバラバラになりそうやった。でも、半年経ったある日、私はラッキーやと考えたんよ』

「えっ？　どういうこと？」

『この世の中には、不慮の事故や病気で夫を亡くしたシングルマザーはたくさんいる。でも、私ほど手厚い補償を受けれる人はそうはいない。普通なら、働きに出て夫がいない分を稼がなきゃいけないのに私はお金の心配をする必要がなかった。こんな幸運やのにいつまでもメソメソしてたらバチが当たると思ったの』

「だから、いきなり元気になって水泳とか始めたん？」

『母親の私がいつまでも落ち込んでたら話にならへんやろ。私には勇太と朋美を育てるっていう大事な仕事があるねんから。天国のお父さんに安心してもらうためにも明るく楽しく人生を全うしようと誓ってん』

「そうやったんや……」

自分の母親の強さを改めて知った。最愛の人が死んだあとに、自分は幸運だと切り替えることができるだろうか。

『でも、いくらお金が入ったとしても、お父さんには生きていて欲しかったんよ』

オカンはそう言って、ほんの少しだけ寂しそうに笑った。

「オカン、ありがとう」

これまで育ててくれた礼でもあり、ボコボコにヘコんでいる今の俺を奮い立たせてくれた礼でもあった。

まだ終わってへん。諦めてたまるか。最後の最後まで足掻き続けたる。

『ところで、あんた。千春ちゃんとは仲良くしてるの？』

また、オカンが急にハンドルを切る。余韻もへったくれもない。

「まあ、うん……ぼちぼちや」

本当のことを話すと長くなるので、俺は適当に言葉を濁した。

『あの子は逃したらダメよ』オカンが厳しい口調になる。『ちゃらんぽらんなあんたの味方になってくれる子なんて他にいないんやからね。千春ちゃんを泣かしたら私が許さへんよ』

「わかってる」

きっとオカンには俺と千春が終わったのがバレてる。何も言わなくても伝わるのが母親だ。

『お金、いくらいるの？』

「か、貸してくれんの」

『勝負するためのお金やったらね。あんたが売れたら倍にして返してもらうし。その代わり……』

「何？」

オカンが条件をつけるなんて初めてのことだ。

『朋美を守ってや。あんたがお兄ちゃんやねんから。あの子は今、弱ってるやろ』

「任せてくれ。金もやっぱりええわ」

『貸さなくていいの？』

「うん。今回は自分で何とかする」

『お酒はほどほどにね。まあ、あんたの辞書にほどほどって言葉はないけど』

「また電話するわ。オカンも元気でな」

『あんたが売れるまで死なれへんわ』

オカンが笑い、電話を切る。

俺はアイスコーヒーを一気に飲み干し、こめかみを走るズキズキとした痛みに歯を食いしばった。


十五分後、俺はマンションの前で土下座をしていた。

相手は朋美、そして《マチルダ》のボーカルの成田だ。成田は、TSUTAYAの袋を持っている。今から二人でDVDでも観ようとしていたのだろう。

「お兄、何やってんの？　恥ずかしいからやめてや」

呆れ顔の朋美が、周りを気にしながら言った。

商店街から外れてるとはいえ、通行人はいる。散歩中の柴犬が、アスファルトにしゃがみ込む俺の尻を臭おうとして飼い主に引っ張られていった。

二日連続の土下座。やっぱり呪われているに違いない。

「頼む。明日のライブに《マチルダ》で出てくれ」

「お兄の土下座なんて見たくないねん」

「ライブって何？」

成田がキョトンとした顔で朋美に訊く。

「よく知らんけど、お兄が業界の先輩のライブの責任を押しつけられてんねん」

「押しつけられてるわけやない。俺が手伝いたくて手伝ってるんや」

「なんで、オレたちに出て欲しいわけ？」

「客が全然入らないからやって」

「ふうん。箱はどこ？」

「昔、ウチらがお世話になったとこ……」

朋美が言いたくないのか、小声になる。

「もしかして、《浪へい》かよ」

「ウチが紹介してん」

「マジ？　オレ、久しぶりにあそこのハンバーグが食いてえよ！　出ようぜ！」

無表情だった成田がいきなり興奮する。

「ちょっと！　勝手に決めんとってよ！」

「だって、ハンバーグ食べたいじゃん。あ、朋美はオムライスだったよな。ヤバい、思い出したら涎が出てきたって」

「ダイナマイト・オムバーグっていう新メニューができてん」

俺はすかさず、ぶち込んだ。このチャンスを逃してなるものか。

「何だよ、そのヤバいネーミング！　朋美、ライブやるぞ！」

「前座やで？」

「関係ねえよ」

成田はハーフパンツのポケットからスマホを出し、電話をかけた。

「誰にかけてんの？」朋美が眉をひそめる。

「メンバーに決まってんじゃん」成田がウインクをして、繋がった相手に言った。

「オレだけど。今夜、大阪に集合ね。すぐに新幹線に乗るように皆に伝えてくれよな。何でかって？　熱いライブをやるんだよ！」

27

金曜日のストリップの前座がすべて終わったあと、俺のスマホに留守番電話が入っていた。

『明日のライブ、予約でいっぱいになったで。《マチルダ》も出てくれるんやろ？　あの子らに久しぶりに会えるのごっつ嬉しいわあ。ありがとうな、勇太君！』

留守番電話は《浪へい》の店主からだった。

あっという間の完売。《マチルダ》がライブに出ると情報を流してから数時間しか経っていない。

これが、メジャーの力か……。

俺は安堵感とともに、強烈な敗北感を味わった。返事すらくれなかった連中が、次々と『明日、行けるようになったわ』とか、『あの《マチルダ》を生で観られるなんて、めっちゃ楽しみ！』と手の平をくるりと返して連絡してきた。中には、『予定があるから《マチルダ》が終わったら帰ってもええかな？』という露骨なものまであった。

井手のバンドのＣＤやグッズを売るスタッフもすぐに見つかった。例の悪友だ。スタッフなら、チケット代を払わずに、《マチルダ》のライブが観られるからと立候補してきたのだ。

自分の力の無さに、自分自身を殴りつけたくなる。

無名は罪だ。無名であるがゆえに、周りに迷惑をかけてしまう。いくら実力があっても、いくら夢に向かう姿が正しく美しくても、無名だったら意味がない。

「座長、私たちも明日のライブ観れますかね？」

午後十時。《東洋ミュージック》の楽屋で帰り支度をしていると、踊り子たちと話していた赤星が戻ってきた。

「こっちの前座があるから厳しいかもしれんな」

「でも、座長は行くんですよね」

「終わってからタクシー飛ばして行くつもりやけど」

井手のライブは午後十一時からなので、《マチルダ》の前座は十時半からお願いしている。

「俺たちも行っていいですか？」

赤星だけでなく、その後ろに立つ火野とビーバー藤森までもが目をキラキラと輝かせている。

お前ら……プライドはないんか？

そう言いたかったが、彼らに俺の気持ちは伝わらないだろう。俺が、勝手にもがき、勝手に傷ついたのだ。

テレビに出ている有名人に会える。

そんなことで喜ぶなんて、一般人と同じではないか。しかし、無名な俺も傍から見れば一般人だぞと言われれば黙るしかない。

「立ち見やけどいいか？　それでもチケット代はかかるで」

「はい！　やったあ！」

赤星が嬉しそうに手を叩く。火野とビーバー藤森もガッツポーズをする。

「よかったな」

俺は砂を嚙むような気持ちを押し殺し、荷物を持って楽屋を出て行こうとした。三人の顔をまともに見ることができない。

「座長、帰るんっすか？」火野が意外そうに細い目をさらに細める。「冬音さんが今夜も飲みに行きたいって言ってましたよ」

「今日は、井手さんとコッヒーさんと明日のライブの打ち合わせがあるねん。早めに終わったら、そっちに行くからお前らで飲みに行ってくれ」

「オッケーっす。踊り子さんたちに朝までやってるお好み焼き屋に連れてってもらえるんで待ってます」

ウキウキしている《チームＫＧＢ》のメンバーを置いて、俺は楽屋を後にした。

無名は罪や……。

小便臭い廊下で、俺は俯きながら呟いた。

「なにはともあれ、チケットが全部売れたんは凄いことやで。井手さんも喜んでくれるやろ」

コッヒーさんが満足気にグラスのシャンパンを飲む。

「ありがとうございます」

三十分後、俺は心斎橋のクラブ《コリアンダー》のVIPルームでコッヒーさんと二人で飲んでいた。井手はまだ来ていない。

「でも、なんで勇太の妹が《マチルダ》のメンバーって隠しててん」

「いや……隠していたわけじゃないんですけど……」

正直、隠していた。売れていない自分と比較されるのが嫌だったからだ。

「業界内で解散の噂が流れてたけど違うみたいやな」

「そこらへんはよくわからないです」

おそらく、解散する。頑固な朋美は所属事務所には戻らないだろうし、要のボーカルの成田は朋美の味方だ。

「なあ、勇太。《マチルダ》をこの箱に呼ばれへんかな？」

「えっ？　でも、まだ機材が揃ってないんですよね」

「今月の末に全部揃うねん。再来月に《コリアンダー》の開店半年記念の大きなパーティーやろうと思ってんねんけど、妹さんにスケジュール訊いてや」

「俺がですか？」

「事務所に訊くと正規のギャラを取られるやん」

コッヒーさんがグラスを置き、ウインナーのような指でずり下がっているメガネを上げた。

「そうですね……」

「ぶっちゃけ、明日のライブの《マチルダ》のギャラはいくらなん？　当然、身内価格なんやろ？」

「まだギャラの話はできていないんすけど……俺は提示された額をちゃんと払うつもりです」

「マジか。ほんならノーギャラもありえるやんけ」

「さすがにそれはないですよ」

金欠の俺からすれば泣くほど助かるが、プライドが許さない。

「とりあえず、妹さんには〝顎足枕《あごあしまくら》〟は出すって伝えておいて。何やったら、明日のライブの打ち上げでオレから言ってもいいし」

「打ち上げやるんですか？」

「井手さんから聞いてへんのか。このＶＩＰルームでやるねん。井手さん、顔が広いから色んなミュージシャンやアーティストが集まるで」

打ち上げには集まるのに、ライブには来ないのか。

しかし、文句は言えない。小さい箱だと顔がさすから嫌がる有名人も多いだろうし、そもそも忙しくて深夜しか時間が取れないのだろう。

チャンスをくれたのはコッヒーさんだ。後輩として素直に感謝しなければいけない。

「打ち上げまで用意してくれて、ありがとうございます」

「勇太が頑張ってるから応援したくなるねん」コッヒーさんが、覗いているスマホから顔を上げずに言った。「井手さん、あと三十分後に来るみたいやな」

「わかりました」

時間的に、踊り子たちと《チームＫＧＢ》が盛り上がっているお好み焼き屋には行けなさそうだ。

「ちょっとヤバいな」

コッヒーさんが大袈裟に顔をしかめた。

「どうしたんですか？」

「井手さんの機嫌が悪いわ。文面でわかるねん。勇太、女の子用意できる？　二、三人でええから」

「い、今からですか？」

「井手さん、女好きやから機嫌直ると思うねん。ストリッパーとは仲良くなってへんの？　電話してみて」

「無理ですよ……」

「断られたら、それでええから。とりあえず、電話だけでもしてくれや。なあ、勇太。頼むわ」

コッヒーさんの口調は柔らかだが、有無を言わせぬ圧がある。メガネの奥の目も笑っていない。

「わかりました……かけてきます」

俺はソファから立ち上がり、ＶＩＰルームを出ようとした。

「おい、どこ行くねん」

「外でかけようかと」

「ここでええやんけ。地下やけど、電波は届いてるし」

信用されてないのか？　俺が外で電話をかけるふりをするとでも思っているのだろうか。まあ、たしかにそれもチラリと考えたが。

「はい……」

俺は座り直して赤星に電話をかけた。

『もしもし？　井手さんとの打ち合わせ終わりました？』

酔っ払って上機嫌の赤星が出る。

「そっちはどんな感じや？」

『めっちゃ盛り上がってますよ。ビーバーさんはいつもどおり寝てますけど。座長も早く来てくださいよ』

赤星の背後から踊り子たちの笑い声と叫び声が聞こえる。リリーか誰かがわざとらしい色っぽい声で、「ゆうた〜ん。はやくぅ」とふざけている。

「まだ、終わってへんねん。冬音さんに代わってくれるか」

『あ、はい。ちょっと待ってくださいね』

赤星が残念そうに言って、冬音を探しにいく。

「冬音っていうストリッパーか。セクシーそうでええやん。最高やん。井手さんのテンションも上がるな、これは」

コッヒーさんが一人でニヤニヤしながら呟いた。

『ヤッホー！　冬音だよー！』

完全に泥酔している冬音が出た。何があってもここには来て欲しくない。

「ふ、冬音さん、無理なら無理でいいんですけど」

『何？　何なのよー？　今のアタイに不可能はないわよ。プーチンだってお仕置きしちゃうんだから』

どこからプーチンが出てくるのだ。

「少しの間だけ、そこから抜け出せませんかね？」

『え？　どういうこと？　私とまたやりたいの？』

「違いますよ！　ちょっと、紹介したい人がいて……俺の先輩なんです」

『いいよん。場所はどこー？』冬音があっさりと承諾した。

頼む。断ってくれ。

「すいません……心斎橋にある《コリアンダー》っていうクラブです。ＶＩＰルームで待ってるんでスタッフに案内してもらってください。冬音さん、一人だけでいいんで、そっと抜け出してくださいね」

『ラジャー！』

軍人の返事みたいな馬鹿デカい声のあと、一方的に電話を切られた。

嫌な予感しかしない。こっちに来るまで少しでも酔いが醒めてくれ。

「ストリッパーと飲むのは初めてやなあ」コッピーさんが鼻の穴を膨らませる。「もちろん、エロいんやろうなあ」

「プライベートではどうなんですかね……」

俺はすでに冬音を呼んだことを後悔していた。生け贄を差し出したみたいな気分だ。

……何をやってんねん、俺は。

VIPルームの他の客は、我がもの顔で踏ん反り返って酒を飲んでいる。何もされてないのに見下されているようで居心地が悪い。

こいつらは、普段は何をしてるんだ？　どんな仕事をすれば、そこまで横柄な態度を取れるんだ？

それとも、俺も売れたらこいつらと同じ人間になってしまうのだろうか。

「聞こえたぞ。誰がエロいって？」

スタッフに案内されて、井手がやってきた。夜なのにサングラスをかけているから表情はわからないが、機嫌が悪そうには見えない。俺の隣に座り、鼻歌まじりで足を組む。ハーフパンツにサマージャケットを羽織り、どちらもひと目で高級ブランドだとわかる。革靴もヤバい。ゆうに十万円はするはずだ。

「お疲れ様です。井手さん、今から面白い子が来ますよ」

コッピーさんが井手の分のシャンパンを注ぐ。

「女？　ブスはNGだぞ」

「勇太が共演しているストリッパーです」

「へえ。脱いでくれんの？」

「さすがに脱ぐのは……」

「おいおい、そこは冗談でも全裸でセクシーなダンスしますって言えよ。つまんねえ奴だな」

井手が唐突にマジなトーンのダメ出しをした。真横にいるのに俺を見ようともしない。

間違いない。井手は俺に怒っている。

「とりあえず、乾杯しましょう！」

ピリついた空気を察知したコッピーさんが、慌ててグラスを上げた。

「イエーイ！　ストリッパーに乾杯！」

井手が急に明るく振る舞うが、情緒が不安定なのが恐ろしい。

十五分後、冬音が天草リリーと赤星を引き連れてVIPルームに現れた。

ひ、一人で来いって言ったのに……。

「ハロー！　エビバディー！」

追い返す間もなく、冬音が俺と井手の間に尻を割り込ませる。

「おー！　エロいね～」

冬音のピチピチのホットパンツとおっぱいが飛び出しそうなタンクトップに、井手が鼻の下を伸ばした。

「乾杯しようや！」コッヒーさんがここぞとばかりにシャンパンを掲げた。

「いっただっきまーす！」

そのシャンパンを天草リリーが奪い取り、とんでもない勢いで一気飲みを始めた。

ああ……終わった。

次の瞬間、限界を超えた天草リリーがマーライオンの如く、ゲロの虹を描いた。ゲロは狙ったかのように、井手のジャケットと革靴に直撃した。

28

泥のような眠りから覚めたとき、俺は風呂場にいた。服を着たまま、水の張っていない丸い浴槽をベッド代わりにしている。

また、やってもうた……。

慌てて起き上がろうとするが、頭がふらついてまともに立つことができない。

ここ、どこやねん？

まずは現状を把握するのが先決だ。風呂場には、ローションとビニールのマット、そして、いわゆる例の形をしたスケベ椅子がある。

明らかにラブホだ。

問題は、誰とどうやってここまで来て、どういう関係になってしまったかである。服を脱いでないので、最後の一線は越えてはいないと思うが、決めつけるのは早い。

俺はジーンズのポケットを確認した。スマホと財布と家の鍵はある。ひとまず安心だ。スマホで時間を確認したら、午前七時を過ぎたところだった。

待てよ。大事なことを忘れていないか？

天草リリー……マーライオン。

二日酔いが、吹っ飛んだ。昨夜、コッヒーさんのクラブ《コリアンダー》のVIPルームでの惨劇が鮮明に蘇る。

天草リリーが、お好み焼きと焼きそばのゲロをぶちまけた瞬間、冗談ではなく時間が止まった。

「な、何やってくれてんねん」

さすがのコッヒーさんも白目を剝き、銅像のように固まった。

「すいません!!」

俺はソファから飛び上がって天草リリーを突き飛ばし、テーブルのおしぼりで井手の身体に付着した残骸を拭き取ろうとした。

「いいから、いいから。気にすんな」

しかし、井手は仏のような笑みを浮かべて俺を制する。

「いや、でも服が……」

「服なんてどうでもいいよ。また買えばいいんだから」

「超渋いじゃーん！　男前じゃーん！」

これまた泥酔している冬音が歓声を上げる。

まさかの井手の反応に俺は混乱した。普通なら激怒してもおかしくない。張本人の天草リリーは、床でひっくり返ってイビキをかいている。

「乾杯しようぜ、コッヒー！」

井手が自分のシャンパンを飲み干し、空のグラスをコッヒーさんに渡す。

「は、はい」

コッヒーさんが慌ててグラスにシャンパンを注ぐ。俺は冬音と赤星のグラスをスタッフから受け取ってテーブルに並べた。

赤星はさっきからＶＩＰルームの雰囲気に圧倒されてるのか、酔っているせいなのか泣きそうな顔で俺を見ているだけだ。まったくもって使い物にならない。

「よろしく！」

井手が自ら音頭を取り、奇妙な飲み会が始まった。ゲロの臭いが充満して、こっちまで吐きそうになる。

他の客は文句を言うわけでもなく、さっさと退出し、ＶＩＰルームは俺たちの貸し切り状態となった。

「さあ、勇太に男を見せてもらおうかな」

井手が、新しいシャンパンの栓をポンと小気味良い音を鳴らして抜いた。

「は、はい？」

男？　どういう意味だ？

「景気づけにこれを全部飲むんだよ」

「いや……それは……」

シャンパンボトル丸々一本を一気するなんて自殺行為だ。誰だってわかる。

「勇太。頑張れ」

コッヒーさんが真顔で俺を見る。

絶対に断れへん空気やんけ……。

「一気！　一気！」

井手が俺にシャンパンボトルを押しつける。

やるしかない。コツは豪快に飲むフリをして、口の横から零《こぼ》すことだ。それでもシャンパンの泡が喉を直撃し、窒息しそうになる。

三分の二ほど飲んだところで限界が来た。これ以上粘ると第二のマーライオンになってしまう。

「私もー！　冬音、飲みまーす！」

冬音が立ち上がり、俺からシャンパンボトルを奪い取ってラッパ飲みをやり始めた。

た、助かった……。

冬音が俺を助けようとしたのか、ただ飲みたかっただけなのかわからないが、吐かずに済んだ。

「冬音ちゃん、カッコいいぞー！」

井手はさらにはしゃぐが、俺を一切見ようとしない。

「フィニッシュ！　ごちそうさん！」

シャンパンボトルをすべて飲み切った冬音がVサインをした。

まさに悪夢だった。結局、何本のシャンパンが空いたかわからない。

俺はラブホテルの洗面台の鏡に映る自分を見て溜息をついた。ゾンビよりも酷い顔色だ。

バスルームを出て恐る恐る部屋を確認する。

照明が落ちた薄暗い部屋の中、ベッドで人が寝ている。しかし、シーツに包《くる》まっていて誰かまではわからない。

俺はそっと近づき、シーツを少しだけ捲った。

「マジか……」

天草リリーが、大口を開けて爆睡している。しかも、黒い下着姿なのでシーツを首から下にかけ直す。

まさか、やってへんよな？

こっちは服を着ているけれど、天草リリーの下着姿の上の顔にはゲロの跡がない。臭いも残っていない。つまり、シャワーを浴びた確率が高いというわけだ。

……帰ろう。

天草リリーを起こさないでおこうかと思ったが、目を覚ましたときに一人だと見当違いの怒りを買うかもしれない。

俺は覚悟を決めて、天草リリーの肩を揺すった。

「ん？」

釣り上げられて陸に放置されたナマズみたいな顔で、天草リリーが半分だけ目を開けた。

「おはようございます」

「アンタ、何しようと？」

「あの……俺、先に帰るんで、まだ寝ていてください」

「勝手に帰り」

「お、お疲れ様です」

いつも通りの反応だ。この様子だと俺たちの間には何もなかったと見ていいだろう。

うん。きっと大丈夫だ。酔っ払った天草リリーを介抱しただけだ。

俺は無理やり自分に言い聞かせ、立ち去ろうとした。

「タクシー代はあると？」

「えっ？　ここどこですか？」

「谷九《たにきゅう》」

谷九とは谷町九丁目の略で、大阪の有名なラブホテル街だ。ラブホテルも多いがなぜか寺や神社が多く、エリアによっては、周りをぐるりとラブホテルに囲まれている鳥居もある。

ここからだと俺の家はなかなかの距離がある。電車で帰れば金はかからないが、体の疲れと二日酔いでＨＰ《ヒットポイント》が残っていない。

財布の中身を見て愕然となる。小銭だけで、五百円もなかった。

「リリーさん、すいません。二千円ほど貸してもらえませんか？」

天草リリーが枕元のハンドバッグに手を突っ込み、皺くちゃの一万円札を出した。

「アンタには借りがあるけん。これでええよ」

「借りなんてないですって」

「ウチより酔ってたくせに、ここまで連れて来てくれたけんね」

「記憶あるんですか？」

「途中から、ポッポッとね」

「赤星はどうなりました？」

「ウチが起きたときはおらんかったな」

「じゃあ、冬音さんは？」

「サングラスのオヤジにお持ち帰りされたんやない？　二人でどっか行ったまま帰って来んかったけん」

井手に？　嘘だろ？

俺も冬音と会ったその日に肉体関係を持ったけど……。

たしかに昨夜の冬音は、《コリアンダー》のＶＩＰルームに来たときからベロベロに酔っ払っていた。だとしても、あんなに露骨なスケベな態度で迫っていた井手の誘いに乗るなんて信じられない。

「一万円、お借りします。今日、《東洋ミュージック》でお返ししますんで」

「お礼の気持ちゃけん、返さんでもよかよ」

「そういうわけにもいかないんで……」

「ん？　アンタ、何を落ち込んどるん？　冬音がオヤジにやられたんがショックなんかい」

天草リリーが俺の顔を覗き込んでニヤけた。豊満な胸の谷間が嫌でも目につく。

「いや……別に」

「冬音はアンタの女でも何でもないやろ。それとも惚れてたわけ？」

「惚れてはなかったですけど、尊敬していました」

「ふうん。じゃあ、どうしてあんなくだらん飲み会に呼んだ？」

「……すいません」

「ウチに謝っても知らん。帰るんなら、さっさと帰り」

天草リリーがシーツに潜り、ヒラヒラと手を振った。

「やっぱり、このお金はいりません。歩いて帰ります」

俺は皺くちゃの一万円札をベッドの隅に置いた。

「アンタさあ。一体、何になりたいの？」

ゾッとする低い声で、天草リリーが言った。俺を軽蔑しているようにも憐れんでいるようにも聞こえる。

「俺は……映画監督になりたかったんです」

「過去形？」

「もちろん、そのために劇団やってるし、ガムシャラに頑張ってるつもりなんやけど……最近はどこに向かってんのか自分でもわからんくて」

「ウチもまともな生き方してこなかったから人のことは言えんけど」

天草リリーがシーツを撥《は》ね除《の》け、ベッドの一万円札を丸めて俺に投げつけた。

「偉そうな映画監督になる前に、漢《おとこ》になるのが先やろ」

球になった一万円札は弧を描き、俺の額に命中した。


午前九時。《ことぶき商店街》に戻った俺は、パン屋の前に立っていた。

店名は、《森のくまさん》で、どの街の駅にも一軒はある極めてオーソドックスなパン屋である。

自動ドアが開き、食パンを手に持った主婦が出てきた。店内に客は誰もいない。

「入って来い」

レジに立つ千春の父親がぶっきらぼうに手招きした。

「失礼します」

俺は唾を飲み込み、自動ドアを潜った。クーラーの冷気と焼けた小麦の香ばしい匂いに同時に包まれる。

「千春と別れたらしいな」

「はい……」

俺は背筋を伸ばし、真っ直ぐに千春の父親を見た。

「人の娘を散々振り回しておいて勝手な奴やの。何の用や？」

「商店街の人たちに、チラシを配ってもいいですか」

「チラシ？」

「俺の劇団が、《東洋ミュージック》で、めっちゃおもろい前座をやってること、ほんで、踊り子さんたちのダンスがエロくてカッコよくて最高やってことを宣伝したいんです」

「お前、正気か？　千春と別れてもまだ賭けは残ってるぞ。勝負の相手に協力をたのんでどうすんねん」

俺は大きく息を吸ったあと、息継ぎもせずに捲し立てた。

「勝っても負けても俺はこの街を出ていきます。勝負は関係なしに、一人でも多くの人にストリップを観て欲しいんです。だから、商店街の人たちを俺に紹介してください」

「この街を出て、どこ行くねん」

千春の父親は表情を変えずに訊いた。

腹が減った。この店の余ったパンをよく千春が持ってきてくれた。

久しぶりに食べたい。

俺はもう一度深呼吸をして、答えた。

「東京です」

千春と一緒に焼きそばパンを食べたい。

29

「お待たせー！　モッコリーヌよー！」

ビーバー藤森の雄叫びが《東洋ミュージック》に響き渡る。

九日目。土曜日の一回目のパフォーマンスは絶好調だった。

午後一時に、こんなに客が入るのは初めてだ。ステージからパッと確認しただけでも、半分以上客席が埋まっている。

ビーバー藤森が扮するピンクのTバックのオネエダンサー、〝モッコリーヌ〟のキレキレのダンスに観客たちが手を叩いて爆笑する。

ビーバー藤森だけではない。今日は、火野も赤星も調子が良かった。明らかにノッている状態だ。

特に、火野がウキウキしている。今朝も会うなり、「座長、《マチルダ》の成田くんのサイン貰えますかね」とせがんできた。コイツはキャラに似合わずミーハーなのだ。

それにしても……。

今夜の井手のバンドのライブに、《マチルダ》の出演が決まり、すべてが丸く収まったはずなのに俺の心境は複雑だった。

まざまざとメジャーの力を見せつけられ、自分の価値を思い知った。圧倒的な差に、打ちのめされた。

俺はこれまで自分のことを天才だと信じて疑わなかった。それなのに食えない現状に苛つき、色んな理由を並べて自己防衛に必死だった。

金がないから。コネがないから。大阪にいるから。

「アタシは踊ったわよー！　ヤクザたちは踊る度胸あんのー！」

モッコリーヌこと、ビーバー藤森が煽る。お決まりのフリだ。

「やったろうやんけ！」俺は、赤星と火野とステージに上がった。「ダンサブルなナンバーかけろや！」

違う。食えない理由はひとつだ。

知名度が低いからだ。

歌が下手なアイドルでも、演技が下手な俳優でも、ネタが面白くない芸人でも、人気があればテレビや映画に出られる。

つまり、日本のエンターテインメント業界の実力とは、知名度の高さなのだ。

俺は音楽の素人だが、《マチルダ》が音楽史に残るようなバンドでないことぐらいはわかる。嫉妬心を差し引いたとしても、曲も成田のボーカルも魂には響かない。

だけど、テレビに出た《マチルダ》を皆は求めている。急にライブに行くと言い出した俺の悪友や火野や赤星も《マチルダ》のファンではないはずだ。

結局は、テレビに出ないとアカンのか。

俺はげんなりした気持ちを押し殺してパフォーマンスを続けた。客にウケればウケるほど虚しさは増していく。

もちろん、有名にはなりたい。金も欲しい。

でも、それより前に、ちゃんとした目で実力を評価して欲しいと思うのは我儘なのだろうか。

この何日か、井手のために走り回り、《マチルダ》に頼った自分が情けなくなる。

俺も知名度に媚びてるやんけ……。

それが現実だ。オカンを説得するために、オッカマンの名前も使った。

成田の無邪気な顔がフラッシュバックする。

成田は久しぶりに洋食を食べたいというだけで、前座を引き受けた。付き合いはないがわかる。奴は金や下心では動かない。純真な子供のように己に素直に生きている。

俺はそんな成田に、強く嫉妬していた。今夜は、《マチルダ》のステージを直視できそうにない。

客席からの拍手で我に返った。いつのまにか、ヤクザのダンスが終わっていた。

「見世物ちゃうぞー！」

俺の台詞に、客席がさらに沸く。

こんな俺が、果たして東京で勝てるのか？

何の武器も装備せず、モンスターだらけのクエストに出発するみたいなものだ。間違いなく、俺たちのパーティーは全滅する。

まだ見ぬ恐怖に、俺は金玉が縮こまったままステージを降りた。

楽屋に戻ると冬音が満面の笑みで待っていた。

「たこ焼きがあるよ。熱いうちに食べて」

冬音のファンの差し入れだ。毎日、何かと俺たちに食べ物を届けてくれる。

「やった！　いただきまーす」

「ちょうど腹減ってたんっすよ」

赤星と火野が歓声を上げて、たこ焼きが入っているビニール袋に群がる。

「僕の分も残しておいてな！」

ビーバー藤森は、ネコ舌なので、冷めるまで静観するしかない。

「ほんまや、アツアツや」

赤星が割り箸で摘んだたこ焼きから湯気が出ている。

冬音のファンは、俺たちに出来立てのものを食べさせるために、わざわざタイミングを合わせて買ってきてくれたのだ。それなのに、本人たちは恩着せがましく楽屋に顔を出したりはしない。

「勇太君も食べてね」

冬音が割り箸を渡してくる。

「ありがとうございます。でも、毎回、ご馳走になってもいいんですかね？」

「いいのよ。あの人たちは好きでやってるんだから」

「皆さん、お仕事は何をしてるんですか」

俺は前から思っていた疑問をぶつけた。

常連ファンの三人組は、冬音のスケジュールに合わせて全国を回っているという。金も相当かかるはずだが、羽振りはいい。

「仕事？　知らない」

冬音があっけらかんと答える。

「地主とかですかね」

ビーバー藤森が真顔で答える。

「そういうことはあまり深く考えなくてもいいんじゃない？　私たちはパフォーマーらしく、堂々としてなくちゃ逆に失礼よ」

冬音の意見に俺たちはポカンと口を開けた。

「失礼……なんですね」

俺は三人の冬音のファンの顔を思い出しながら呟いた。

冬音が踊っているときに、ステージの袖から見ると三人の男たちは宝物を見るような目をしている。スケベ心が微塵もないのが不思議でしようがない。

そして、曲に合わせて手作りのテープを冬音に向かって投げる。タイミングも抜群だし、冬音のパフォーマンスを邪魔しないように、ステージ上の宙に舞ったテープを、網を引く漁師の如く一瞬で巻き戻す。

冬音曰く、ストリップ劇場では客同士の間に厳格なルールやマナーがあり、テープに関しては贔屓の踊り子さんにしか投げてはいけないらしい。

「アイドルのファンと一緒よ。ファンはアイドルを応援して自分が支えたいの。CDに握手券付けるのとか批判されがちだけど、私はいいじゃんって思う。ファンたちはそれで愛情を伝えたいんだもん。だから、パフォーマーは支えてもらうのも立派な仕事なのよ」

「たしかに……」

目から鱗だった。俺は客を喜ばせることしか頭になかった。

よく考えれば当たり前のことではないか。ファンの支えなしでは、どんなパフォーマーも生きていけない。プロ野球だって、客がいなければ草野球だ。

「アタシたちが支えてもらうにはどうすればいいですか？」

赤星が、真剣な目で冬音に訊く。

「簡単よ。次の前座は私の言う通りにしてみて」

冬音が自信満々で胸を張り、色気たっぷりのウインクをした。


午後三時半。土曜日、二回目の前座が始まった。

「一生懸命頑張って歌うのでよろしくお願いします」

弱々しいキャラを演じる学生服姿のビーバー藤森がステージでぺこりと頭を下げる。お馴染みの《TM NETWORK》の曲がかかった。

客入りは一回目と同じぐらいで、リピーターもチラホラいる。ビーバー藤森が歌い出しただけでクスクスと笑い声が起きる。

ホンマに大丈夫なんか……。

俺は不安な気持ちを押し殺し、赤星と並んで客席の端に座っていた。

今から冬音のアドバイスを実行する。ハッキリ言って半信半疑だが、試してみる価値はある。もし成功すれば、《チームKGB》がブレイクスルーするきっかけになるかもしれない。

「やめろ、やめろー！　てめえ、さっきから何やってんだー！」

チンピラ役の火野が立ち上がり、ズカズカとステージに向かう。

ここまではいつもと変わらない。ブチ切れる火野に俺と赤星が絡み、花道を挟んで喧嘩を始める段取りだ。

俺は頃合いを見計らい、火野を怒鳴りつけた。

「こらっ、チンピラ！　劇団の兄ちゃんが頑張っとんねん。黙って見とかんかい！」

いかつい声を出しながら、膝が震えそうになる。

パフォーマンス中にチップを貰うこと。

それが冬音のアドバイスだった。

踊り子さんたちは原則的におひねりの類いは貰っていない。ショーのあと、一緒にポラロイド写真を撮り、それを買ってもらうことでチップ代わりにしているからだ。

ということは、劇団の前座がチップを貰うことは果てしなく難易度が高い。

ファンに支えられる。

今の《チームＫＧＢ》に足りないものだ。俺を含め、メンバー全員が妙なプライドを持っていて甘えることができない。なるべく、人に媚びずに成功したいのだ。

媚びるのと甘えるのはどう違うのだろうか。

チンピラの火野とヤクザの俺の絡みが終わり、いよいよダンスパートに突入する。

「こうなったのも劇団の兄ちゃんのせいや！　けじめつけんかい！　ここはストリップや、脱いで踊らんかい！」

俺の煽りで、ザ・ナックの《マイ・シャローナ》がかかる。モッコリーヌの登場ナンバーだ。

オドオドして学生服を脱ぐビーバー藤森の顔つきが妖艶に変わっていく。妖艶ではあるが、元の顔がロバに似てるから気持ち悪い。

ピンクのＴバックとぷりんとした尻が剝き出しになる。

「モッコリーヌよー！」客の歓声を受け、キレキレのダンスをしながら円形ステージに乗り、四つん這いになった。「アタイのパンティーに、おひねりカモーン！」

客がさらに笑った。さっそく、バッグから財布を出している人までいる。

どういうことやねん？　こっちは金を要求してるんやぞ。

俺たち三人は踊りながら呆気に取られた。

四人の客が円形ステージを囲み、折りたたんだ千円札をモッコリーヌのＴバックに挟んでいく。

それは、俺たちからすればありえない光景だった。千円はアルバイトで稼いでいるビーバー藤森の時給と同じ額である。

ほんの数十秒で、四千円。

決して安くない入場料を払ってるのに、なんでや？

「もっとよ！　もっとマネーをちょーだーい！」

モッコリーヌが雄叫びを上げる。

《チームKGB》の中で、何かが大きく変わった瞬間だった。


「どう？　私の言ったとおりでしょ？」

楽屋に戻るとドアの前でバニーガールの衣装を着た冬音が待っていた。チップを握りしめる俺たちを見てニヤついている。

「ありがとうございます」

「私にお礼はいらないから、ファンにパフォーマンスで返してあげてね」

手を振り、バニーが去っていく。脚が長い冬音にぴったりの衣装だが、見惚れる暇もない。手の中の金のことで頭が一杯だ。

「いくらあるか数えよう」

楽屋に入り、チップを並べる。

千円札が六枚に、小銭もかなりあり、合計は一万三千二百円だった。

「四人で分けよう」

「いいんですか？」

一番歳下の赤星が目を見開く。

「毎回、チップは四等分や。分けてくれ」

狭い楽屋で四人だけになり、ようやく高揚感を味わえた。一人頭、三千三百円でもそれ以上の価値がある。

「座長、前座やってよかったっすね」

戦利品を前に、火野が細い目を瞬《また》かせた。

「……そうやな」

心の整理はつかないが、とりあえずは素直に喜ぶべきなのだろう。

俺は頭を切り替え、スマホを取った。夜のライブのことで、朋美に連絡をしなければならない。

留守電が一件、入っていた。履歴を確認すると井手からだった。

俺は迫り上がってくるため息を飲み込み、電話をするために楽屋を出た。

留守電を聞きたくないが、逃げるわけにもいかない。

また無理難題を吹っかけてこなければいいんやけど……。

『あのさ、お前の態度が気に入らないからライブやらないわ』

井手の冷たい声が、スマホから響いた。

30

俺は御堂筋でタクシーを飛び降り、猛ダッシュで心斎橋商店街を横断した。アジア人の観光客にぶつかりそうになり、謝りながらまた走った。

どういうことやねん！

突然の井手からのライブ中止宣言に、俺は完全にパニック状態だった。留守電を聞いたあと、すぐに電話をかけたが、井手には繋がらなかった。コッヒーさんも電話に出てくれなかったので、留守電とメールで緊急事態だと伝えた。

とりあえずは、ライブ会場を提供してくれた浪へいさんに事情を説明して謝罪するのが先だ。

俺は汗だくで、鰻谷にある《浪へい》の前に着いた。

ランチタイムが終わったのか、ドアには準備中の札が出ているが、店内に人の気配はあった。外までデミグラスソースの香りが漂っている。

「失礼します」

俺は勝手にドアを開けた。鍵はかかっていない。

うわっ……。

店内に入ってすぐに目を覆いたくなった。奥のステージにドラムセットが組まれているではないか。テーブル席の椅子もすべてステージが観やすいように並べ直されている。

そして、極めつけはカウンターの上の黒板だ。《今夜だけの特別メニュー！　メガトンカツカレー！》とダイナミックな字で書かれていた。

浪へいさん、めっちゃ張り切ってる……。

わざわざ、メガと名乗るのならデカいか分厚いかのどちらかだろう。久しぶりに《マチルダ》がやって来るので嬉しいのだ。

腹が痛くなってきた。今さら中止だなんて浪へいさんに合わせる顔がない。

「お！　勇太くんやないか！」

太くてよく響く声に、全身が硬直してしまう。

「ずいぶん、早いやないか。リハは十九時からやろ？」

キッチンの奥から浪へいさんが登場した。相変わらず頭は禿げ上がり、上半身がマ

橋筋

ッチョというアンバランスな出で立ちである。

「お、お疲れ様です」

「井手さんから連絡ないんやけど、リハは時間通りでええんかな」

「そのことなんですけど……」

俺はニコニコと笑う浪へいさんを直視できずに俯いた。

「どしたんや？」

「すみません」

「やっぱり、《マチルダ》があかんようになったんか？　事務所がNG出したんやな」

「いや……そっちではなしに井手さんの方が……」

「ん？　どういうこっちゃ？」

「ライブはしないと言われました」

「何でや？」

浪へいさんから笑顔が消えた。

「理由はわかりません。留守電で俺の態度が気に入らないって本人から言われたんですけど、連絡が取れないんです」

「怒らせたんか？」

「思い当たるフシはないんですけど……」

怒らせるも何も、今日のライブのために俺は駆けずり回っていたではないか。昨夜、コッピーさんのクラブ《コリアンダー》で会ったとき、たしかに井手は俺に対して冷たい態度だったが……。

まさか、冬音が何かしたのか？

今朝、ラブホテルで天草リリーから、冬音が井手に〝お持ち帰り〟されたと聞いた。だが、《東洋ミュージック》で冬音と会ったとき、あまりにも普通の様子だったので何もなかったんだと安心し切っていた。

「今夜のライブ、どうすんねや。《マチルダ》だけでやるんか？」

「それは……」

前座で、二、三曲でいいと言っていたのに、急にメインで頼むのはあまりにも筋が違い過ぎる。朋美はまだしも、変わり者で天才肌の成田はヘソを曲げてしまうだろう。

最悪の事態は、《マチルダ》の出演がなくなることだ。予約客のキャンセルが相次ぐのは目に見えている。

浪へいさんもそれがわかっているから、厳しい表情なのだ。

「今回の責任者は誰や」

「……俺です」

いつの間にか、俺になっていた。売れっ子放送作家の井手に気に入られたいために、率先して動いてしまった。

「ほな、もし、何かあったら君が全部被《かぶ》るんでええな」

浪へいさんが、商売人の目で俺をジロリと睨んだ。

「わかりました」

今夜、捌けるはずだった料理やドリンク代、総額でいくらになるかわからないが、そう答えるしかない。

「とりあえずは仕込みの続きするわ。食材が無駄になるかもせえへんけどな」

浪へいさんが投げやりな言い方でキッチンへと戻る。俺を見ようともしない。

「すいませんでした」

俺は、浪へいさんの逞しい背中に頭を下げた。当然、振り返ってはくれなかった。

店を出て、トボトボと心斎橋駅まで歩いた。本当は歩いている暇などないのだが、気力が残っていない。

まるで、底なし沼だ。もがけばもがくほど沈んでいく。

どこで道を誤った？　そもそも、ストリップの前座を断ればよかったのか？

過去を悔やんだところで、何も意味がないとわかっていてもつい考えてしまう。

東京どころやないやんけ……。

俺は呆然として、心斎橋の駅前を行き交う人を眺めた。

誰も俺を知らない。この街よりも遥かに人が溢れる東京で、どうやって生き残ればいいのか。

スマホが鳴った。慌てて、短パンのポケットから取り出す。

井手ではなく、コッヒーさんだった。

「お、お疲れ様です」

『勇太。井手さんと話ができたで』

「マジですか？　何て言ってました？」

『めっちゃ怒ってはるわ』

「俺の何が気に入らないんですか？」

『とりあえず、謝ったほうがええな』

「何に怒ってるかわからないと謝りようがないですよ！」

『元々、ナイーブな人やから。オレは勇太が頑張ってるのは知ってるけど、誤解を招いたかもしれへんなあ』

コッピーさんが、子供を宥めるみたいな口調で言った。

「そうなんですか……」

誤解と聞いて、少しホッとした。まだ挽回の余地はある。

『井手さんのプライドもあるから怒りの直接的な原因は言わないけど、たぶん、《マチルダ》がキレてる理由やと思う』

「えっ？」

まさかの意見に耳を疑った。

『勇太は井手さんのライブに客が入らへんから妹に頼んで《マチルダ》に出てもらおうとしてるんやろ』

「はい……」

『じゃあ、《マチルダ》を目当てで来た客が、井手さんのバンドの演奏をちゃんと聴くと思うか』

「思いません」

俺は正直に答えた。下手すると、《マチルダ》が終わると帰る客もいるかもしれない。《チームKGB》の前座だけを観て、踊り子さんのパフォーマンスを観ない客と同じやん……。

ここまで追い詰められて、初めて天草リリーの気持ちがわかった。

天草リリーは、俺たちに怒っていたのではない。潰れそうなストリップ劇場のために、何とかしようと自腹を切ってまで努力した冬音にムカついていたのだ。

誰かの美しい努力は、立場の弱い誰かを傷つけてしまう。

『井手さんに集客力がないって言ってるようなもんやろ』

「ほんまですね……今からでも、《マチルダ》を断った方がいいですかね」

『それは違うで。もっとやり方があったはずや。《マチルダ》が井手さんのファンやから前座をやりたいとか言えば、井手さんのプライドも保てたやん』

「嘘になるじゃないですか」

『勇太。嘘をつかない商売なんてないねんで。オレは長年飲食店やってるけど、どの店も当たり前にゴキブリやネズミが出る。だからと言って、馬鹿正直にそのことを客に伝えるか』

「……伝えません」

『やろ？　誰も傷つかへんで皆が幸せになるんやったら、どんどん嘘ついてもいいと思うけどな』

「たしかに、俺の気遣いが足りませんでした」

『わかってくれるか。まず、メールで井手さんに謝罪してくれ』

「はい」

俺はモヤモヤとした気持ちを無理やり抑え込んで返事した。

もちろん、コッヒーさんの言っていることは理解できる。井手のご機嫌を取れなかった俺が世間知らずだった。

でも、決まっていたライブを投げ出すなんて、あまりにも酷い。大の大人がやることだろうか。

『オレは勇太の空回りは嫌いじゃないで』

「ありがとうございます。頑張ります」

電話を切り、何とか胸のモヤモヤを消そうとした。

そう簡単に消えないが、時間もない。一刻も早く井手に機嫌を直してもらい、ライブを成功させなければ。

《井手さん。お疲れ様です。今回の件は俺の一人よがりと未熟さで不快な思いをさせてすみませんでした。井手さんのライブを楽しみにしているお客さんもいます。俺も精一杯盛り上げますので、どうかライブをやってください！　よろしくお願いしま

す！》
こんな感じで大丈夫だろうか。メールでちゃんと謝ったことなどないから判断ができない。
俺は、戸惑いながらも井手にメールを送った。
一息つく暇もなく、本人から返信がきた。三分も経っていない。
早い……てか、電話はしてくれへんのか。
《こっちのバンドの交通費と滞在費、売れる予定だったグッズとCDを買い取ってもらうから。ライブはやらない》
メールを開いて、顎が外れそうになった。
意味がわからない。なんで、俺が金を払わなければいけないのだ。
慌てて井手に電話をしたが、速攻で着信を拒否された。
《君と話すことはない》
《明細と銀行口座はコッヒーに伝える》
何でやねん……。立て続けに送られてくるメールに頭が真っ白になる。
《俺が払うんですか》
《言葉だけの謝罪には意味がない。キチンと誠意を見せてもらう。来週までに払わな

ければ、こっちは弁護士を立てるつもりだから》

弁護士？　洋食屋のライブができなかっただけで？

《急には払えません》

《これ以上怒らせないほうがいいよ。業界で干されたくなければね》

アカン！

俺は、震える指でコッピーさんにかけ直した。

『どうしてん？』

「あの、井手さんに謝罪したんですけど、激怒してます。バンドの交通費とかグッズ代を請求されたんですけど」

『そらそうやろ。迷惑をかけたんやからな。それで許してもらえるんやったらええやんけ』

「えっ……」

コッピーさんの突き放すような口調に、言葉を失った。

『自分のケツは自分で拭けよ。オレはチャンスを与えてやっただけやし。相手がホンマは何を求めているか見極められんかったんが悪いねん。お前はいつも自分がやりたいことが出過ぎや。相手あっての商売やってこと忘れてるやろ』

「……すみません」

俺は茫然自失で、何に対して謝っているのかすらわからなかった。

ビーバー藤森扮するモッコリーヌが、《東洋ミュージック》の円形ステージで四つん這いになっている姿がフラッシュバックする。円形ステージを囲んだ客は、嬉々として折り畳んだ千円札をTバックに挟んでいた。

相手がホンマに何を求めているか。アホな俺は何も考えずに突進してしまう。だけど、神様。しっぺ返しにしては代償が大き過ぎへん？

31

「勇太ちゃん、そんなの払っちゃダメだよ。そいつ、ぶっ飛ばそうよ」

ドレッドヘアのアキちゃんが薄汚い口ひげをヒクヒクと震わせた。目が完全に据わっている。

あと三十分で、土曜日の三回目の前座が始まるが、俺は誰とも顔を合わせたくなくて、四畳半の照明室に逃げ込んでいた。しかし、いつも五分前にしか姿を現さないアキちゃんがふらりと部屋に入ってきたのだ。お茶っ葉のアルミ缶を片手に持っていたから、一服キメるつもりだったのだろう。

俺はつい愚痴を聞いて欲しくて、アキちゃんに井手との一件をブチまけてしまった。《チームKGB》のメンバーや冬音には、何から話をすればいいのかもわからない。特に冬音は、井手とどういう関係になったのか気になり過ぎて目が泳いでしまって挙動不審になるだろう。

「そいつの名前なんだっけ?」

アキちゃんが細い指をポキポキと鳴らして凄む。

「井手さん」

まだ、〝さん〟をつける自分に苛ついた。

どうやって、井手に金を払えばいいのか。いや、俺が払わなくちゃいけないのか。やっぱり、納得できない。コッヒーさんは、「それで許してもらえるんやったらええやんけ」と言っていたが、本当にそうなのか。

コッヒーさんは、俺の味方だと思っていた。でも、違った。俺が知っているコッヒーさんより、遥かに世渡り上手な大人だった。

だからこそ、商売で成功したんやろうけど……。

俺が憧れていたコッヒーさんは、後輩を手懐けるためのキャラ作りだったのだ。

「ボコっちゃおうよ。後ろから襲えば余裕だって。バット使うなら少年野球用のがいいよ。軽くて使い易いから」

「暴力はナシやって。そんなことしても、何の解決にもならへんやん」

俺は物騒な発言をするアキちゃんを宥めた。

「そいつのバックにヤバい連中付いてる？　そいつの名前何だっけ？」

「だから、井手」

「井手ね。覚えにくい名前しやがって」

どちらかと言えば、覚え易いだろう。マズい。アキちゃんは酔っているか、キマっている。目が据わっているのはそのせいだ。

「アキちゃん、聞いてくれてありがとう。この話は誰にもせんとってな」

「ギャングの先輩を紹介しようか？　五万で半殺しにしてくれるよ」

「暴力はあかんって！」

埒《らち》があかないので俺は部屋を出た。

……いつまでもヘコんでる場合ちゃうやろ。

井手がライブに出ないことを《浪へい》と《マチルダ》に連絡しなければならない。

楽屋に戻ると、《チームＫＧＢ》と冬音が馬鹿話に花を咲かせていた。

「ビーバー君ってそんな天然ボケなの？」

タンクトップとホットパンツ姿の冬音が訊いた。胸元と太ももが眩しい。

この体を井手が……。

自分のことは棚に置き、ムカついてくる。そもそも、俺は泥酔していたので冬音との夜をほとんど覚えていなかった。

「普通の天然じゃないんです。国宝級なんです」

赤星が嬉しそうに説明を始めた。彼女は自分の話をされるのは嫌うが、他人を小馬鹿にする話が大好きだ。

「ビーバーはエピソードの宝庫っすよ」

本人もエピソードだらけの火野が合いの手を入れる。

話題の中心のビーバー藤森は、楽屋の隅でなぜか正座しながら、白目を剝いている。起きているのか寝ているのかわからない状態だ。

「どんなの？　教えて、教えて！」

冬音が嬉しそうに手を叩く。

どこまで無邪気な人やねん……。

だからこそ行動に迷いがなく、突っ走ってしまう。俺とはまた種類の違う暴走キャラだ。

冬音は金や名声を求めていない。シンプルに自分が自由に踊る場所が欲しいだけだ。

でも、俺は真似できない。

俺には果てしない欲がある。俺の才能を早く世の中が認めて欲しい。それに見合うだけの評価と報酬が欲しい。カッコ悪いとわかっていても、俺は強く求めてしまう。

「ビーバーさん、童貞なんですよ」

赤星が、馬鹿話を続ける。

「モッコリーヌなのに？　宝の持ち腐れじゃない」

冬音もさらにノリノリになる。

「だから、可愛い女の子に勧誘されるとコロリと騙されて、難波の駅前で三百万円の絵を買わされたんです」

「マジ？」

「フリーターなのにローン組まされて、結局、その勧誘の子とは一回しかデートできなかったんですよ」

他人の不幸話をするときの赤星の顔はキラキラと輝いている。

もちろん、ビーバー藤森がわけのわからない絵を買わされた事件は知っている。当時は劇団を始めたばかりだった。駅前で、アイドルみたいな女の子に「近くで絵の個展やってるんです」と誘われ、怪しいビルにホイホイとついて行ったら、スーツ姿の強面のおじさんたちに囲まれて契約させられたのだ。

ビーバー藤森はそのローンを払い続けているので生活がとてつもなく苦しい。イルカの絵らしいが、そのイルカを見ると悔しさで眠れなくなるので飾らずに段ボールの中に入れたままなのがまた悲しい。

「三百万円もあれば、スーパー高級なソープランドに何回も行けるのに!」

冬音が本気のトーンで言うが、本人は寝ているのでまともに返事もしない。

「ビーバーさん、風俗でも酷いボッタクリにあったんですよ」赤星がさらにニコニコ顔になる。「西中島南方で呼び込みに五千円ポッキリって誘われて。店の中で、ビーバーさんと女の人が裸になった時点で五万円だって言われて。そんな金ないってゴネたら店の強面のボーイに服を取り上げられて、全裸で帰るか銀行で金を下ろすか決めろって脅されたんです」

「可哀想に。トラウマになっちゃうね」

同情しながらも、冬音がケタケタと笑う。

「そういう赤星もなかなかのエピソードを持ってるっすよ。ねえ、座長?」

火野に同意を求められた。

「お、おう」

どう返せばいいのかわからず、引き攣った顔になる。

「何で、アタシの話になるんですか」

赤星が抵抗するが、もう遅い。他人の悪口は因果応報のブーメランで、自分に返ってくるのだ。

「え！　聞きたい！」

冬音が、また手を叩いてはしゃぐ。

「赤星、結婚詐欺に遭ったんっすよ」

火野が調子に乗って語り出す。

「彼氏が詐欺師だったの？」

冬音が早くも身を乗り出して食いつく。

「コントライブの中で、罰ゲームとして婚活パーティーに強制参加させられたんっすよ」

「マキちゃんが？　面白過ぎる！」

赤星は辛口キャラだが男に対して免疫がなく、難儀な性格なのでなかなか彼氏ができずにいた。八〇年代の洋楽を愛していて、好きなタイプは、フレディ・マーキュリーなのだ。そんな日本人はどこにもいない。

コントライブでそのことをいじり、武勇伝作りに婚活パーティーに潜入させたというわけだ。

「そこで出会った実業団のバレーボールのコーチと付き合うことになったんすけど、実業団のチームのホームページを座長が調べても名前すらないんっすよ」

「コーチだったらありえるんじゃない？　ホームページに名前がなくても怪しくはないわ」

「でも、出会ってすぐに家のトイレが壊れて水浸しになったからって、赤星の部屋に転がりこもうとしたり、一緒にニューヨークに行きたいから旅費を預かるとか言ってきたんっすよ」

「怪しさ全開ね」

冬音が大袈裟に顔をしかめる。

「だから、座長が男の身元がハッキリとわかるまで体を許すなと赤星にアドバイスしたんです」

「勇太君、えらーい！」冬音がバシバシと俺の背中を叩く。「どうやって、その男が詐欺師と判明したの？」

「男が逮捕されてニュースになったんです」赤星が苦虫を噛み潰した表情になる。

「アタシ以外にも騙された女の人がたくさんいてたんです。アタシは一文も取られてないんですけど、何百万円も渡したり、結婚できると信じて妊娠してしまった女の人たちが被害者の会を作ってたんです。ニュースで男の顔写真を見たとき、怖くて腰が抜けそうになりました」

「被害がなかったんだからラッキーと思わなきゃ！　火野君はエピソードないの？」

冬音が火野に振った。全員が不幸話を披露しなければならない流れだ。

「火野さん、ヘソが臭すぎて彼女にフラれたんですよ」

赤星が反撃に出る。

「それが原因じゃねえって」

「待て。俺のエピソードが先や。ビーバーも起きてくれ」

我慢できず、話に割って入った。これ以上は劇団のピンチを先送りにはできない。

「勇太君、どうしたの？　顔が怖いんだけど」

冬音が半笑いで首を傾げる。

「今夜のライブ、中止になるかもしれん」

「はい？」

目が覚めたばかりのビーバー藤森が、状況が飲み込めずに目を瞬かせる。

「ライブって……《マチルダ》のですか？」

赤星と火野もポカンとした顔で俺を見た。

「そうや。メインの井手のバンドが出演を降りた」

「なんでっすか？」

「井手が……俺の態度が気に食わんくてキレてん」

「座長は箱のブッキングを手伝っただけですよね？」赤星が露骨に眉をひそめる。

「座長のおかげで《マチルダ》も来るからライブが盛り上がるのは間違いないのに」

「俺がガキやったみたいや」

俺は掻い摘んで一連の出来事を説明した。話が進むにつれ、楽屋の空気がどんどん重くなる。俺が、井手から金を要求されたくだりでは、赤星が涙ぐんだほどだ。

「井手、ムカつくんだけど！」冬音が、話を聞き終えた途端額に血管を浮かべた。

「小さい男！　チンコも小さかったけどね！」

冬音の発言に、全員が怒りながらも頭上にクエッションマークを浮かべた。

「冬音さん……井手とヤったんですか」

俺は、堪え切れずに訊いた。

「うん。ヤったよ」

あっさりと冬音が答える。恥じらいや後悔はまったくなく、「うどんを食べたよ」と変わらないぐらいの軽さだ。

《チームKGB》の三人は、どう反応していいかわからず、無表情で固まっている。

「何でヤったんですか？」

「何で？」冬音が肩をすくめる。「勇太君がそれを望んだんでしょ？」

「はい？」

「井手のご機嫌を取るために、クラブのVIPルームに私を呼んだんじゃないの？井手が自分は有名な放送作家で、勇太に仕事を任せたいと思ってるって言ってたわよ」

「お、俺のために井手と寝たんですか？」

「そうよ。《チームKGB》が、前座で私の仕事場を盛り上げてくれているお礼をしたかったの」

「そんなことしなくても……」

「だって、勇太君も私とセックスしたから、前座の仕事を受けてくれたんでしょ？」

冬音が真顔で言った。責めるのではなく、悲しげな目で俺を見る。

すぐに答えることができなかった。劇団員たちの視線が俺に突き刺さる。一瞬で喉がカラカラに渇き、膝から下の感覚がなくなった。

この場から逃げたい。いや、今すぐ消えてなくなりたい。

「ねえ、そうでしょ？　違うなら、ちゃんと言葉にして」

それでも俺は黙ったままだった。

売れない劇団が、ストリップ劇場の前座をすることで少しでも話題になればいいと思っていた。有名なお笑い芸人たちが下積み時代に同じようにストリップの前座で腕と度胸を磨いた武勇伝にも憧れていた。

そこに嘘はない。

ただ、酔った勢いで冬音と関係を持ち、依頼の詳細を確認しないまま、受けてしまったのも事実だ。

「座長、答えてください」

赤星が震える声で言った。

「オレたちは、ちょっと外に出ようか」

火野が赤星の腕を掴み、強引に楽屋の外に連れ出した。ビーバー藤森は、バツの悪そうな顔でちらりと俺を見て火野たちのあとに続いた。

　冬音は腕組みをして、俺を睨んでいる。

「私の体は私のものだから、どう使おうと勝手じゃない？　目的のために手段は選ばないわ。私が井手とヤることで、勇太君が大きな仕事をゲットして、誰にも文句を言わせないぐらい売れて欲しかったの。私の自慢になって欲しかったの。君には才能がある。でも、心が弱くて甘いわ。君が立ち向かおうとしている世界は、綺麗事では生き残れないのよ。プロは結果がすべてだから。コネだけでも、枕を使っても、売れたら勝ちなの。どれだけ努力しても、どれだけ素晴らしい作品を生み出しても、売れなきゃ負けなの」

「……すみません」

「お願いだから、勇太君は勝って。負けて散っていった者のために、君には勝つ責任があるの。勝って、勝ちまくって、君が関わってきた人のおかげで今の自分があると胸を張って。そしたら、負けた私も……」

　そこで、冬音が泣き出した。俺を睨んだまま、嗚咽を漏らす。

「すみません」

　俺はもう一度謝り、誓った。

「絶対に勝ちます」

32

午後十時半。鰻谷の《浪へい》で、《マチルダ》の前座が始まった。

ギターボーカルの成田が狭いステージのセンターに付き、鼻をヒクつかせる。

「ヤバいね、このデミグラスソースの香り。腹が減ったよ」

固唾を飲んで見守っていた客たちが、ドッと笑い声を起こす。

たった一言で観客の緊張をほぐし、場を支配した。

俺は客席の一番後ろの壁にもたれ、《マチルダ》のパフォーマンスを眺めていた。

当然、満席で立ち見も数多くいる。早くも会場の酸素が薄くなるほど、熱気に包まれていた。

「久しぶり。大阪に帰ってきたよ」

成田がはにかむような表情で言った。何人かの女性客が黄色い歓声を上げる。

すぐにドラマのタイアップで使われた代表曲のイントロが鳴った。朋美がキーボードで切ないメロディを奏でる。

客席が一気に沸騰した。興奮と感動がビシビシと伝わってくる。

くそっ……全然、違うやんけ。

俺の劇団では起こすことができない感情だ。音楽と演劇コントの差と言ってしまえばそれまでだが、《マチルダ》と《チームＫＧＢ》には埋められない何かがある。有名無名も関係ない、決定的なものだ。

華《はな》なのか。

努力では手に入らない。持って生まれた才能でもない。

その正体は、誰も説明できない。

ある日、突然、輝きを放つ奴が現れる。覚醒したと言うべきか。売れたから華が出たのか、華があるから売れたのかもわからない。

成田がハスキーな声で唄う。

「子宮に響きますね」

隣でウットリしている赤星が呟いた。火野とビーバー藤森も壁際で立ち見をしている。

曲がサビに入り、成田が目を閉じ、声を張り上げた。

一瞬で俺の全身の毛が逆立った。

去年、テレビで観たときとはまるで別人だ。荒々しさと繊細さが奇跡的なバランスで同居し、聴く者の胸に突き刺さる。

俺は奥歯を強く噛み、ステージから目を逸らしたい衝動に抗《あらが》った。

成田の唄には嘘がない。計算や妥協や驕《おご》りを微塵も感じさせず、ただシンプルに音楽に没頭している。

「すげ……」

他人を鼻で嗤う癖がある火野が呻《うめ》く。

ビーバー藤森も眠っておらず、血走った目でステージに釘付けになっていた。

たしかに、《マチルダ》のあとで、パフォーマンスをするのはキツい。井手が逃げたのも頷ける。よほどの人間でない限り、大恥をかくだろう。

あっという間に、《マチルダ》の一曲目が終わった。

手元の酒を飲まずに聴き惚れていた客が、放心状態のまま割れるような拍手をする。

「おおきに！」

成田がわざと関西弁を使い、軽く右手を上げた。

女性客が「成田くーん！」と甘い声をかけるが、成田はまったく反応しない。

見事だ。俺なら、どうしても鼻の下を伸ばしてしまうだろう。

「突然ですが、次で最後の曲です」

成田の言葉に「えー!」とお約束のブーイングが起こる。

「だって、前座だもん」

成田が頬を膨らませる。

「もっとやればええやん!　一時間でも二時間でもええぞー!」

ワインでご機嫌な男の客が叫び、笑い声と拍手が重なる。

「最後の曲って、そういう意味じゃない。《マチルダ》として最後ってことだよ」

えっ?

成田の発言に、俺だけでなく、客席が静まり返る。

「オレたち、今夜で解散します。だから、次が本当に《マチルダ》の最後の曲になるんだ」

成田は微笑みながら言った。だが、誰よりも悲しい男の顔に見えた。

「音楽を愛しているうちに、バンドを辞めたいんだ。このまま続けるとオレたちは音楽を憎むことになる。うまく説明できないけど、そういうことなんだ」

客席がざわつき、悲鳴と啜り泣きがする。

「どうやって解散しようか悩んでたけど、たまたまオレたちの大好きな《浪へい》で演奏できる機会を貰って、腹が括れた」

カウンターの中にいる浪へいさんがへの字口で頷くのが見えた。

俺は朋美の表情を確認しようとした。朋美は、俯いたままキーボードに手を置いて微動だにしない。

責任を感じてんのか？

《マチルダ》の解散の原因はいくつかあるだろうが、朋美が枕営業を強要されそうになったことが大きいはずだ。

俺は妹に何て声をかければええねん。

スーパースターを目指して、必死で戦ってきたのに、摑んだ夢はクソみたいな場所にあったのだ。そこで生き残るためには、自分を殺してクソにまみれるしかない。

俺はそれを知っていながら、上京しようとしている。自らクソに向かって突撃するのと同じだ。

「ありがとう。最高だ。今夜のことは死ぬまで忘れないよ。オレたちのラストナンバーを聴いてください」

イントロが鳴った。朋美のキーボードだ。

これって……。

客席から別の種類のざわめきが起きる。さっき、演奏した代表曲と同じだ。だけど、何かが違う。

朋美の顔だ。いつものクールなキャラではなく、お気に入りのオモチャを取り上げられた子供のような顔になっている。

切ないメロディが止まった瞬間、床が揺れるほど激しいドラムが入り、成田が狂ったようにギターをかき鳴らした。

店の中の空気がビリビリと引き裂かれる。

さっきとは演奏がまったく違う。成田は目を見開き、体を捩り、マイクに向かって言葉をぶつけた。

「怖い……」

隣の赤星が声を震わせる。

《マチルダ》は怒っていた。彼らはどうすることもできない怒りを全身全霊かけてぶちまけていた。

ロックンロールだ。

言葉の意味はよく知らないし、音楽にも詳しくないけど、今、《マチルダ》は思う存分暴れている。誰かのためにではなく、自分のために音を奏で、唄っている。

何が起こったのかわからず、戸惑いながら固まっていた客たちが、一人、また一人と立ち上がった。

頭を振り、涎を垂らし、言葉にならない絶叫をステージにぶつけ返す。

きっと、本来の《マチルダ》の姿はこっちなのだろう。

一曲目は、上京して、メジャーデビューのために棘《とげ》を抜かれたものだったのだ。成田は苦しみながら唄っていた。皮肉にもそれが評価され、人気者になっただけだ。

成田は怒っているが、自由だ。朋美も他のメンバーも魂をさらけ出して、丸裸になっている。

俺たちはここにいるぞと叫んでいた。誰かと比べられてたまるか、誰かの都合のいいルールに従ってたまるか、無視されてたまるかと叫んでいた。

キーボードをぶん殴るみたいに弾く朋美と目が合った。

何か言いたげな目で俺を見ている。プロのパフォーマーとしてではなく、妹の顔だ。

お兄、東京でウチらの仇《かたき》取ってきてや。

俺は勝手にそう解釈し、深く頷いた。

嵐のような時間が過ぎ、演奏が終わった。成田がその場で崩れ落ち、動かなくなる。ドラム、ベース、そして朋美が自分たちの持ち場を離れ、成田を抱えて起こした。

《マチルダ》は客席を一瞥《いちべつ》もせずにステージを降り、控え室である裏口から去っていった。

観客たちもどうしていいかわからず、立ち竦《すく》んでいる。

「本日のメインの出番や！」

カウンターの中で、浪へいさんが声を張り上げた。

「行くぞ」

俺の合図に、《チームKGB》の三人が首を縦に振る。

この空気の中で、演劇コントをやるなんて正気の沙汰ではない。

学生服を着たビーバー藤森が、小走りでステージに上がった。

「み、皆さん、はじめまして。《チームKGB》という劇団です」

劇団？

観客の頭の上にクエッションマークが灯る。

なぜ、ここで劇団？

当たり前だ。彼らは百パーセント《マチルダ》のファンで、解散宣言を受けてショック状態なのだ。

「一生懸命歌うので聞いてください」

間髪入れずに、《TMNETWORK》の『Get Wild』がかかる。

数時間前、浪へいさんに、「井手さんはライブをしません」と告げた。すると、「ほんなら、約束どおり責任を取ってもらおうか。メインは君らの劇団がやるんや」と条件を突きつけられた。

浪へいさんの言葉に耳を疑った。

断れるはずがない。俺は《チームKGB》の三人を説得して、メインを張る覚悟を決めたのだ。

学生服のビーバー藤森が歌う中、何人かの客が帰り支度を始め出した。他の客も友達同士で喋ったり、スマホを覗いたりして、誰もステージを観ていない。

完全なアウェーの戦いだ。

俺は次の出番の火野を見た。火野はサングラスの下でニタリと笑い、背筋をピンと伸ばして大股でステージに向かっていく。

そうやな。客が五人しかおらへんストリップ劇場よりはマシやんな。

「コラ、コラッ！　さっきから何歌ってんだ、てめえはよお！」

店内に火野の怒鳴り声が響き渡る。客全員がビクリと反応し、地蔵のように固まった。

客たちがステージの前に現れたチンピラに仰天しているのが伝わってくる。

当たり前だ。《マチルダ》のライブに熱中して、店の隅にいた俺たちにはまったく気づいていなかった。

「な、何ですか、あなたは？」

ビーバー藤森が怯える演技で訊く。

「通りすがりのチンピラだよ」

「じ、自分で言わないでくださいよ。もしかして、《マチルダ》のファンなんですか？」

「やめろ。そんなんじゃねえ」

火野がわざとらしく照れを隠してかぶりを振る。

「誰のファンなんですか？」

「キーボードの朋美ちゃんだよ！　文句あんのか！」

二人のやり取りに、客席から微かな笑い声が漏れる。

抜群のアドリブだ。客が《マチルダ》のファンしかいないことを逆手に取っている。

「《マチルダ》が解散したからって八つ当たりしないでくださいよ」

「オレだけじゃねえだろ！　みんな悲しいんだよ！」

火野の絶叫に、客たちが沸いた。泣きそうな顔で笑っている。

よしっ。ここだ！

俺は赤星の手を引き、壁から離れて前に出た。

「おい、チンピラ！　いい加減にせんかい！」

客たちがさらにビクリとなり、振り返る。

異様な光景だ。老舗の洋食屋で、ヤクザが豹柄の女と手を繋ぎ、客席を挟んでチンピラと睨み合っている。

ＯＬ風の客が恐る恐るスマホを取り出し、俺に向けた。

「おい、姉ちゃん。インスタに上げるんやったら、男前に加工してくれや」

俺の一言に、客席が爆笑した。

客席からいくつもの腕が伸びスマホのカメラがこっちを向く。

「お前ら、見世物ちゃうぞー！　でも、ツイッターに上げるときは、ハッシュタグは《チームＫＧＢ》でよろしくな！」

また爆笑が起きた。笑うだけでなく、明らかに喜んでくれている。

ＳＮＳがこれだけ流行っている時代だ。一般の人々も常にインスタやツイッターで使えるネタを探しているのだ。

……ネタ？

パフォーマンスをしている俺の頭上に稲妻が落ちた。ストリップの前座で、チップをモッコリーヌのＴバックに挟んではしゃぐ客の姿が脳裏に浮かぶ。

客は観るだけでは満足せず、参加したいのではないか？

冬音のステージにテープを投げる常連客たちもそうだ。参加できる喜びがあるから毎日でも飽きないのだ。

俺は今まで一方通行のパフォーマンスしかしてこなかった。客に参加させるなんて思いもよらなかった。

プロ野球のスタジアムで応援歌を歌う観客、アイドルのコンサートでペンライトや手作りの団扇《うちわ》を振るファン、ドラマのエンディングのダンスを自分たちで踊ってユーチューブにアップする視聴者……。

巻き込むんだ。俺たちは観客の人生の退屈を埋めるネタなんだ。

ステージまでゆっくりと歩き、四方八方のスマホのカメラにメンチを切っていく。

「シャッターチャンスやで〜。しっかり撮れや、ワレ」

ヤクザにカメラを向ける人間なんていない。ツイッターで自慢したくなるレアな経験だ。

「てめえら、オレも撮りやがれ！」

俺の意図を察知した火野も腕を組んでポーズを決める。その隣にビーバー藤森がちょこんと並んだ。

凶悪なチンピラと学生。これも相当レアだ。まさか、この弱々しい学生が数分後にTバック一枚で踊るオネエダンサーに変身するとは思いも寄らないだろう。

変身の瞬間を動画に収めさせれば、ツイッターで拡散する可能性が高い。

ステージまで辿り着いた俺は、ビーバー藤森の首根っこを摑んだ。

「今からこの眼鏡の兄ちゃんに落とし前つけてもらうでー！　裸踊りなんてどうや？　お前らも煽れ！　ぬーげ！　ぬーげ！　ぬーげ！」

観客たちも笑いながら手を叩いてコールを始める。

見たことのない景色に俺は昂《たかぶ》り、右拳を突き上げた。

33

日曜日の朝。

俺はチラシ片手に《ことぶき商店街》を走り回っていた。近くの児童公園からセミの大合唱が聞こえてくる。今日は特に暑く、汗が噴き出して止まらない。

「おはようございます！」

なるべく好青年に見えるように、明るく元気な挨拶で豆腐屋の前に立った。ちょうど客がいないので、宣伝のチャンスだ。何十年も使っているであろう『おとうふ』と書かれた暖簾《のれん》の下のショーケースに、絹ごし、木綿、おぼろ、焼き、厚揚げ、油揚げ、がんもどきなどのオーソドックスな豆腐が並んでいる。

「はい。いらっしゃい」

店の奥から、《まんが日本昔ばなし》に出てきそうなお爺さんが出てきた。

「商店街会長の栗山さんの紹介で来ました」

千春の父親のことだ。

今日で、ストリップ劇場での前座は終わってしまう。どうしても満席にするために、千春の父親と約束した宣伝チラシを一人で配っていた。

「パン屋の栗山さんかいな」

「そうです。俺、劇団をやってまして、近くの劇場でパフォーマンスをしてるのでよかったら観にきていただけませんか？」

「パフォーマンス？」お爺さんが途端に怪訝な顔つきになる。「羽毛布団の販売とかやないやろな？」

「違います。劇団なんで、芝居です」

「ウチの婆さんが、羽毛布団を売りつけられてもう懲り懲りやねん」

「いや、俺たちは何も売りつけないんで安心してください」

一般の人への宣伝がこんなに難しいとは思わなかった。朝イチからチラシを配り、この豆腐屋で五軒目になるが説明してもまともに理解してもらえない。そもそも劇団がどういうものかわかっていないのだ。

よくよく考えれば当たり前だ。ほとんどの人間が演劇なんて観ずに暮らしている。宝塚や劇団四季みたいな有名どころであっても、熱狂的なファンに支えられていて、商店街のオヤジまで情報やチケットは届いていない。

「婆さんもそう言うとったで。販売員に羽毛布団を売りつけられたんやなくて、自分が商品を気にいったから買ったんやってな。布団の中に入ってる羽毛が普通の鳥の羽根やないらしいねんけど、そんなもんわからへんがな」

「そ、そうですよね」

「しかも、わしと婆さんの二人暮らしやのに、布団を四セットも買わされたんや。急な来客のときも困らへんようにって。十年以上、誰も来てへんがな」

「大変ですね。もし、今日の夜でもお暇があれば俺たちのパフォーマンスを観にきてください」

俺は話を遮るようにして、お爺さんにチラシを渡した。愚痴は聞いてあげたいが、まだまだチラシを配らなければいけない。

「ん？《東洋ミュージック》ってあそこかいな」

チラシを手にしたお爺さんが眉をひそめる。

「はい。あそこです」

他の店舗の人たちも皆似たような反応だった。他所《よそ》様の目があるのに近所のストリップ劇場なんかに行けるかいなとばかりに冷たい目で俺を見る。

「可愛いお姉ちゃんが脱いでくれんのかいな」

「脱ぎます！　オススメは旭川ローズっていう踊り子さんなんですけど最高です！」

冬音の踊りならば、どんなお爺さんでも勃起させるだろう。

「ほう。ローズちゃんのパイはええパイなんか」

お爺さんが数ミリ前のめりになる。

「もちろんです。パイも最高です」

たぶん、おっぱいのことだ。それなら自信を持ってオススメできる。

「尻はプリっとしとるか」

さらにお爺さんが前のめりになって、豆腐が並ぶショーケースに両手をつく。

「プリンプリンです。ぜひとも、お友達も誘って来てください」

勢いに乗って、二枚ほどチラシを渡そうとした。

「プリンなんか売ってへんで。ウチは豆腐屋や」

お爺さんの背後から、突然、お婆ちゃんが現れた。魔法でも使ったかのような登場の仕方だ。お爺さんは心臓が止まったかのようにピクリとも動かない。

「お、おはようございます」

「何やの、これ」

お婆ちゃんが、お爺さんの手からチラシを奪い取る。《まんが日本昔ばなし》に出てきそうなお爺さんと比べて、お婆ちゃんは魔女が割烹着を着ているみたいな迫力がある。

「知らん」

速攻でお爺さんがシラを切る。

「ストリップって書いてあるやんか。あんた行くつもりなんか」

「行かん」

「嘘つきなはれ！　パソコンでやらしいやつを隠れてコソコソ見てんのバレてへんと思ってんのかいな」

「きょ、興味本位やがな」

鬼刑事のようなお婆ちゃんの尋問に、お爺さんがタジタジになる。それにしても、インターネットでアダルト動画を観ているお爺さんの若さに驚く。

「行きたかったら勝手にストリップでもなんでも行きなはれ！　ついでにポックリあの世に逝きなはれ！」

「逝かん」

お爺さんが、がんもどきみたいにしぼんでいく。

どうして、こんな怖いお婆ちゃんが羽毛布団を買わされるのだろうか。

「あ、厚揚げ、ひとつください！」

俺は、お爺さんがかわいそうになって助け舟を出した。

二時間以上かけて、チラシを配り終えた。

俺は自分のマンション前に座り込んでポカリスエットを飲んでいた。体中の水分がすべて蒸発したかのようで、ポカリがあっという間に全身に染み込んでいく。

疲れた……。

今日はあと四ステージあるのに、体力を使い切ってしまった。特に大喧嘩を始めた豆腐屋で疲れ果てた。

お爺さんはかわいそうなぐらいお婆ちゃんにボコボコにやられていたが、あの年齢まで夫婦を続けているということは、愛がある証拠だ。

愛とは何だろう。俺みたいな若造には解けない難問なのか。

いや、きっと豆腐屋の老夫婦もわからないはずだ。そもそも、答えを求めるのが間違っているのかもしれない。

……千春、今、何してるんやろ？

日曜日なので仕事は休みだ。まだ寝ているかもしれない。

会いたい。会いたいけど、何を話せばいいのか、どういう顔で会えばいいのか。別れたことを後悔していないと言えば嘘になる。だけど、ヨリを戻したところで千春を幸せにできる自信もない。

ウチとおらんほうが、勇太は幸せになれると思う。

千春の言葉が、ずっと耳にこびりついている。この声は、一生俺から離れてくれないのだろうか。

メールの通知音が鳴った。

もしかして、千春かと思い期待したが、コッヒーさんだった。

《今日の夜、コリアンダーに来て。井手さんも来るから謝罪してな》

俺はメールで謝ったのに……。本人を前に、直接、謝れってことか？

続けて、通知音が鳴る。

《あと、井手さんへの賠償金、七十万円やから、来週中に払えよ》

七十万？　どこから、そんな額が出てくるねん！

怒りで顔面が熱くなり、全身がブルブルと震えてきた。コッヒーさんの一方的な物言いにも腹が立つ。

そんな大金、絶対に払わない。謝罪にも行かない。昨夜のライブで俺は責任を果たしたはずだ。

俺は、コッヒーさんのメールを無視し、スマホを短パンのポケットにねじ込んだ。


午後四時。

日曜日の二回目の前座を終えた。パフォーマンスのデキは悪くないが、思ったより客足が伸びない。一回目、二回目と客席半分ほどの入りだった。

くそっ。どうやったら、満員になるねん。

俺は楽屋に戻りながら自然に舌打ちをした。一日に四回もステージがあれば、どうしても客は散ってしまう。

残すはあと二回。最近の演劇界の傾向として、日曜日の夜の動員は弱くなる。やはり、次の日が月曜日というのが響くのだろう。

四回目のステージは開始時間が午後九時なので、客は減る可能性が高い。

三回目が勝負やな……。

そのためには、起爆剤が必要だ。しかし、それが何なのかが見えない。

楽屋に戻ると、冬音がちょこんと正座をして待っていた。衣装が、女王様風のボンデージで横に鞭を置いているからかなり違和感がある。

「……どうしたんですか？」

二人の間に、ぎこちない空気が流れる。昨夜、言い合いをしてからまともに話していなかった。

「踊り子さんたちが一緒に踊りたいって」

「はい？」

「みんな、最後の回の前座に出たいって言ってるの。どうかな？」

冬音が上目遣いで俺を見る。

「えっ、何でですか？」

「KGBが面白いからよ。思い出作りもあるけど、パフォーマーなら誰だって面白い舞台に立ちたいもん」

「いや、それは……」

五人いる踊り子さんを前座に加えるとなると大幅な手直しが必要になる。どう考えても時間的に厳しい。

「一緒にやりましょう！　ダンスは簡単だから、すぐに覚えれますよ！」

遅れて楽屋に入ってきた赤星が、ピョンピョン飛び跳ねて喜ぶ。

「お、おい、ちょっと待て」

「二回目のステージ終わったら練習しますか。場所はオレが探しておくっす」

なぜか、火野もノリノリだ。

「光栄です。でも、脱ぐのは僕だけなんで」

最後にやって来たビーバー藤森が職人ばりのクールな顔つきになり、人差し指でメガネをクイッと上げた。

午後六時。

夏の夕方の空が赤く染まり始める頃、俺たち《チームKGB》とジャージ姿の五人の踊り子は、《ことぶき商店街》のコインパーキングに互いに向かい合ってずらりと並んでいた。

「踊り子さんたちが前座に参加するのは、モッコリーヌの登場のあとです。舞台袖からピンクのTバックが見えたら乱入してください」

俺は説明しながらも、自分で「何、言ってんねん」とツッコミたくなった。しかし、踊り子たちは、全員、真剣な表情で聞いている。

「どうやって乱入すればいいと?」

天草リリーが手を上げて質問した。長袖のジャージを腕まくりし、やる気がみなぎっている。

「それは、またあとで教えます。まずは、赤星にダンスの振りを習ってください」

ダンスよりも五人の踊り子たちが、いかにスムーズに前座に入ってくるかが問題だ。思い出作りだけの身内ノリになってしまえば、金を払って観に来ている客が興ざめするのは間違いない。

演出の腕の見せ所やぞ……。

俺は赤星にバトンタッチして、頭を悩ませた。三回目のステージはもうすぐなので練習が間に合わない。つまり、踊り子たちが前座に出るのは最後の四回目のみになる。当然、失敗は許されない。

「ステップを踏みながら、腕に注射を打ち、気持ちいい顔になってください」

俺が考えた振り付けだ。完全にアウトなブラックユーモアだが、関西人はこれぐらい過激なほうが喜ぶ。

「はい！　ワン&ツー&スリー&フォー、ファイブ、シックス、セブン、エイト！　もっかい！」

赤星のカウントに合わせて、全員が注射器を打つマイムをしながら踊った。

異様な雰囲気に、コインパーキングの横を通る人たちがポカンと口を開け、駐車をしようとした軽トラックのおじさんが青ざめた顔で引き返した。

だけど、俺を含めて誰もふざけていなかった。世間の目が届かない大阪の片隅で、俺たちは戦っていた。たいした金になるわけでもなく、有名になれるわけでもない。無駄なことだと笑う奴もいない。

でも、俺は忘れない。いくつになろうが、この駐車場の光景を思い出すだろう。胸に強く刻んだ経験が、きっと未来の俺を支えるはずだ。

「ヤバい！　最高だね！」

赤いジャージを着た冬音が額の汗を拭い、夕焼けの空を見上げて笑った。

34

『ウチ、コリアンダーに行ってくるわ』

俺は、スマホの留守電に残された朋美からのメッセージに耳を疑った。

午後六時半。三回目の前座が終わったばかりだった。客席はまた半分しか埋まらず、次の回のために営業の電話をかけまくろうかと思っていたのだ。

『コッヒーって人から、有名人が集まるパーティーをやるからぜひ来て欲しいって連絡があってん。一体、誰からウチの電話番号聞いたんやろな。もちろん、お兄じゃないのはわかってるけど。ウチもこの人に言いたいことあるから行くわ。お兄に井手を紹介した奴やんな？』

留守電の続きにはそう吹き込まれていた。

《マチルダ》を解散した朋美が、今さら有名人に会いたがるわけがない。あいつの性格上、コッヒーさんと井手に文句をぶちかましに行くのだろう。

すぐさま朋美に電話をかけ直したが、圏外なのか繋がらない。

どうする？

朋美を止めに行くべきだ。しかし、最後の前座は迫っている。まだ踊り子さんの登場の演出はできていない。

悩む俺を急かすかのように、電話が鳴った。相手は、意外な人物だった。

『勇太。今、電話しても大丈夫？』

電話の向こうの千春が緊迫した声で言った。

「お、おう」

別れてからそれほど経っていないのに、懐かしさと緊張感が込み上げてくる。どういうトーンで話せばいいのか迷ってしまう。

『朋ちゃんからコッヒーさんと勇太の関係を訊かれてんけど、何かあったん？』

「うん……ちょっと揉めてんねん」

『賠償金を請求されてんのはホンマなん？』

「……まあな」

『いくらよ？』

千春の語気が鋭くなる。こういうときの千春は絶対に退かない。

「七十万」

俺は蚊の鳴くような声で答えた。

『は？　何、それ。払うの？』

「払うわけないやろ」

『じゃあ、朋ちゃんは何しにコッヒーさんのクラブに行くのよ。めっちゃ怒ってる感じやったで』

「ヤバいな……止めに行きたいけど俺は前座で動かれへんねん」

『勇太って肝心なときに、いっこも役に立たへんな』

「すまん」

千春が溜息をつく。スマホ越しでも俺に充分なダメージを与える重さだ。

『私が行くわ』

「へ？　何で？」

『大事になる前に私が連れ戻して来る。《マチルダ》が解散したばかりやから、朋ちゃんも精神的に不安定やろし』

「そうやけど……何で《マチルダ》のこと知ってんの？」

解散の発表をしたのは昨夜のライブのステージだけで、まだ全国的なニュースにはなっていないはずだ。

『昨日、あそこにおったもん』

「ホンマに？」

俺はつい素っ頓狂な声を出した。

パフォーマンスに必死でまったく気づかなかった。まさか来るとは思ってもみなかったのだ。おそらく、朋美から「チーちゃん、最後のライブに来てや」と連絡があったのだろう。

『全然、こっちに気づかへんねんもん。別れた女には興味ないねんな』

千春が嫌味を言う。ただ、本気で怒っているわけではない。

「ごめん」

『謝らんでもええって』

「どうやった？」

『ん？　何が？』

「俺らのパフォーマンスやんけ」

『知らんわ』千春がわざと突き放すように答えた。『せっかく、昨日のヤクザダンスがSNSにまああ上がってるねんから上手く利用しいや。リツイートもしてへんやん。前座はあと一回しかないんやろ？』

「わ、わかった」

忙しさと考えることが多過ぎて、ネットで検索すらしていなかった。ツイッター以外にも、インスタやブログでアップしてくれている人がいるだろう。

『朋ちゃんはこっちに任せて、勇太は自分の仕事を頑張って』

電話を切ろうとする千春を慌てて止めた。

「千春！」

『……何？』

重苦しい沈黙が、二人の間に流れた。言わなければならないことがあるはずなのに、どうしても言葉が出てこない。

「ありがとうな」

やっとのことで、ひと言だけ絞り出した。

『うん』

千春は寂しそうに電話を切った。

五分後、俺は《ことぶき商店街》を駆け抜け、大通りに出てタクシーを拾った。

最後の前座の演出は、《チームＫＧＢ》に移動中に電話で指示を出すことにした。俺が《東洋ミュージック》に戻るのはギリギリになるが、あいつらを信頼するしかない。自分のケツは自分で拭く。どんな理由があれ、妹や元カノに任せるなんて男じゃないだろう。

肝心なときに限って、道路が混んでいる。どこかで工事をしているのか事故があったのか知らないが、タクシーがなかなか進んでくれなかった。

電車にするべきやったか……。

俺はジリジリする気持ちを懸命に抑え、踊り子さんたちが《チームＫＧＢ》のショーに加わるベストな演出を捻り出し、電話で伝えた。

二十分後、ようやくタクシーが心斎橋に着いた。俺は運転手からお釣りも受け取らず、長堀通から鰻谷に向かって全力疾走した。

肺が刺すように痛い。頭もクラクラして、倒れそうになる。

でも、俺は走った。不甲斐なくて情けない自分に鞭を打つように走り続けた。

コリアンダーの階段を降り、入り口のスタッフの制止を無視してＶＩＰルームへと突入する。フロアからは少し前に流行った軽いダンスナンバーが聞こえてきた。

「お前、遅いねん」

VIPルームに入るなり、コッヒーさんに胸ぐらを摑まれた。

「何、グズグズしとってん。オレ、すぐに来いって言ったやろ」

顔をやたらと近づけ、巻き舌で凄んでくる。一発で、自分の保身のためのアピールだとわかった。

奥のソファに、井手と色黒でスーツの男がいた。ソファを取り囲むように立っている若い連中が俺を睨みつける。明らかに色黒の男の手下だ。

その向かいの席に、千春と朋美が座っている。二人は泣いていた。怒りと悔しさを滲ませて男たちを睨みつけている。

頭の中が、シンと冷えた。生まれて初めて経験する本物の怒りだった。

俺は千春と朋美に近づき、言った。

「もう帰ってくれ。あとは俺が話をつける」

「こいつら、メチャクチャやで？　お兄、こんな奴らの言いなりになんの？」

興奮した朋美が捲《まく》し立てる。

「わかってるから、帰ってくれ。千春、朋美を頼む」

千春は頷き、朋美の手を引いた。朋美が抵抗したが、俺も腕を引いてソファから立たせた。

「お兄、絶対に金払ったらあかんで」

「ええから、はよ帰れや」

コッヒーさんがさらに凄む。俺は反射的に殴りつけそうになったが、千春に目で制された。

勇太、殴ったら負けやで。

わかっているけど、我慢にも限界がある。全身をブルブルと震わせて拳を懸命に握りしめた。

「朋ちゃん、行こう」

千春が朋美の肩を抱き、ＶＩＰルームから出て行った。

……ほんま、ごめんな。

俺は心の中で二人の後ろ姿に謝った。

「座れ」

肩をコッヒーさんに小突かれ、ソファに腰を下ろした。他の客は見て見ぬふりをしているのか、シャンパンを飲んで騒いでいる。こっちのテーブルとの空気の差に胃がキリキリと痛んだ。

「お前な、調子乗ってんちゃうぞ」

いきなり、色黒スーツが絡んでくる。俺は「お前、誰やねん」という言葉を飲み込んだ。

「コリアンダーの支配人の駒沢《こまざわ》や」

コッヒーさんが俺の疑問を見透かしたように言って隣に座る。

なぜ、関係のない人間が同席するのか？　日サロで焼いたであろう肌に、金色のピアス、金色のネックレス、ドクロの指輪をしている。抜群にセンスが悪い。

「酒、飲みたいな」

井手がぶっきらぼうに呟いた。俺と目を合わせようともしない。

「シャンパンにしますか。井手さんが前に好きだって言ってた獺祭《だっさい》のスパークリングも入れてますけど」

色黒の駒沢が急にへりくだる。

「まずはドンペリでいいや」

「はい！」

部活の後輩みたいな返事をしたあと、ソファを取り囲む手下たちに顎で合図を出す。すぐさま手下たちが反応して小走りでＶＩＰルームを出ていった。

色黒の駒沢は、コッヒーさんが呼んだに違いない。こういうキャラは井手の自尊心をくすぐるのだ。俺に対する威圧感にもなる。

コッヒーさんは俺を紹介して井手を怒らせてしまった。自分の信用を挽回するのに必死なのだ。

「勇太。まずは井手さんに謝罪しろや」

コッヒーさんが、まだ巻き舌が残る強い口調で言った。

真横にある顔面に、肘を叩き込もうか。テーブルを乗り越え、井手を殴りつけ髪を摑んで引きずり回してやる。そのあと、色黒の駒沢や手下たちにボコボコにされるだろうが、どうなろうとかまわない。

「おい、お前、何で黙ってんねん」

色黒の駒沢が歯茎を剝き出しにして吠える。

俺は呼吸を止めて目を閉じ、VIPルームの客の声を聞いた。後ろのテーブルではコンパ中の若手のお笑い芸人が、同席の女を笑わせるために一発ギャグを連発している。その向こうのテーブルでは、ミュージシャンが出演したフェスの自慢をし、ファンのギャルが騒ぐ。

何やねん、この空間は？　俺はこんな場所で何をしてるねん？

「勇太！　頭下げろや！」

コッヒーさんが俺の肩を激しく揺らす。

もうダメだ。シバく。

立ち上がろうとした瞬間、俺の周りにいる人間の顔が矢継ぎ早に浮かんだ。楽屋ではしゃぐ《チームKGB》、俺に渋々と金を貸すオカン、説教をする宮田さんに千春の父親、俺のためにここまで来て泣いてくれた朋美と千春。そして、《東洋ミュージック》のステージで魂を込めて踊る冬音。

俺には勝つ責任がある。負けて散っていった者のために、勝って、勝って、勝ちまくらなければいけない。

「井手さん。すいませんでした」

俺はテーブルに額がつくぐらい、深々と頭を下げた。血液が沸騰したのかと思うほど、全身が熱くなってくる。

「あのさあ、何に対して謝ってるのかわからねえよ。今回、自分のどこが悪かったのか説明してみろ」

頭の上から井手の声が聞こえた。ひとまず、目の前で俺が頭を下げたことで満足げな口調になっている。

「俺の気遣いが足りませんでした。不慣れな分、視野が狭く、そのくせ背伸びしてできもしないことを引き受け、井手さんにご迷惑をかけてしまいました」

絶対に勝つ。何年かかってもいい。このクソみたいな場所でシャンパン飲んでいる奴ら全員に勝ってやる。

「謝るのはオレだけじゃねえだろ。お前のせいで、こうやって色んな人間が無駄な時間を割いて迷惑を被ってるんだからな」

「コッヒーさん、駒沢さん。ご迷惑をかけてすいませんでした」

そこに、駒沢の手下がドンペリのシャンパングラスを運んできた。

俺を置いて、三人がグラスを合わせて乾杯する。小生意気な無名の劇団員をやり込めて、さぞかし気分がいいだろう。

「お前も飲め」

井手がお許しを出し、コッヒーさんが俺にシャンパングラスを渡そうとする。

もう、適当な目標や中途半端な努力で誤魔化さない。言い訳をしない。誰のせいにもせず、自分に向き合って現実から逃げない。

将来、俺はここにいる全員の稼ぎをぶち抜く。それを達成するまでは、一滴も酒を飲まない。甘えてきた自分への罰であり、決意表明だ。

「いただきます」

俺はシャンパングラスを受け取り、最後の酒を一気に飲み干した。

千秋楽

35

午後八時五十五分。

あと五分で、最後の前座が始まる。俺は、《東洋ミュージック》の楽屋で《チームKGB》の三人と向きあっていた。楽屋は程よい緊張感と、もう終わりなんだという寂しさに包まれている。

「気合入れてくぞ。ラストは目一杯、楽しもうや」

俺の言葉に、火野、赤星、ビーバー藤森が同時に頷く。

「お前らに先に言わなあかんことがあるねん」俺は三人を見渡して言った。「俺、さっき井手さんに謝罪してきたわ」

「えっ?」赤星の顔が青ざめる。「お金……払うんですか?」

「うん。払う」

俺がきっぱりと答えたので、三人が目を丸くして顔を見合わせた。

「また、奴に脅されたんっすか」

火野が露骨に眉間に皺を寄せる。

「さっき、コッヒーさんの店で謝罪してきてん」

「何で謝るんっすか。悪いのは向こうっしょ」

「いや、悪いのは俺や。井手さんのことを好きでもないくせに、会ったばかりで尊敬もしてないのに、有名人と仕事してるからってだけで利用しようとした」

「でも、それは向こうが手伝えって言ったから座長が動いたんじゃないっすか」

珍しく火野が熱くなって食い下がる。

赤星は悔しさで目を潤ませ、ビーバー藤森は俯いたままだ。

「俺は生まれて初めて、ちゃんと責任を取る。過程は関係ない。起こってしまった出来事はすべて自分のせいやねん。言い訳や他人のせいにしてたら、いつまで経っても前には進まれへん」

「金を払うことで責任が取れるんっすか」

「違う。売れてやる」

「へ？」

「ぶっちぎりに売れてやる。それまで、酒は一滴も飲まへん」

唐突な俺の宣言に、火野が瞼を瞬かせる。

「……禁酒っすか？」

「そうや」

《コリアンダー》のＶＩＰルームで酒をやめると決めたのは本気だった。自分への戒めだけど、最も具体的な努力だと気づいたからだ。

酒を飲んでいる暇があるのなら、一枚でも多く書けばいい。人生で一番好きなものをやめれば、それだけ時間が余る。俺が今回の出来事で導き出した単純明快な答えだ。

「い、いつまで飲まないんですか」

焼酎の緑茶割りが好きな赤星が訊いた。彼女は俺の店の常連の一人で、カウンターでよく一緒に酔っ払っていた。

「勝つまでや。俺の収入が圧倒的に井手やその周りのしょうもない連中を追い抜いたと実感できたら」

俺はそこで言葉を止め、仲間を見た。腹の底から込み上げてくる想いに泣きそうになる。

こんな大阪の片隅で、こんなアホな座長を信じてついて来てくれる奴らがいる。俺にできることはひとつ。

誰よりもオモロい物語を書くだけや。

「満員よ！」

冬音が楽屋のドアを開け、満面の笑みでガッツポーズをした。

潰れそうな劇場に人を呼び戻したい。

願いを叶えた彼女は、今夜、最高のストリップを観客に見せつけるだろう。

「よっしゃ！ 行くで！」

俺は頰を叩いて気合を入れ、楽屋から出て行こうとした。

「座長」ビーバー藤森が呼び止める。「しょうもない連中を追い抜いたらどうするんですか」

「キンキンに冷えたビールで乾杯しようや」

ビーバー藤森が深く頷いたあと、ハッと気づく。

「僕、酒飲めないんで……コーラでもいいですか」


幕が開いた。

廊下から小便の臭いが漂う劇場に、客がギチギチに埋まっていた。

チープな照明に照らされて歌うビーバー藤森をみんな笑いながら見ている。冬音のファンの三人組、スナック《あそこ》のママ、俺の店《デ・ニーロ》のオグやん、宮田さん、千春の親父が引き連れて来てくれた商店街の面々、朋美と《マチルダ》の成田、そして、劇場の隅にいる俺を見つけて照れ臭そうに手を振る千春。ヤクザの恰好をしている俺は手を振り返すわけにもいかず、サングラスの下でぎこちない笑みを浮かべた。

最強の女やな。

千春には勝てない。一生、頭が上がらないだろう。

俺が売れるために必要なのは、酒をやめることだけではない。

前座が終われば、千春と腹を割って話をしよう。さらに嫌われてもいい。俺の気持ちを伝えたい。

「コラ、コラ、コラ、コラー!」チンピラ役の火野が観客席に乱入し、吠えた。「さっきから何歌ってんだよ、てめー!」

「ゲ、『Get Wild』です」

ビーバー藤森が怯えながらボケる。

「曲名を訊いてんじゃねえ!」

お約束のやり取りに、観客席から笑いと拍手が起きる。

「ぜ、前座をやれって言われたからやってるんです」

「こっちは裸のオネエちゃんを観に来たんだよ! 売れてねえ劇団は引っ込んでろ!」

さあ、俺と赤星の出番だ。腕を組む赤星の手に力が入る。

「おい、チンピラ！　お前こそ、引っ込まんかい！」

俺はありったけの声で怒鳴った。最後だ。喉が潰れても構わない。

ヤクザの二人が胸を張り、堂々と観客席の間を練り歩く。

「いよ！　待ってました！」

「親分！」

「仲良しカップル！」

黄色い歓声が飛び交い、さらに笑いを呼ぶ。

「おーい、見世物ちゃうぞー！」

観客席を見回し、威嚇した。しかし、客たちは喜んでスマホのカメラを俺たちに向ける。

横目でチラリと朋美と成田が並んで座っている席を確認した。

成田が「ヤバい、ヤバい」と言いながら手を叩いて笑っている。朋美は兄のバカな姿に呆れながらもどこか嬉しそうだ。

「調子に乗ってんじゃねえぞ！　Vシネマ野郎！」

火野が野良犬の如く牙を剝く。

「よう吠えるのう。このチンピラ犬は！　首輪つけたろか！」

花道を挟む口喧嘩バトルも満員だと冴えたアドリブがスラスラと出てくる。俺も火野も何も喋っていない赤星もアドレナリンが出まくってギンギンの状態だ。

「喧嘩をやめて！　二人を止めて！　僕のために争わないで！」

「やかましい！　竹内まりやの歌詞そのままやないかい！」

花道で俺たちの間に入るビーバー藤森に鋭いツッコミをぶっこむ。

いよいよ、モッコリーヌの登場だ。

「喧嘩の発端は兄ちゃんや。ここはストリップで落とし前つけてもらおうか」

「わ、わかりました。ぬ、脱ぎます！」

大喝采の中、成田の「マジかよ!?」という声が確かに聞こえた。

いい気分だ。成田は昨日、ステージを降りたあとすぐに帰ったので俺たちのパフォーマンスを知らない。

目ん玉かっぽじって、よう見とけよ！　俺らが《チームKGB》や！

ダンサブルなナンバーに合わせて、ビーバー藤森が学生服を脱ぎ捨てる。客席に尻を向け、量販店で売っている普通のトランクスを下ろすとお待ちかねのピンクのTバックの尻がプリンと出た。

客席の悲鳴と爆笑と雄叫びと指笛がステージに響き渡る。

「お待たせー！　モッコリーヌよー！」

マイクを片手にビーバー藤森が膨らんだ股間を指す。

何も言わないのに、折り畳んだ千円札を持った数人の客がステージ前に殺到した。

「最後やから奮発したる！」

なんとスナック《あそこ》のママは一万円札だ。

「あんたたち、日曜日の夜なのに何してんのよ！　暇なのー？」モッコリーヌが客たちに毒を撒き散らす。「それともぶっちぎりの変態なのー？」

不思議なもので、オネエキャラにディスられても腹が立たない。むしろ、もっとイジって欲しくなる。

俺の店にたまに来るキャバ嬢がゲイバーにハマっているのだが、彼女の意見に「なるほど」と納得したことがある。

「どんだけ悪口言われても、オネエは女にはなれへんのがわかってるから受け入れてまうねん」

人は勝手なもので、他人からズバッと言われたいくせに、本気では傷つきたくないのだ。上司や先輩、成功者のアドバイスや芯を食った意見は有難くても受け止めきれない。反論できないし、はたから見ればパワハラに見えるときがある。

逆に部下が上司をおちょくったり、後輩が先輩にわざと暴言を吐くのはテクニックが必要だが、ハマれば下克上成功となり、周りはかなり面白いし、当の本人も喜ぶ。これまた勝手なもので、人は尊敬されたいくせに、おだてられ続けるのは苦痛なのだ。

宮田さんがそうだった。

バリバリの本職のアウトローなのに、わざわざ一般の若い客が集まる俺の店に通っていた。今ならわかる。宮田さんはカウンターで若い連中と肩を並べてイジって欲しかったのだ。

その夢を今夜叶えてやろうやないかい。

ブルドーザーに突っこまれそうになった恨みを何倍もの笑いで返してやる。

俺は、何本もの手からTバックに札を挟まれているビーバー藤森に近づき、そっと耳打ちした。

「責任は持つ。踊り子さんの呼び込み、宮田さんにやらせろ」

ビーバー藤森がコクリと頷く。

普段はカカシみたいな劇団員でも、舞台の上では魔術師になる。宮田さんを魔法の国に招待してやれ。

「さあさあ！　アタシは踊ったわよー！　すべてをさらけ出したわよー！」ビーバー藤森がマイクパフォーマンスを続ける。「ヤクザ！　次はそっちの番よ。踊れるのー？」

赤星がハンドバッグからコードドレスのマイクを取り出し、俺が受け取った。あらかじめ用意していたボケに客が反応して口々にツッコミを入れる。

「やったろうやんけ！　ヤクザは売られた喧嘩は買わなあかんねん！　でも、俺らにも事情っちゅうもんがある」

「はあ？　何よ、それ」

「上司に確認してもええか」

俺はわざと情けない声で言った。さらに、様々なツッコミが戦場の矢のように飛んできた。

「その上司はどこなのー？」

「あそこや！」

俺は観客席の真ん中で踏ん反り返っていた宮田さんを指した。

「ちょ……待たんかい」

宮田さんが車に轢かれたガマガエルみたいな顔になっている。

「上司のオッケー貰うわよー!」

ビーバー藤森がステージから飛び降り、尻を振りながら宮田さんに近づく。宮田さんは、あの日ブルドーザーに襲われた俺と同じで固まって動くことができない。

「部下に踊らせてもいいかしら?」

ビーバー藤森が、まったく遠慮せずに宮田さんにマイクを向ける。

「え……いや……」

「オドオドしないの! もう一度訊くわよー。踊らせてもいいかな?」

ビーバー藤森が一ミリも似てないタモリの真似をする。

「い……い……いいとも」

宮田さんがやっとのことで声を絞り出すと、今夜一番の笑いが起きた。誰も宮田さんが本職だと思っていないのだ。近くの席の成田は「すげえ、リアルな役者さんじゃん」と興奮している。

「ヤクザが踊るのはいいけど色気が足りないわよねえ。そう思わない?」

ビーバー藤森が客席に問いかけた。そうだ、そうだと言わんばかりに歓声と拍手が沸き起こる。

「だったらセクシーな子たちもお借りしようかしらー。上司さん、呼んでもらってもいい？」

「……なんやと？」

「アタシの愛する髙田延彦のように踊り子を呼びなさいよ！」

「お、踊り子たち出てこいや！」

宮田さんがこれまたまったく似てないモノマネで叫んだ。

それを合図に、有名な《極道の妻たち》のテーマ曲が鳴り響く。

「見世物じゃねえーぞ！」

舞台袖から冬音と踊り子軍団がジャージ姿にサングラスで登場し、ビシッと腕組みのポーズを決めた。

36

「何、これ？　最高じゃん」

大歓声の中、俺の耳には成田の声がしっかり聞こえた。

「お兄は昔からめっちゃアホやから」

成田の隣にいる朋美の呆れたような褒め言葉も届いた。

突き抜けたアホになること。周りに流されず、アホでありつづけること。俺たちが東京に行ったとき唯一通用する戦い方だ。

「スケベどもフィナーレよ！」

モッコリーヌことビーバー藤森が観客席からステージに戻り、ポーズを決めている踊り子たちの前で仁王立ちになる。

俺は冬音と目を合わせた。

勇太くん、ありがとうね。

お互いサングラス越しだが、ちゃんと伝わってきた。俺は微かに頷き、心の中で丁寧に礼を返した。

こちらこそ、めちゃくちゃ感謝しています。今回の前座の経験でプロになる覚悟ができました。

ラストの曲が鳴った。

《チームＫＧＢ》と踊り子たちがダンスのフォーメーションにつく。

冬音さん、もう共演することはないと思いますが、ずっと応援しています。貴方はいつまでも踊り続けてください。

踊りが始まった瞬間、冬音のファンの三人組が紙テープをステージに投げ入れた。

金と銀のテープが照明を反射してキラキラと輝く。

魂を摑まれて、激しく揺さぶられた。

常連客たちは、自分のお気に入りの踊り子以外には決してテープを投げることはない。タブーなのだ。

北海道から冬音を追いかけてきたファンが、無名の劇団のパフォーマンスに対してテープを投げる。

そこには、計り知れない重さがある。彼らの人生の重さだ。パフォーマーは、ステージの上で観客一人一人の人生を受け止め、少しでも輝けるように返してあげる。だから、人間にはいつの時代もエンターテインメントが必要なんだ。

我慢できず、俺は泣きながら踊った。

俺と横並びの火野と赤星もサングラスの下で涙と鼻水で顔をグシャグシャにしている。踊り子さんたちは、対照的に少女みたいな笑顔だ。

千春は笑いながら泣いていた。

夢を追い続けるのはほんまにしんどい。どれだけ努力しようが報われる人間は一握りやし、成功して幸せになるとも限らない。プライドを砕かれ、自分を見失い、味方を疑って孤立してしまう。

それでも俺たちは夢に生きる。歯を食いしばって、どれだけボロボロになっても逆風の中を進む。

たとえ、脱落者が出たとしても責めることはできない。彼らの選択と勇気を尊重する。人生を棒に振るかもしれないリスクと戦ってきた者の判断なのだ。

東京に行けば、きっと今より辛い現実が待っている。井手やコッヒーさんよりもずる賢い奴らは掃いて捨てるほどいるだろう。いつか《チームKGB》がバラバラになる日が来るかもしれない。

どんな結果になろうと俺はエンターテインメントの世界で生き残ってみせる。絶対に天下を獲ってやる。

笑いたければ笑えや。他人の夢を簡単に馬鹿にする奴らを俺はドミノのように順番に倒していく。

ダンスが終わり、曲が止まった。キメ台詞でフィニッシュだ。

俺はマイクを使わず、残っている力を振り絞って叫んだ。

「どうや、お前ら！　これが俺たち《チームKGB》じゃあ！　文句ある奴は出て来んかい！」

割れるような拍手の中、一人の客が立ち上がって手を上げた。

「あれ？　文句がある子がいるみたいよー！」

ビーバー藤森がマイクを片手にその客を指した。拍手が止み、全員がその客に注目して劇場がシンと静まり返る。

「何か言いたいことがあるのかしら？」

「大ありやわ！」

千春が俺に負けない大声で答える。笑ってもいないし、泣いてもいない。

「誰に文句があるの？」

ビーバー藤森が嬉しそうに訊く。さっきまで号泣していた火野と赤星もニヤニヤと俺を見ている。

「木村勇太！　お前じゃあ！」

千春が俺を睨みつけ、吠える。

観客たちが一斉に、「おー！」と盛り上がる。関西の人間はサプライズやハプニングが大好物なのだ。

「な、なんやねん」

俺は懸命にキャラを保ちながら言った。

「お前、金はどうするつもりやねん？　しょーもない野郎に払わなあかん、しょーもない金や！」

客たちは全然意味がわかってないはずなのに歓声を上げる。その中でも一番盛り上がっているのは朋美と成田だ。千春の父親は腕組みをしたまま鬼のような形相で微動だにしない。

「親分、どうするのー？　ここは逃げちゃダメよん」

ビーバー藤森が調子に乗って、俺の顔にマイクを突きつける。さっきの宮田さんと同じ状況に追い込まれた。さぞかし、宮田さんは客席で喜んでいることだろう。

「金は……何とかする」

「払えるアテはあるのん？　正直に答えなさいよー！　わかってると思うけど劇団員は極貧よん」

ビーバー藤森の言葉に、火野と赤星が大袈裟に首を縦に振った。客席からクスクスと笑い声が漏れる。

「……アテはない」

「ノープランじゃない！　度胸と根性だけじゃ金は生まれないわよ！　打ち出の小槌は持ってないんだからさ！」

「俺は……」

頭が真っ白になって言葉が続かない。

「木村勇太！　これ使えや！」

千春が手に持っていた何かをステージに向かって投げつけた。照明の逆光で黒い影になったものが俺の股間に直撃する。

「みんなー！　これ見てー！」

ビーバー藤森が、すばやい動きで俺の足元から通帳を拾い上げてかざした。客席かからどよめきが起きる。

「信じらんない！　この通帳をプレゼントしちゃうのー？」

「取っとけ！　釣りはいらん！」

千春の男前の発言に、今日一番の拍手が劇場を包んだ。

ＯＬの仕事でコツコツと貯めた金を俺に差し出した。千春はこの場で勝負を挑んでいるのだ。

俺は、ビーバー藤森からマイクをもぎ取った。

「千春」

拍手が一瞬で止まり、劇場にいる全員が息を呑む。

「東京についてきてくれ。俺はお前がおらな何もできん。そやけど、必ず幸せにするとは言わへん」

千春の父親が腕組みを解いて立ち上がったが、俺はかまわず続けた。

「誰よりも面白い物語を書き続けることは約束する。手が折れても足が動かんくなっても、頭さえ動けば俺は勝負できる。だから……」

呼吸を整えようとした俺に、堪忍袋の緒がブチギレた千春の父親がどぎつい声で怒鳴った。

「ゴチャゴチャやかましいんじゃ！　ウチの娘が欲しいんか欲しくないんかどっちゃねん！」

「ほ、欲しいです」

「ほな言うことはひとつやろが！」

「千春、俺と結婚してくれ」

俺は勢いに圧されて言った。

「よっしゃ、持ってけ！」

千春の父親がヤケクソ気味に返す。

「ちょっと、待ってよ。なんで私より先にオッケー出すんよ！」

千春が抗議したが時すでに遅しだった。

朋美が千春に抱きつき、《チームKGB》や踊り子さん、客席にいる商店街の連中や友達がステージに押し寄せ、俺を囲んだ。

まさか、ストリップ劇場で……!?

俺の体が宙に浮いた。世界で一番ダサい胴上げだ。二回、三回と俺は舞った。観客席のうしろの壁、天井のすぐ下にある小窓から覗いているドレッドヘアのアキちゃんが俺に向かってピースサインをしていた。

一週間後。

午後八時。俺は眠気と戦いながら助手席に乗っていた。車は業務用のワゴンでサイドに《森のくまさん》とかすれたペンキで描かれている。千春の父親が使っていたものので、最近は使っていないので劇団に譲ってくれたのだ。

味はある車だが、お世辞にも乗り心地は快適とは言えない。腰の痛みが背中全体に広がって麻痺してきた。

「お腹減り過ぎて死にそうやわ……」

運転席の千春がボヤく。

大阪を出発してから相当な時間が経った。慣れてないから道を間違いまくったのだ。

後部座席の火野と赤星とビーバー藤森は鼾をかいて爆睡している。ここまで順番交代で運転してきたがそろそろ限界だ。

「さっきサービスエリアでうどん食ったやんけ」

「あんま美味しくなかったもん。汁がしょっぱかったし」

「まあ、こっちは大阪と違って出汁文化とちゃうからな」

「どういうこと?」

千春が怯えた顔で言った。千春はとにかくうどんが大好物で、一日二回食べることも珍しくない。

「大阪よりも蕎麦やつけ麺の店が多いやろ。麺をつける文化やからどうしても汁が濃くなってまうねん」

「私、こっちでやっていけるかどうか心配やわ。帰りたくなってきた」

「早いな! まだ何も始まってへんやんけ」

俺と千春は昨日、市役所に婚姻届を提出した。たった紙切れ一枚の契約で、こんなにも簡単に結婚できるなんて拍子抜けだった。

送別会はあえてやらなかった。「遊びに行くんとちゃうねんから」と千春が拒否したのだ。

「指輪も結婚式もあと回しでいいから。そんなんしてる暇あるんやったら、オモロい台詞の一行でも書いて」

　俺よりも遥かに気合が入っている。当然、大阪でのOLの仕事は辞めた。千春が賃貸物件のサイトで探し出して決めたのは、杉並区方南町にある家賃六万五千円のボロボロアパートだ。

　引っ越し代は、オカンが貸してくれた。俺にではなく、「千春ちゃんにならば安心して貸せるわ」と振り込んでくれた。ただ、俺がお願いした額より七十万円多かった。オカンなりの叱咤激励だ。

「なあ、千春。教えて欲しいことがあるねんけど」

　俺は真面目なトーンで訊いた。

「どうしたん？」

「何で俺を選んだん？」

「うーん」千春が首を捻る。「直感かな」

「えっ？」

「初めてのデート覚えてる？」

「も、もちろん」

たしか、映画だった。梅田の映画館でB級のアクションを観たあと、居酒屋で盛り上がった。

「駅の改札前で待ち合わせしたやんか」

「おう……」

「そのとき、待ってくれてる勇太を見たとき、『私、この人と結婚するんや』って思ってん」

千春が前を向いたまま呟く。

ワゴンが首都高速の谷町ジャンクションを過ぎた。目の前にライトアップされた赤いタワーが迎えてくれる。

やっと着いた。ようやく実感が湧いてくる。

「綺麗やし、カッコいいね」

千春がハンドルを握りながら、うっとりと目を細める。この女が側にいてくれれば、俺はどこでも無敵だ。

後部座席を振り返り、《チームKGB》の三人に言った。

「おい、お前ら起きろ。東京やぞ」

解説

柚木茉莉（yuzuka）

「僕の小説の解説を書いてくれませんか？」

木下半太さんからそのメッセージを受信した時の気持ちを一言で言うと、「なんで私やねん」だ。

自己紹介は嫌いだが、私のことを知らない人のために説明しよう。私はコラムニストで、とあるメディアの編集長。そして、元風俗嬢である。

木下さんとの付き合いは、彼が私のツイッターに書かれた言葉に共感して「おもろいやん」といった内容のメールをくれたところから始まったのだが、きっかけとなったツイート内容は「男はおちんち○の大きさを自己申告しろよ」という内容だった。

大阪の霊媒師に言われた「今東京に行けば売れるよ」という助言を信じて上京し、実際に発売した書籍が大ヒット。その後出版し続けた「悪夢シリーズ」の販売数は80

万部を記録。その後も新しい物語を次々生み出し、実写化、舞台化までをこなす、すげーおじさん、木下半太。Ｗｉｋｉｐｅｄｉａ《ウィキペディア》が輝かしすぎて、言葉が出てこない。

そんな彼初の半自伝小説。それが本書、『ロックンロール・ストリップ』である。

解説を頼まれた時、戸惑った私だったが、そのタイトルを聞いて納得した。「ああ、ストリッパーの気持ちを書いた物語なんや。だから水商売を生業にしていた私を選んでくれたんやなあ」と、半分納得しながら原稿を読み進めてみたのだが、恐ろしいことに、その予想は、大きく裏切られた。

この小説は、「夢」の話だ。それも、輝かしいだけではない、リアルで、残酷さも持ち合わせていながらも甘い蜜を絶やさない、まるで初恋のような「夢」の話なのである。

主人公は、木村勇太。映画監督を目指している。「目指している」といっても、映画監督になるための専門学校は、半年足らずで中退。鳴かず飛ばずの劇団の座長を務めながら、「フリーターでは終わりたくない」という理由で、バー「デ・ニーロ」を経営している。専門学校を辞めた理由は、学校の講師の授業内容に、納得ができなかったからだ。彼には、芝居や映像へのこだわりがあった。そしてその「こだわり」への自信と、プライドもあった。

夢の追いかけ方を模索しているような状態の彼はある日、ストリッパーである冬音と出会う。彼女の魅力に引き込まれると同時に、身体の関係を持って断りづらくなった勇太と、それに巻き込まれた劇団「チームKGB」の個性あるメンバーが、彼女の出るストリップ劇場の前座を務めるようになることから、この『ロックンロール・ストリップ』という小説は、スタートする。

小便臭い廊下、裸を見に来た陰気臭い客がポツポツと座る、完全アウェイの、がらがらの客席。こいつらを「おもろい」と言わせてやる！　この客席を満席にしてやる！　勇太の挑戦と、それを取り巻く仲間、恋人、敵……。「ストリップ劇場の前座」という、「映画監督」とは程遠い仄暗《ほのぐら》いアンモニア臭の漂うその場所で、勇太は自分自身の「夢」について、散々、模索するハメになる。

夢というのは、残酷である。

言葉だけ聞けばキレイで明るいイメージがあるが、そうではない。

なんと言ったって、夢は基本的には叶わないのだ。叶いそうな顔をして目の前をちらつく夢を、必死に追いかける「夢追い人」は、それが叶うまで、バカにされ続ける。

本人には確実に見えているであろうその未来は、手にする瞬間を知らしめない限り、周囲からすれば、幻、蜃気楼《しんきろう》だ。

作中、恋人の父親に、売れない劇団を続ける理由を尋ねられた勇太は、こう答える。

「勿体無《もったいな》いんです。俺の才能が」

この言葉に、全ての切なさがこめられているのではないだろうか。夢を追う彼らが「勿体無い」と思うのは、費やしてきた期間でも、お金でもない。彼らが唯一信じて育ててきた、自分自身の「才能」を、諦めることなのである。

夢追い人は、バカにされ、笑いものにされ、無視されながら、自分の才能を「おもろい」と、信じるしかない。その姿は、露骨で、実は格好悪くすらある。

勇太が出会う人たち。夜の街のＶＩＰルームできらめくミラーボールの光を乗りこなしているすごい人たち。薄っぺらい歌をうたうグループ「マチルダ」で成功し、評価をされる有名人である実の妹。

勇太が「おもんない」と感じるその人たちが、自身より評価されている事実。認めたくない、自分を貫かなければと思いながらも、そういう「すごい人たち」に気に入られるために四苦八苦する様は、読んでいるだけで苦しくなる。本当は勇太自身が一番分かっているのだ。どんなに理屈をこねたって、彼らに負けている事実は、変わらない。

「そんなこと、気にする必要はないよ」という言葉は、この小説が木下半太の半自伝であると理解している私たちだから出るものだ。勇太が知らない誰かだったら。もしくは反対に、恋人や家族だったら。私たちはきっと、いつまでも叶わない夢を追い続ける勇太に、「プライドを捨てた方が良い。成功者が正しい。あなたは間違えている」と、伝えてしまうかもしれない。だけど彼は、周囲に散々そんな言葉を浴びせられながら、諦めたくなる自身と戦いながら、夢を叶えるための道を、がむしゃらに突っ走っていくのだ。

さて、せっかく私が依頼をもらったわけだから、ストリッパーである冬音の気持ちについても書いておきたいのだが、それを書く前に、木下半太さんの話に戻りたい。

彼の描く女性たちの心情や背景。そして、彼女たちが発する言葉たちは、どれも恐ろしいほどリアルだった。

ストリップ劇場の踊り子という、ある意味特殊な仕事をしながら生きる女性たち。正直、男性が描くのには無理があるのではないか……と、思っていた。

ただ黒いだけでも、華やかでもない。苦しいだけでも、幸せでもないであろうリアルな女心を、男性には描ききれるわけがないと思ったのだ。

たとえ木下さんが本当にストリップ劇場で働いていたとしても、だ。

この思いは、風俗業界で働く男性たちが、私たち風俗嬢に、検討違いの心のケアをしてくるという経験に基づいたものだ。

彼らは笑い飛ばしてほしい時に腫れ物を触るかのように慎重に同情し、同情してほしい時に鼻で笑う。そして誰もが哀れみの視線を向けてくるのだ。「本当は不幸で不幸で仕方ないんでしょう」とでも言いたげに。

その視線を向けられるたびに思ってきた。

ああ、間違えている。私たちも「普通の女」と同じように、楽しんだり苦しんだりしながら生きているのに……。ずっと不幸なわけではない。だけど、なにも考えていないわけでも、幸せなわけでもない。同じ空間にいたって、ボーイには嬢の気持ちなんて分からない。分かった気になっているだけ。

そう思ってきた私は、この小説に冬音やリリーが登場した時も、斜め上からの目線で読み進めていた。

怒られる覚悟で言うと、「どうせありきたりな『苦しみ』みたいなものが書かれているんでしょ」と、高《たか》を括《くく》っていたわけである。

だけど木下さんが描く女性たちは確かに、その物語の中で、ストリッパーとして生きていた。

私が水商売をしていた頃にも感じたどうしようもない思いや苦しみ、そして、言葉では説明できないような快感や幸せすら、この物語の中では、あますことなく表現されているように思えたのだ。

「そういえば……」と思った。

実は私は自身の仕事のことで、よく木下さんに相談メールを送るのだが、その回答がいつもやたらと女性的なのだ。

表現するならば、木下さんがかけてくれる言葉たちは「スナックのママからの助言」のようだった。女性的であるのに、女の子らしさがない。男性的ではないのに、どこか男らしさがある。

小説を読み進めていくうちに、「木下半太」という人物が、本格的に気になってきた。

「どんな男性が、物語を紡いでいるのだろう」そして、「あんなメールを送ってきているのであろう」

どうしても気になった私は、たまたま大阪に自身の劇団の公演のためにやってきていた木下さんに、会いに行った。実はそれまで、直接お会いしたことがなかったのだ。

さて、大阪の小さな舞台小屋で見つけた木下半太さん。

そこで見たのは、強面《こわもて》の、「男性」だった。女性的要素などどこにもない、もろ「男性」、かなり「男性」だったのだ。

知ってはいた。もちろん知ってはいたけれど、やっぱり戸惑った。

「この人があれを書いてるの!?」

リアルな女の気持ちが漏れ出したセリフも、優しく厳しいあのメールも。

目の前にいる木下さんが紡いでいる風景が、どうしても想像できなかった。

豪快にガハハと笑う木下さんに、恐る恐る声をかける私は、傍から見ると、怯える小動物のようだったかもしれない。

そんな私に、木下さんは右手を差し出した。私のような何者でもない元風俗嬢を見下すことなく丁寧に挨拶をしてくれた木下さんの右手と握手を交わすと、クリームパンのようにふかふかだった。

そのふかふかな手を握り、シュークリームのように笑って挨拶をしてくれる木下さんを見て、この人は、こうやって全てを乗り越えてきた人なのだと感じた。そして同時に、冬音やリリーの言葉を描ける意味を理解した。

その表情の中に、物語に登場する女性たちを見た気がしたのだ。

その目の奥にあったのは、強く、切ない優しさだった。水をかければ溶けてしまいそうな、指で弾けば崩れてしまいそうな飴細工のような優しさではない。

彼の持つ優しさは、もっと深く、穏やかで、だけどその奥には、濁流のようなものが見え隠れする、少しだけ怖い、だけど強い優しさだ。

それは、冬音が持つ優しさに似ていた。

彼の描く女性はいつも、強く優しい。それでいて、ミステリアスだ。明るくお調子者の仮面の奥に、いつも氷のように冷たく、鋭い視線が見え隠れしている。

冬音を始めとする、彼の描く女性は、どのキャラクターも皆、人生の底に落ちることを経験し、プライドを投げ打ち、泥水をすする悔しさから這い上がってきた女性ばかりだった。

握手をしながら、彼が描く女性たちを思い浮かべていた。

この人はきっと、人生の底を見てきた人だ。

そして、上も下もなく、「おもろい」と思った人や物の手は、しっかりと摑んできた。

「プライド」なんて捨ててきたのだ。いや、プライドを捨てることこそが、彼のプライドだったのかもしれない。

自分の信じる「おもろい」のために、突き進んできた人なんだ。クリームパンのような手を握りながら、そう思った。

冬音のセリフに、こんなものがある。

「こんな場所って言わないでよ」

「今のわたしにはストリップしかないんだから」

彼女が発する言葉と、ほとんど同じ言葉を、呟いたことがあった。

それだけではない。私と同じ「性」を売りにする女たちの中の一定数は、きっとこの言葉と向き合うことになるはずだ。

「今のわたしには、この場所しかない」

だけどはたして、そうだろうか？　冬音はもともと実力のある、プロのダンサーだった。様々な問題にぶつかってダンサーを引退した彼女は、ＯＬとして働くことになる。無難な人生に、無難な恋愛。エスカレーター式の幸せの流れに乗りかけた彼女は、最後の最後、プロポーズを断った。

「わたしの体にまだダンサーの血が残っていたのよ」

ダンスは辞められない。だけど、前のようには踊れない。冬音はそんな理由から、ストリッパーになった。

一見、冬音は、勇太と対比すると、随分前に夢を諦めた人のように見える。諦めて流れ着いた先が、ストリッパーだったのではないかと、思ってしまいがちだ。

だって、想像するのは容易《たやす》い。きっと彼女が幼いころ思い描いていたダンサー像と、今、裸になって踊る冬音は、違うはずだから。

だけど、私は冬音が、「夢を諦めた人」だとは思えないし、「ストリップしかないからここにいる人」だとは思わない。

彼女は多分、違った形でありながら、「理想のダンサー」という夢を叶え続けていたのだ。彼女なりに考え、妥協したり、思いを曲げずに守ったりしながら、今の場所に立っている。客のほとんどいないストリップ劇場で、毎日こだわりぬいた完璧なダンスを踊り続ける冬音は、夢を諦めてなどいない。


さて、まだ木下さんと会ったことがなかった頃、彼について、この小説の編集者である新里健太郎さんに、尋ねてみたことがある。

「木下さんって、どんな人ですか?」たった一行のそのメールに、二通の長文メールが返ってきたことから、なみなみならぬ木下愛が伝わってきたのだが、それだけ彼を愛する新里さんの言葉に、まさしく木下さんこそがこの小説の著者であると感じられるものがあったので、紹介したい。

〈何か壁があった時、「乗り越えよう」としか思えない人は壁を越えられないかもしれませんが、半太さんの場合は、「乗り越える」以外に、「下を掘る」とか「穴をあける」とか、色んな方法を自然とやってしまって、結果的には越えている。そういう人かもしれません〉

ああ、まさしく。と、思った。

木村勇太、冬音。この小説のキーパーソンであるふたりは、まさしく木下半太の分身だったのだ。

がむしゃらに夢を追いかけ続ける、まっすぐな木村勇太。

理想とは違う形でも、夢を維持し続ける冬音。

夢を叶える方法は、ひとつではない。正しい夢の叶え方など、あってなるものか。自分のことを信じて、自分なりの方法で、ちょっと格好悪くたって突き進む。それが、木下半太なりの夢の叶え方だった。

因《ちな》みに、この小説のラストは、本当の意味での「ハッピーエンド」ではない。

確かにストリップ劇場の客席は満員にして、最高のパフォーマンスを披露したわけではあるが、忘れてはいけない。勇太の夢は、もっと先にあるのだ。

何度でも言おう。この小説は、夢の話だ。一人の男が、夢を叶えるために奮闘する、最高に格好悪いけど格好良い、夢の話だ。

そしてまだその旅路は、続いている。

こんなにも読後感のさわやかな小説の解説を、ドロドロの人生を歩んできた元風俗嬢に依頼するなんて、木下さんはやっぱり、パンチがきいている。

だけどこの小説は、こんな私にさえ、夢を思い出させてくれるものだった。

夢は苦いものだけど、叶わないかもしれない不確かなものだけど、だけれどももう一度だけ、私も夢を追いかけてみようと思う。


さて、そうだ。これは「解説」だった。

何者でもない私の言葉で解説をしめくくるのはちょっと気がひけるので、最後は木下さんの言葉を借りて、締めくくろうと思う。

この小説、めっちゃおもろい！

全ての夢追い人、公園で作戦会議や！


（平成三〇年七月　コラムニスト）

本書のプロフィール

本書は、『週刊ポスト』二〇一七年二月十日号から十一月二十四日号まで連載された作品を加筆修正した文庫オリジナルです。